암실 이야기

Die Box: Dunkelkammergeschichten

귄터 그라스 자전 소설

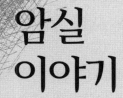

Die Box: Dunkelkammergeschichten

암실
이야기

귄터 그라스 · 장희창 옮김

민음사

마리아 라마를 추억하며

차례

홀로 남겨진 것

옛날 옛날에 한 아버지가 살았다. 그는 나이가 들었기 때문에 넷, 다섯, 여섯, 아니, 여덟에 달하는 아들딸들을 불러 모았고, 그들은 한참을 망설인 끝에 아버지의 소망을 들어주었다. 아들딸들은 탁자 주위에 둘러앉자마자 수다를 떨기 시작한다. 모두들 제각각, 뒤죽박죽, 아버지가 지어낸 말이긴 하지만, 그래도 나름대로 고집을 세우고, 아버지 없이도 사랑스럽게 자신을 지키며 각자의 이야기를 한다. 그들은 다음과 같이 놀이를 시작한다. 누가 먼저 할거니?

제일 먼저 이란성 쌍둥이들이 왔다. 여기에서는 파트릭과 게오르크, 줄여서 팟과 요르쉬라고 불리지만, 진짜 이름은 아니다. 이어서 라라라고 불리는 소녀가 도착하여 부모를 기쁘게 해 주었다. 이 셋은 모두 경구 피임약 구입과 월경 피임법을 계획대로 할 수 있던 시절 이전에 태어나, 안 그래도 넘쳐 나던 세상의 인구를 더욱 늘려 주었다. 이처럼 원하지 않았는데도 태어난 아이는 또 있다. 우연의 변덕스러운 기분에 의해 선물처럼 주어진 아이인데, 원래는 타데우스라는 이름이 붙을 예정이었으나, 식탁 주위에 둘러앉은 사람들은 모두 그를 타델이라고 부른다. "어리석은 짓 그만

해, 타델!" "구두끈 좀 질질 끌지 마, 타델!" "얼른, 타델, 네 단골 이야기나 해 봐……."

이미 장성하여 각자 직업도 있지만 가족의 요구에 따라 아들 딸들은 문자 그대로 옛날로 되돌아간 것처럼 이야기를 나눈다. 윤 곽으로만 희미하게 남은 것이 마치 손에 잡힐 듯 뚜렷하기라도 한 듯, 그동안 시간도 흐르지 않고 어린 시절도 중단된 적 없다는 듯.

식탁에서 창문 쪽으로 비스듬히 시선을 돌리면 엘베 트라베 운하 양편으로 구릉 지대의 풍경이 보인다. 운하 양편을 따라 늘 어선 늙은 포플러 나무들은 어울리지 않는다 하여 관청의 결정에 따라 후에 베어 없어질 운명이다.

커다란 사발 안에서는 완두콩 간편 요리가 모락모락 김을 내 고 있다. 아버지가 손님들을 위해 약한 불로 양 갈빗살과 함께 끓 이고, 마지막에 마요라나 잎으로 양념을 한 요리다. 옛날부터 언제 나 그랬다. 아버지는 많은 사람들을 위해 요리하기를 좋아한다. 서 사적 다양성에 대한 자신의 애착을 그는 배려라고 부른다. 국자로 적당한 양을 퍼서 차례차례 접시를 채우며 그는 그때마다 격언 하 나씩을 곁들인다. 예컨대 "성경에 나오는 에서는 완두콩 요리 한 접시에 장자권을 양도했단다." 같은 말을. 식사를 마치고 나면 아 버지는 이 자리를 떠날 것이다. 작업실에서 시간 너머로 사라지거 나, 정원 벤치에 있는 아내 곁에 앉기 위해.

바깥은 봄. 실내에는 아직 난방 장치가 열을 내고 있다. 완두 콩 요리를 다 먹은 형제자매들은 이제 병맥주와 흐릿한 사과 주 스 중 하나를 선택한다. 라라는 사진들을 가져와 정리해 보려고 애쓴다. 하지만 아직도 무언가가 모자란다. 직업에 맞추어 음향 기술을 책임지게 된, 요르쉬라 불리는 게오르크가 아버지의 요구에 따라 탁자에서 확성기의 위치를 바로잡고는 시험 삼아 말을 해 보도록 청한 뒤, 마침내는 만족한다. 이제부터 아이들이 이야기를 한다.

시작해, 팟! 제일 나이가 많은 너부터. 넌 요르쉬보다 십 분이나 빨리 태어났잖아.

좋아, 그러지! 그동안 시간이 많이도 흘렀군. 나를 포함해 넷 정도는 될 줄 알았어. 우리가 둘을 넘어 셋이 되고, 넷이 되고 싶은지는 아무도 묻지 않았지만. 게다가 우리 쌍둥이는 서로를 쳐다보며 불필요한 존재라고 생각했지.

그리고 라라, 너는 말이야, 정말이지 강아지 한 마리를 가지고 싶어 했지. 그리고 자기가 제발 막내딸이었으면 하고 바랐어.

강아지 말고도 여동생이 태어났으면 좋겠다고 생각한 적은 있지만 나는 오랫동안 막내딸이었어. 그런데 그 후 우리 엄마와 아빠 사이엔 거의 아무 일도 일어나지 않았지. 하지만 난 아빠가 다른 여자를 원했다고 생각해. 엄마가 다른 남자를 만난 것처럼 말이야.

그리고 아빠와 새 아내가 뭔가 공통적인 것을 원했고, 두 분이 피임약을 중단할 수 있다고 생각했기 때문에, 너라는 여자애가, 원래는 아빠의 어머니 이름으로 불렸지만, 지금은 레나라고 불러 달라며 대화에 끼고 싶어 하는 네가 태어난 거야.

아냐, 서두르지 마. 다들 이미 등장했잖아. 난 기다릴 수 있어. 그 정도는 기본이거든. 그러면 이제 나도 나서 볼까.

그때 팟과 요르쉬는 열여섯 살이었고, 나*는 열세 살, 그리고 타델은 아홉 살쯤이었지. 우리가 새 여동생**을 받아들여야 했을 때 말이야.

너 말고도 아이들을 더 데려온 네 엄마한테도 적응해야 했어, 여자애 둘은 말하자면…….

그러나 아빠는 안정을 얻지 못하고 새 아내로부터도 달아났어. 그러고는 새로 쓰기 시작한 책과 더불어 어디로 가야 할지 몰라 방황했지. 올리베티 타자기를 두드리기 위해 때로는 여기서 자고 때로는 저기서 묵었던 거야.

그렇게 정처 없이 헤매는 동안 한 여자가 그에게 또 한 명의 여자애를 선사했지…….

더없이 사랑스러운 우리의 나나를 말이야.

하지만 유감스럽게도 우린 그 애를 나중에야, 아주 나중에야 볼 수 있었지.

막내 공주님…….

그만 놀려! 내 원래 이름과 바꾸어서 그 인형 같은 이름을 얻게 된 거야. 그 인형의 일상에 대해선 예전에 아빠가 동요 형식으로 장문의 시를 쓴 적이 있지. 이렇게 시작하는…….

어쨌든 넌 계속 막내였어. 그러고 나서 아빠는 또다시 새 여자에게서 마침내 안식을 얻었지. 그 여자도 너희에게 타델보다 어린 소년 둘을 데려왔는데, 팟과 내***가 마음대로 이름을 지어 지금은

---

* 라라를 가리킨다.
** 레나를 가리킨다.
*** 요르쉬를 가리킨다.

야스퍼와 파울로 불려.

너희 둘에게 그 이름이 어울리는지 물어보고 싶지 않니?

그 정도면 됐어.*

그래, 우리도 원래 이름과는 완전히 다르게 불리지……. 다들 그렇듯이.

너희는 레나보다도 나이가 많고, 나나보다는 한참이나 위였지만 가족의 일원이 되었고, 그래서 그때부터 우리는 여덟 남매가 되었던 거야. 내가 특별히 가져온, 여기 이 사진들에서 보다시피 우리는 어떨 땐 혼자서, 어떨 땐 이렇게 저렇게 섞여서 등장해. 모두 다 한꺼번에 서로를 알아보게 된 건 나중 일이었지…….

……우리가 자랄 때 모습 좀 봐. 이건 나고, 저건 요르쉬군. 이땐 머리가 짧고 이땐 머리가 기네. 이 사진에서는 이마를 찌푸리고 있군…….

……지루하면 나는 한바탕 쇼를 벌이곤 했지.

이 사진에서는 라라가 모르모트를 가지고 수다를 떨고 있네…….

저 사진에서는 타델이 신발 끈을 푼 채 집 앞에서 빈둥거리고 있고…….

이 사진에서 레나는 슬픈 눈으로 우리를 쳐다보고 있어.

거의 모든 가정의 앨범에서 흔히 볼 수 있는 사진들이야, 스냅 사진. 별것 아니지.

그럴 거야, 타델. 하지만 너희도 알다시피 결코 평범하지만은

---

* 야스퍼와 파울의 발언.

않은, 꽤 많은 스냅 사진들이 유감스럽게도 어느 날 사라져 버렸어. 유감스럽게도 말이지. 왜냐하면…… 예를 들면 라라의 손이 찍힌 사진 같은 것 말이야.

그리고 종종 나의 비밀스러운 바람이기도 했지만, 아빠와 엄마를 양옆에 둔 채 바람을 가르며 회전목마를 타는 사진도 좋았어…… 멋진 사진들이었지…… 정말로…….

타델의 수호천사가 나온 사진도 있었어.

그래, 파울이 목발을 짚고 있는 걸 찍은 사진도 기억나…….

하지만 변함없는 사실은, 사라져 없어진 평범한 그 사진들은 모두 마리 아주머니가 찍었다는 거야. 왜냐하면 아주머니가, 아주머니만이…….

그래, 마리에 대해 말할게. 이야기는 마치 동화처럼 시작되었지. 옛날 옛날 한 여자 사진사가 살았어. 어떤 사람은 마리 아주머니라고 불렀고, 타델은 종종 늙다리 마리로, 나는 마리헨*이라고 불렀지. 마리헨은 처음부터 이리저리 덧포개진 우리 가족에 속해 있었어. 언제나 우리와 함께 있었지. 도시에 살던 처음에도, 시골에 살던 나중에도. 여기저기서 휴가를 보낼 때도 마찬가지였어. 마리헨은 실제로도 그랬겠지만, 가시 열매처럼 아버지에게 매달려 있었어. 그리고 가능하면…….

마찬가지로 우리한테도 애정을 쏟았지. 우리가 무언가를 원할 때면…….

그래, 맞아. 처음부터 그랬어. 우리가 둘이었다가 이어서 셋이

---

* 마리아의 애칭.

14

되고, 다음에 넷이 됐을 때도 아주머니는 아버지가 "한 방 찍어, 마리헨!" 하고 말하면 바로 우리를 향해 셔터를 누르거나 스냅 사진을 찍었어.

기분이 안 좋다가도 금방 명랑해졌지. 아주머니는 자신을 두고 이렇게 말했어. "나는 그냥 너희들을 위한 찍사 마리헨이야!"

아주머니가 우리만 찍었던 건 아니야. 아빠의 아내들도 차례로 찍었지. 처음에는 우리 엄마를 찍었어. 엄마는 어떤 사진에서든 마치 발레를 하려는 듯한 동작을 하고 있어. 그다음엔 레나의 엄마를 찍었는데, 언제나 상처 입은 듯한 시선이었지. 이어서 나나의 엄마를 찍었어. 그녀는 거의 모든 사진에서 무언가를 보고 웃고 있어. 그리고 아내 넷 중 마지막인, 야스퍼와 파울의 엄마는 종종 바람에 곱슬머리를 휘날리고 있어…….

우리 아빠는 마지막 아내와 더불어서 마침내 평안을 얻었던 거야.

아빠는 그 튼튼한 네 아내와 함께 단체 사진을 찍고 싶었는지 몰라도 마리헨은 언제나 한 사람 한 사람하고만 사진을 찍었어. 보다시피 예의 바르게 순서대로. 하지만 요르쉬나 나나 같은 생각인데, 아빠의 소망 중에서 꽤 높은 자리를 차지했던 것은 아내들의 가운데 서서 당당한 남편의 모습으로 사진을 찍는 거였어.

하지만 아주머니가 우리를 찍을 때는 달랐어. 마치 우리가 하나의 주사위 통에서 쏟아지기라도 한 듯 한꺼번에 찍었지. 그래서 이 사진 더미 속에서 우리는 서로 밀고 밀리고 있는 거야. 나나에게 부탁하는데 확성기 가지고 장난 좀 그만 쳤으면 좋겠어, 안 그러면…….

사라져 버린 스냅 사진들, 마리헨이 우리를 찍은 후 롤필름을 들고 암실로 들어가 만들었던 그 모든 사진들도 우리는 기억해야 해. 아빠가 그걸 원하니까…….

좀 더 정확히 기억할 필요가 있어, 팟. 마리헨은 라이카* 카메라로 우리를 찍었고, 이따금 하셀블라트 사진기를 사용하기도 했어. 하지만 스냅 사진만은 '박스 사진기'**로 찍었지. 아빠가 모티프를 찾아야 할 때면 박스를, 박스 사진기만을 사용했지. 착상에 꼭 필요한 모티프를 찾을 때 말이야. 박스는 그야말로 특별한 사진기였어. 롤필름 이조크롬 B2도 생산했던 아그파 사의 구식 상자 카메라에 지나지 않았지만.

하셀블라트든, 라이카든, 박스든, 마리헨은 언제나 그중 하나를 들고 있었어. 그러고는 그 기구들을 보고 감탄하는 모든 사람에게 이렇게 말했지. "모두 내 남편 한스가 가지고 있던 거야. 그이한텐 다른 건 필요도 없었지."

하지만 마리헨의 남편 한스의 모습을 아는 사람은 팟과 요르쉬뿐이야. 넌 언제나 말했어. "한스는 땅딸막하고 이마가 혹 모양으로 솟아 있었어." 그리고 너도 말했지. "아랫입술에 언제나 담배가 걸려 있었어."

쿠담 거리의 블라이프트로이와 울란트 사이, 맨 위층 방에 두 사람 아틀리에가 있었어. 여배우들과 다리가 긴 발레리나들을 찍은 초상화 사진이 두 사람의 장기였지. 목에 두툼한 장신구를 늘어뜨린 아내들과 함께 있는 지멘스 사의 간부들을 찍은 사진도 있

---

* 라이츠 카메라의 단축형. 독일 라이츠 사의 고급 카메라.
** 상자 모양의 사진기.

었어. 악취 풍기는 달렌도르프와 첼렌도르프 주민들의 되바라진 계집애들을 찍은 사진들도 특별했지. 그 아이들은 값비싼 옷을 걸치고 몸을 살짝 기울인 자세로 영사막 앞으로 다가가 씩 웃거나 진지한 표정을 지었어.

마리 아주머니는 기술적인 것과 관련된 일을 도맡아 했지. 특수 램프로 구석구석을 조명하는 일 그리고 그때마다 생겨나는 여러 가지 일들을 말이야. 필름 현상, 인화, 확대, 무사마귀와 역겨운 부스럼, 주름살과 잔주름, 너무 심한 이중 턱, 주근깨 그리고 코에 걸려 있는 머리카락을 꼼꼼하게 제거하고 수정하는 작업 등등.

모두가 흑백이었지.

마리헨의 남편에게는 색(色)이란 게 존재하지 않았어.

오로지 회색뿐이었지.

우리는 그때 아주 어렸어. 하지만 아직도 아주머니가 기분이 좋을 때면 하던 소리가 들리는 것만 같아. "나는 카드놀이도 혼자서 제대로 배웠어. 하지만 스스로 깨쳐야 했던 나의 한스에겐 그때마다 필요한 사람들이 나타났지…… 나는 암실 작업엔 소질을 타고났어. 나의 한스는 조금도 이해하지 못했지만 말이야."

가끔은 마치 말을 아껴야 한다는 듯이 알렌슈타인에서의 수업 시절에 대해서도 조금씩 이야기해 주었어…….

……옛 동프로이센 마주르 지역에 있는 작은 도시라고, 아빠가 설명해 주었지.

지금은 폴란드어로 올스친이라고 불려.

"추운 곳이었어." 마리 아주머니가 언제나 말하곤 했지. "한스는 훨씬 더 동쪽 지역 출신인데, 지금은 모든 게 사라지고 없지."

아빠와 엄마는 한스 그리고 마리헨과 아주 가까이 지냈어. 종종 어울려 술도 많이 마셨고, 밤늦게까지 큰 소리로 젊었을 때 이야기를 하면서 웃어 대곤 했지…….

한스는 하얀 영사막 앞에서 아빠와 엄마의 사진도 찍었어. 언제나 하셀블라트나 라이카로 찍었지. 박스 1이라고 불리던 아그파 박스 넘버 54로는 한 번도 찍지 않았어. 하지만 이 사진기는 아그파 사가 메니스커스 렌즈를 장착한 아그파 스페셜 같은 모델들을 시장에 내놓을 때까지 인기를 끌었지…….

그러다가 한스가 갑자기 죽었고, 첼렌도르프의 숲 속 묘지에 묻혔어.

그 일이 어떻게 진행되었는지는 나도 대충 알아. 어떤 사제도 함께할 수 없었고 말도 할 수 없었어. 하지만 많은 새들이 노래를 했지.

햇빛이 눈부셨어. 나와 요르쉬는 마리헨 곁에 있는 엄마 옆에 서 있었지. 아버지만 아직 덮지 않은 무덤 위로 친구 한스, 흑백 사진사에 대해 말을 했어. 아버지는 그 사진사에게 지금부터는 자기가 마리헨을 돌보겠다고 굳게 약속했지. 재정적으로뿐 아니라…….

아버지는 처음에는 낮은 목소리로, 이윽고 큰 목소리로 연설을 했어…….

그러고 나서 마지막으로 친구 한스가 마음에 들어 했던 모든 종류의 스냅 사진들을 열거했지.

처음에는 예배당에서 수레로 관을 날랐고, 그러고는 어렴풋한 기억이지만 넷이서 한 조가 되어 무덤으로 옮겼고, 마지막에는 로

프로 내렸지. 모두들 배가 많이 고팠지만 참아야 했어. 아빠가 스냅 사진들 하나하나를 죄다 열거하고 그러면서 틈틈이 휴식을 취하는 동안에 말이야.

정말 분위기가 엄숙했어.

유령들을 불러내는 초혼제(招魂祭) 같았지.

그래, 분명해. 아빠가 쉬지도 않고 하나하나 열거하는 바람에 우리가 힘들었지.

그래, 그것들은 이런 이름이었어. 자두, 나무딸기 브랜디, 작은 오얏, 모젤산 효모 그리고 기타 등등.

치베르틀이라는 화주(火酒) 이름도 불렀는데, 내가 사는 슈바르츠발트 지방에도 있는 거야.

키르쉬바서*도 목록에 있었지.

언제쯤이었는지는 잘 모르겠어. 어쨌든 베를린 장벽이 들어선 후였어. 우리는 그때 다섯 살밖에 되지 않았고, 라라, 너는 겨우 두 살이었지. 물론 넌 아무것도 기억하지 못할 거야.

그리고 타델, 너는 태어나기도 한참 전이었지.

가을 무렵이었어. 곳곳에 버섯이 있었거든. 묘지의 나무들 아래에. 숲 속에도. 묘석 뒤편에도. 외따로 있는 것도 떼 지어 있는 것도 있었어. 예전부터 버섯이라면 사족을 못 썼고, 지금도 자신이 모르는 버섯은 없다고 확신하는 아빠는 무덤에서 돌아오는 길에 먹을 수 있다고 생각하는 것을 모조리 가져왔지.

모자 가득히, 그래, 아직도 기억이 나.

---

* 독일산 고급 버찌 브랜디.

그리고 손수건으로 새로운 자루도 만들었어.

당시에 그것들은 집에 가서, 스크램블드에그와 섞여 버렸지.

아빠는 그것들을 '장례식 후 특별 요리'라고 불렀다는군.

한스가 묻혔을 당시 우리는 여전히 전쟁에서 반쯤 폐허 상태로 남은 카를스바트의 집에 살고 있었어.

넓은 아틀리에에 완전히 외톨이로 남은 마리헨은 앞으로 무엇을 해야 할지 막막해했어. 아빠가 설득하자 (아빠는 그런 일은 잘 해내는 편이야.) 처음에는 라이카로, 이어서 하셀블라트로 사진을 찍기 시작했어. 그리고 후에는 거의 박스 사진기로만 작업을 했지. 아빠를 위해 특별한 물건들, 여기저기서 찾아낸 것들을 스냅 사진으로 찍었어. 여행에서 가져온 조개껍질, 망가진 인형, 굽은 못, 회칠하지 않은 담벼락, 달팽이 집, 거미줄 위의 거미, 차에 치여 납작해진 개구리, 심지어는 요르쉬가 발견한 죽은 비둘기까지…….

나중에는 프리데나우의 주말 시장에서 생선도 찍었지…….

그리고 반으로 가른 양배추의 알속도…….

하지만 이미 카를스바트 시절부터 마리헨은 아빠가 중요하게 여기는 건 뭐든지 찍었어…….

맞아! 당시 아빠가 집필 중이던, 개와 허수아비를 소재로 한 책이 완성되기 한참 전부터 마리헨은 스냅 사진을 찍기 시작했어. 아빠는 나중에 그 책을 잘 반죽해서 우리를 위해, 프리데나우의 단단한 벽돌집을 살 수 있었지.

마리 아주머니도 아빠를 위해 이런저런 것들을 스냅 사진으로 찍어 주기 위해 니트 가로 이사를 왔어…….

그리고 우리가 자라는 동안에 우리를 마술 상자와도 같은 박스 앞에 세웠지. 물론 나의 모르모트가 자꾸 살이 찌는 동안에는 나를 위해서, 오로지 나만을 위해서⋯⋯.

나중에는 라라의 사진도 찍었어. 처음에는 요르쉬와 내가 단골이었고. 왜냐하면 우리가⋯⋯.

두 어깨를 추어올리고, 반쯤 망가진 집을 배경으로 사진기 상자를 배 앞에 둔 채, 아그파 박스의 파인더에 집중하려는 듯 머리를 숙인 마리 아주머니의 모습을 떠올려 봐.

아주머니는 언제나 감(感)으로만 사진을 찍었기 때문에, 시선이 엉뚱한 방향을 향할 때도 종종 있었어.

그리고 아주머니의 헤어스타일은 정말 희극적이었어. 아빠가 '개구쟁이 단발머리'라고 불렀잖아.

말괄량이 소녀처럼 보였어. 마르고 가슴이 납작한. 그리고 아주머니에게 매달린 사진기 상자, 그것을 가지고⋯⋯.

들어 봐, 팟! 좀 더 정확하게 설명해야 해. 우선은 객관적인 사실이 중요해. 아그파 박스는 1930년에 이미 시장에 나왔어. 하지만 최초의 상자 카메라는 아니었어. 알다시피 상자 카메라는 1900년 이전에 미국인들이 만들었지. 물론 박스가 아니라 브라우니라 불렸고, 이스트맨 코닥 컴퍼니가 대량으로 생산해 유통했던 거야. 그리고 나중에 차이스 사*의 텡고르 카메라와 당시에 '국민 카메라'라고 불렸던 에호 사 카메라가 6×9 사이즈 제품을 생산했지. 하지만 처음으로 널리 보급된 것은 아그파 박스였어. "사진을 찍는 사람은 인생에 대해서 더 많이⋯⋯."라는 선전 문구와 함께 말이야.

---

* 카를 차이스(Carl Zeiss, 1816~1888). 독일의 광학 기기 제조자. 그리고 망원경, 카메라, 렌즈 등 차이스 회사의 제품을 '차이스'라고 부르기도 한다.

나도 그 말을 하려던 참이었어. 정확히 말해 우리의 마리헨은 그런 박스 사진기를 삼촌이나 숙모한테서 선물로 받았대. 아직 어린 시절, 공부를 막 시작했거나 막 마쳤을 무렵에. 알렌슈타인에 있을 때…….

그런데 나중에 계산해 보니 그 아그파 박스의 값은, 이조크롬 롤필름 두 개와 초심자를 위한 사용 설명서를 포함하여 정확하게 16제국마르크였어.

아주머니는 그것을 가지고 나중에 너를, 우리 막내인 타델의 스냅 사진을 찍었지. 요르쉬의 진흙 자동차 모래 상자 안에서 네가 흙투성이가 되어 있는 모습을, 그리고 나의 모르모트도 찍어 주었어, 그때 모르모트는…….

하지만 주로 우리를 많이 찍었어. 뒷마당의 철봉에 매달려 놀고 있을 때…….

철봉에 매달려 있는 아빠의 스냅 사진도 찍었지. 손님이 올 때면, 체조 선수인 양 여전히 도약 회전도 하고, 때때로 철봉에서의 연속 회전도 가능하다는 걸 무조건 보여 주고 싶었던 거야.

하지만 훨씬 나중에, 유감스럽게도 아주 드물게나마 나를 찍었을 때 우리의 마리헨은 존재감이 거의 없었어. 언제나 한구석에서 있었는데 몸이 말라서이기도 했겠지만 사라지고 없는 듯 보였어. 슬픈 게 아니라 고독해 보였어. 슬플 이유가 충분했는데도 말이야. 하지만 마리헨은 존재하지 않는 것처럼 보였어. 나한텐 이렇게 말했지. "나는 그냥 살아만 있는 거야." 마리헨이 아빠, 엄마 그리고 나를 따라 테겔의 야외에서 있었던 독일-프랑스 주민 축제에 왔을 때였어. 우리가 회전목마를 타고 하늘 높이 솟아올랐을 때……. 아, 정말 아름다웠어, 우리는…….

그래, 맞아, 나나! 겉으로 보기에 망가지고 모서리가 닳은 아그파 박스를 보고도 마리헨은 같은 말을 했어. "저건 나의 한스와 내가 가졌던 모든 것들로부터 홀로 남겨졌어. 내가 저것에 매달리는 것도 그 때문이야."

"무엇으로부터 홀로 남겨졌다는 거예요, 마리헨?" 하고 우리가 금방 묻자, 그녀는 전쟁이라고 답했지.

하지만 아주머니는 남편 한스가 전쟁에서 겪었던 것 그리고 행했던 것이 아니라, 자기에게 중요했던 것만 말했어. 아빠에게 이렇게 말하더군. "그이는 전선에서 휴가를 나오거나 출장을 갈 땐 언제나 나한테 왔어요. 아마도 도중에 나쁜 것들을 보았나 봐요. 그래요, 동부 전선과 도처에서. 말로는 표현할 수 없는 것들을 말이죠. 아아아."

당시 아주머니의 아틀리에는 다른 곳에 있었던 게 틀림없어. 아마도 쿠담 거리였을 거야. 할렌제 방향이긴 하지만.

아빠는 그때 일에 대해 한참 동안 이야기를 들었고, 팟과 나도 귀를 기울였어. "우리는 마지막 무렵에 폭격을 맞았어요. 나의 한스가 전선에서 물러나 라이카와 하셀블라트를 지니고 있었던 건 행운이었어요. 그것 외에는 남은 게 아무것도 없어요. 내가 지하실에 있는 동안에 모든 것이 사라지고 불타 버렸어요……. 작품 전체가 없어졌어요. 램프들은 망가졌고. 남은 건 박스 사진기뿐이었어요. 이유는 모르지만. 조금 그을리기만 했더군요. 특히 사진기가 든 가죽 케이스가."

그러고 나서 이렇게 말했어. "나의 박스는 존재하지 않는 것들을 찍어요. 전에는 없던 것들을 본답니다. 당신들이 꿈에서 보고 싶어 하지 않는 것들을 보여 줘요. 나의 박스는 모든 것을 투시해요. 화재가 나면서 사진기에 그런 힘이 생겼나 봐요. 그 후부터 미친 듯이 작동했으니까."

아주머니는 가끔 이런 말도 했어. "얘들아, 살아남은 사람들은 그렇게 돼. 더 이상 제정신이 아닌 채로 이리저리 돌아다니지."

누가 제정신이 아니란 말인지 우리는 정확히 몰랐어. 아주머니 자신인지 박스인지 아니면 둘 다인지.

하셀블라트와 라이카에게 무슨 일이 있었는지는 아빠한테 들었어. 아빠가 마리 아주머니에게 여러 차례 들었대. "나의 한스가 전쟁 동안 그것들을 지켰어요. 군인이었지만 한 번도 총을 쏘지 않았고, 전선 곳곳을 돌아다니며 오로지 사진사 역할만 했기 때문에 가능했죠. 그이는 그것들과 함께 돌아왔어요. 사용하지 않은 필름들을 배낭에 가득 담고서 말이죠. 그것들은 전쟁이 끝난 후 우리의 자산이 되었어요. 마침내 평화가 왔다는 말과 함께 우리는 바로 시작할 수 있었던 거예요."

처음에 그녀의 한스는 점령군들, 대개는 미군들의 사진을 찍었어. 영국군 대령 한 명을 포함해서.

그러고 나서는 프랑스군 장군 한 명도 그의 고객이 되었지. 그는 코냑 한 병을 사진 값으로 내놓았다지.

그리고 한번은 점령 지구에서 러시아 군인 세 명이 왔다는군. 안 봐도 뻔하지! 보드카를 가져온 거야.

미군들은 담배를 가져왔고.

영국군한테선 홍차와 소금에 절인 쇠고기 통조림을 받았지.

그리고 우리와 함께 있을 때 마리헨이 말했어. "아니야, 얘들아, 우리는 박스 사진기로 점령군을 찍은 적이 한 번도 없어. 나의 한스는 라이카로만 그리고 가끔씩 하셀블라트로만 찍었어. 그에게 박스는 이전 시절을 회상하게 하는 도구 이상도 이하도 아니었어. 한스와 나, 우리 둘이 아직도 즐겁게 지냈던 시절 말이야. 게다가, 너희도 알다시피, 박스는 제정신이 아니잖아." 나의 아체*가, 요르쉬를 말하는 거야, 나는 아직도 아체라고 불러, 더 꼬치꼬치 캐물었어야 했는데…….

물론, 나는 사실을 알고 싶었어…….

"……박스가 제정신이 아니라는 게 무슨 뜻이에요?" 하고 묻자 마리헨이 이렇게 약속했어. "때가 되면 말해 줄게. 살아남은 경우 더 이상 제정신이 아니게 되고, 있지도 않은 혹은 아직 나타나지도 않은 것들을 보게 된다는 게 무슨 말인지. 지금은 너희가 너무 어려서 알아듣기 힘들 거야. 그리고 나의 박스 사진기가 컨디션이 좋을 때 털어놓는 것들을 조금도 믿지 못할 거야. 어쨌든 박스는 화재에서 살아남은 후로 무언가를 미리 아는 데는 도가 텄어."

아빠와 가끔 마리헨을 방문했지. 마리헨은 암실에서 나왔고, 그때마다 두 분은 귓속말을 나누었어.

그러고 나서 마리헨은 우리를 발코니로 보내거나, 찍지 않은 롤필름을 주었지. 가지고 놀라고.

두 분은 무엇이 문제인지 있는 그대로 말하는 법이 없었어. 언제나 비밀스럽고 암시적으로만 말했지. 하지만 우리도 이야기의 일

---

* 속어로 '동생'이라는 말이다. 십 분 후에 태어났지만, 그래도 동생은 동생이다.

부는 알아들을 수 있었어. 한 무리 개가 나오고 그 밖에 기계 장치로 만든 허수아비 같은 것들이 나오는 아빠의 두꺼운 책 이야기였어. 그리고 나서 이야기가 끝나면 한 손을 앞으로 내밀어 벽에다 개의 머리처럼 보이는 그림자를 만들었어.

하지만 마리헨의 사진들에 대해 물으면 아빠는 우리한테 이렇게 말했지. "너희한테는 아직 말해 줄 수 없구나." 그런 다음 엄마한테 말했어. "아마도 모든 게 그녀의 고향 마주르와 연관이 있는 것 같소. 마리는, 죽을 수밖에 없는 우리 보통 사람들보다 훨씬 많은 것을 봐요."

그러고 나서, 하지만 아빠가 『개들의 세월』 원고를 타자기로 다 치기 전에 네가 태어난 거야, 라라…….

어느 일요일에…….

이제 드디어 모르모트 이야기가 나오는 건가…….

좋아, 나나, 이제 우리 차례야.

여동생은 우리와 좀 다르다고 느꼈어.

걷지도 못할 때 벌써 라라는 미소를 지었지. 아빠의 표현대로 '실험적으로' 말이야.

요즘도 마찬가지야.

걸을 수 있게 되었을 때, 맞지, 요르쉬? 그 애는 언제나 몇 발짝 뒤에서 걸어왔어.

그래, 너는 언제나 우리 뒤에서 따라왔지. 앞서 간 적은 한 번도 없어.

아빠와 엄마가 네 손을 잡으려 했을 때도, 그래, 우리 가족이 일요일에 로젠에크 가에서 그뤼네발트 쪽으로 느릿느릿 걸을 때도,

너는 등 뒤로 손을 돌려 뒷짐을 지곤 했지.

그런데 나중에 모르모트를 선물로 받고는 정말 제대로 웃더군. 그것도 너의 모르모트가 찍찍거리고 울 때만.

넌 심지어 흉내도 냈어, 찍찍거리는 소리를.

지금도 할 수 있어. 해 볼까?

그리고 우리의 라라는 절대 사진을 찍으려 하지 않았기 때문에, 마리 아주머니는 더욱더 기를 쓰고 스냅 사진을 찍으려 했지.

처음엔 카를스바트에서, 그러고 나서는 프리데나우에서. 그네를 타거나, 뒤뜰에 있거나, 빈 과자 접시가 놓인 탁자 옆에 있는 모습을.

언제나 그 애의 모르모트와 함께였어…….

그러다가 암컷이었던 그 동물이 한번은 이웃집 아이들 집에서 다른 모르모트와 섞여 있다가, 그중 최소한 한 마리는 수컷이었겠지, 기어코 일을 내고 만 거야, 그것도 아주 신속하게…….

그건 나도 바라던 바였어, 아주 애타게. 왜냐하면 타델이 세상에 태어나서 걷기 시작하자마자 심술궂게 굴었거든. 남자 형제 셋사이에 끼여 있었으니 힘들 수밖에. 게다가 언제나 타델이 귀여움을 독차지했지. 너무나 작고 귀여웠으니까. 아무리 속이 타들어 가도 어떻게 할 수가 없었어. 잠깐만, 타델, 지금은 내 차례야! 그래서 마리 아주머니가 나를 걱정하게 됐고, 그 구식 박스 사진기로 점점 더 살이 오르던 나의 모르모트를, 그리고 특히 나를 위해 스냅 사진을 찍어 주었던 거야. 필름 한 통 한 통을 통째로. 그리고 다른 형제들이 아니라 내게만 사진들을 보여 주었어. 그래, 그때 나는 웃지 않을 수 없었어, 정말 큰 소리로 웃었지. 하지만 어느 누구도, 두 오빠도, 타델 너도 그 모든 사진에서 내가 본 것을 말해도 믿지 않았어. 마리 아주머니가 암실에서 마법으로 불러낸 것들 말이야. 있는 그대로 말하자면, 난 모든 사진에서 막 태어난 모르모트 세 마리를 보았어. 어미 곁에 붙어 홀짝홀짝 젖을 빠는 모습이 얼마나 귀엽던지. 그러니까 정확하게 세 마리가 나올 거라는 사실을 박스 사진기는 미리 알았던 거야. 그리고 실제로 그렇게 되자, 두 오빠와 타델은 한배에서 태어난 세 마리를 보곤 놀라워했지. 하나가 다른 것보다 더 귀여웠어. 아니 세 마리 모두 귀여웠어. 하지만 나는 사진들을 감추었지. 그래, 나는 모르모트를 네 마리나 가지게 된 거야. 물론 너무 많긴 했어. 그래서 새끼 두 마리를 선물로 주어야 했어. 사실을 말하자면 나는 그때 강아지를 한 마리 갖고 싶었어. 모르모트한테 싫증이 났거든. 그것들은 그냥 모르모트처럼만 행동했어. 먹어 대거나 찍찍거리기만 했는데, 이따금 그런 행동이 희극적으로 보였어. 하지만 모두들 내 생각에 반대했어. 엄마는 "제대로 놀 공간도 없는 도시에서 개를 키우겠다니, 어쩌란 말이니?" 하고 말했지. 아빠는 반대는 안 했지만, 충고를 늘어놓았지. "안 그래도 베를린에는 개가 많아." 마리 아주머니만 찬성했어. 그래서 아주머니는 어느 날, 모두가 집의 그 어느 곳에서 그 어떤 일에 몰두하고 있는 동안에, 사과나무 아래서 나의 사진을 찍어 주었어. 그러면서 향유, 청량제 그리고 꿀과 같은 정말 케케묵은 낱말들을 중얼거렸어. 그러고는 다시 속삭였어. "네가 원하는 걸 말해 봐, 라라, 네가 원하는 멋진 걸 말해 봐." 그리고 며칠 후 아주머니가 내게 사진들을 보여 주었는데, 여덟 장이었어. 그런데 정말이지! 사진마다 텁수룩한 털이 있는 강아지 한 마리가 보였어. 어떤 때는 왼편에, 또 어떤 때는 나의 오른편에 앉아 있었고, 나를 향해 껑충 뛰어오르기도 했어. 꼬리가 귀엽게 말린 수놈이었는데 내 손을 핥고, 앞발을 내밀고, 뽀뽀를 했어. 그로부터 몇 년 지나지 않아 내가 키우게 된 요기와 꼭 같은 잡종 같았어. "이건 우리 암실의 비밀이야." 마리 아주머니는 그렇게 말했어. 그러고는 사진들을 모두 감추었어. 왜냐하면 아주머니의 말처럼 '누구도 우리가 그런 걸 가지고 있다고 믿지 않을' 테니까.

그렇지 않아! 모든 걸 믿었어, 그 당시에······.

타델 너만은 처음에 믿지 않았지.

완전히 헛소리라고 생각했거든.

하지만 그러고 나서는 나중에······.

하긴 나중에 그 이야기를 들은 야스퍼도 처음에는 믿지 않았어······.

······그러고 나서는 믿을 수밖에 없었지. 왜냐하면 모든 게 사실로 드러났으니까 말이야. 네가 그 강아지랑 어떻게 되었는지······.

이제 그 이야긴 그만해, 파울!

그러나 레나와 내가 훨씬 나중에 가족에 합류했을 때도 우린 조금도 의심하지 않았어. 다른 형제들에게 그랬던 것처럼 마리 헨은 우리가 남몰래 소망하던 것을 가끔씩 선사해 주었지. 그래서 마침내 우리 모두가 그들의 아빠와 공동으로 그리고 가끔······.

좋아! 좋아! 하지만 아무도 증거를 대지는 못했어······.

나도 마찬가지야, 야스퍼. 내가 어릴 때 믿었던 것, 그리고 내 생각으론 내가 직접 보았던 건데도 지금까지 이해가 되지가 않아.

하지만 내 딸이 그때의 나처럼 강아지 한 마리를 애타게 바라니 나에게도, 마리 아주머니 것과 같은 소원 성취 박스가 있었으면 좋겠다는 생각이 들어. 마리 아주머니의 박스는 정말이지 기발하게 작용했어. 주위에 있는 모든 것들이 합리적으로, 그리고 힘들게 진행되는 중에도 말이야. 하지만 그 당시 처음엔 사진들에서, 그리고 나중엔 실제로 요기가 나타났지…….

…… 누가 뭐래도 순종이었어.

…… 아니야, 전형적인 잡종이었어.

…… 게다가 쭈글쭈글하고 못생겼었지…….

…… 하지만 정말 특별한 강아지였어. 요기는 온갖 것들을 찾아냈지. 심지어 오빠들이 어디 있는지도 말이야. 오빠들은 언제나 자기들끼리 다투었어. 그러고 나서 너 타델이 태어난 거야. 내가 남자 형제들 사이에 끼어 이따금 슬퍼했던 것도 이상한 일은 아니야. 그래, 다들 나를 삐걱거리는 피아노라고 불렀지. 아빠가 나를 달래느라 '삐걱거리는 나의 작은 피아노'라고 불렀기 때문이지. 하지만 나를 제대로 달래 준 건 나의 요기뿐이었어. 그래, 잡종이 맞아. 반은 스피츠고 반은 다른 그 무엇이었어. 하지만 그 때문에 꾀가 많고 정말 익살스럽기도 했지. 요기는 심지어 나를 큰 소리로 웃게도 만들었어. 머리를 비스듬히 기울인 채 살짝 미소를 지으면서 말이야. 게다가 똥오줌을 가렸고, 길을 건널 때는 자동차들이 오는지 보려고 좌우를 살피기도 했지. 교통 신호에 따라 행동하도록 내가 교육을 했거든. 요기는 내 말을 잘 들었지. 하지만 가끔 몇 시간씩 사라지는, 당시 오빠들의 말대로 떠돌이 생활을 하는 버릇만큼은 고치지 못했어. 날마다는 아니어도, 일주일

에 두 번 정도는 도망을 쳤지. 가끔은 일요일에도. 누구도 그 녀석이 어디로 갔는지 몰랐어. 마리 아주머니가 추적을 해서 요기를 찾아올 때까진 말이야. 아주머니는 "마침내 그놈을 찾았어, 라라!" 하고 말하곤 했어. 나의 요기가 가출 여행에서 돌아와, 머리를 비스듬히 하고 미안한 기색도 없이 미소를 지을 때면, 아주머니는 요기 앞으로 가서 박스 사진기로 녀석의 스냅 사진을 찍곤 했지. 대개는 서서, 또 가끔은 무릎을 꿇고서 순식간에 여러 장을 연이어서 찍었어. 아주머니는 필름을 끝까지 다 찍고 나면 그때마다 "이제 내가 너를 암실에 가두겠어."라고 말했지. 그리고 바로 그다음 날 나한테, 오직 나한테만 사진을 보여 주었어. 사진 여덟 장에는 나의 요기가 니트 가를 달려 내려가고, 프리드리히빌헬름 광장에서 지하철역 계단을 내려가 사라졌다가, 그 직후 다시 모습을 보이고, 처음에는 어떤 할머니와 그 어떤 사람 사이에 아주 차분하게 앉아 있다가, 다시 돌돌 말린 꼬리를 흔들며 전차의 열린 문 안으로 뛰어들고, 그러고 난 후 완전히 낯선 사람들 사이에서 작은 꼬리를 흔들고, 앞발을 내밀고, 사람들이 자기를 쓰다듬게 하고, 그러면서 아울러, 솔직히 말하지만, 살짝 미소까지 짓는 모습들이 선명하게 나타났어. 더욱이 녀석이 한자 광장 지하철역에서 내려, 계단을 올라갔다가, 다시 내려가고, 그러고 난 후 맞은편 승강장에 차분하게 앉아 좌우를 살피다가는 슈테크리츠 방향 열차가 들어올 때까지 기다려서 풀쩍 그 안으로 뛰어들어 다시 돌아오는 모습도 분명히 볼 수 있었어. 그런 뒤에는 마침내 니트 가에 다시 모습을 드러내는 거야. 그러나 녀석은 조금도 서두르지 않고, 이 울타리 저 울타리를 어슬렁어슬렁 배회하면서, 나무들마다 코를 킁킁거리며 뒷다리를 치켜들었어. 물론 나는 그 사진들을 아무에게도, 오빠들에게도 절대 보여 주지 않았지. 하지만 아빠나 엄마가 "너의 요기는 어디로 갔니? 다시 달아난 거니?" 하고 물을 때면, 난 조금도 속이지 않았어. "나의 요기는 지금 신나게 지하철을 타고 있어요. 최근에는 동물원 역에 내리기도 했어요. 노이쾰른 쪽으로 산보를 갔나 봐요. 아마도 그곳에 맘에 드는 암놈이 있나 봐요. 그리고 테겔의 야외에도 갔었어요. 종종 갈아타면서 쉬트슈테른까지 가기도 하는데, 하젠하이데 들판을 따라가며 즐기고 싶었을 거예요. 그곳엔 틀림없이 개들이 많을 테니까요. 나의 요기가 도중에 무엇을 경험했는지는 아무도 몰라요. 정말이지 작은 모험들이죠. 이제 완전히 도시 개가 되었어요. 지난주엔 요기가 크로이체베르크에서 장벽을 따라 계속 달리고 또 달리는 걸 누가 보았대요. 그 너머로 넘어가려고 구멍이라도 찾는 것처럼 말예요……. 나도 엄마 아빠 못지않게 궁금해요. 얘는 무엇 때문에 그렇게 도망을 쳤다가 어김없이 돌아오는 걸까요?" 하지만 누구도 나의 말을 믿으려 하지 않았어. 오빠들이야 물론이고.

그래, 우리도 알아. 그 이야기…….

하지만 지금 들어도 뭔가 잘못된 것 같아.

아빠는 당시 내게 이렇게 말했어. "가능한 일이야. 그 박스 사진기가 전쟁 동안 입었던 충격을 생각해 보면 말이야. 혼자서만 남아……."

둘이서 회전목마에 앉아 있을 때 아빠가 나에게 소리쳤지. "넌 보게 될 거야, 나나, 나중엔 모든 게 잘될 거야, 우리 둘이서……."

아버지는 원래 입담이 좋잖아!

그중에 얼마만큼이 진실인지 나중엔 아무도 몰라.

그럼 이제 파울이 이야기해 봐. 박스 이야기에서 무엇이 사실
이고 무엇이 지어낸 이야기인지.

너는 틀림없이 암실 안 아주머니 옆에서 모든 속임수를 함께
꾸몄을 거야.

네가 자기 조수라고 아주머니가 말했잖아.

마지막까지 말이야.

내가 알기로는, 마리 아주머니가 아그파 필름으로 찍은 건 정
확하게 그대로 현상되었어. 조금도 속임수가 없었어. 정말 이상한
일이었지.

파울의 말과 꼭 같군. 나의 요기가 지하철을 타고 가는 모습
이 아주 정상적으로 찍혀 있어. 보통은 여러 노선을 갈아타면서
아주 멀리까지 갔어. 딱 한 번 요기는 아주 가까운 역, 즉 슈피헤
른 가 역에서 내렸지. 암놈 한 마리를 쫓아가려고. 아마도 푸들이
었을 거야. 하지만 그 푸들은 정말이지 아무런 흥미도 보이지 않
았지…….

요기는 그 밖에도 무엇을 할 수 있었을까. 지금은 이 정도에서
만족하기로 하자.* 몇몇 단어를 지우고, 표현을 부드럽게 혹은 예리
하게 다듬은 후에도, 아버지의 머릿속에선 마리와 그 살아남은 박
스 사진기에 대한 이런저런 생각들이 떠오른다. 마리는 얼마나 자

---

* 아들딸이 퇴장하고, 다시 작가 귄터 그라스가 화자로 등장한다.

주 우울한 모습으로 한쪽 구석에 서 있었던가. 돌에 구멍이라도 뚫을 듯이 그녀는 무언가를 응시했다. 무엇 때문에 여러 사람이 모인 자리에서도 그렇게 홀로 외롭게 있었던가. 마리는 암실에 들어가기 전에 짤막한 주문, 죽은 한스를 불러내는 긴 문장, 마주르 지방의 어루만지는 듯한 말 들을 속삭였다.

아이들의 아버지는 신속하게 연이어 나타나는 영상들을 눈앞에서 본다. 마리는 선 자세로, 두 발을 가까이 붙인 자세로, 혹은 쪼그리고 앉은 자세로 저 아득한 시간 속의 스냅 사진들을 찰칵거리며 찍었다. 아이들의 소망, 어쩔 수 없이 반복되는 불안, 그리고 또한 부모의 결혼 생활* 중에서 지나간 것 그리고 앞질러 내다본 것 등.

하지만 아들딸들은 그것들에 대해서 말하고 싶어 하지 않는다. 아이들은 그것들에 대해선 본 것이 없다. 아버지가 겁에 질린 얼굴로 바라보는 동안 어머니가 화를 내며 하나하나 차례로 깨뜨렸던 유리잔들을 롤필름 가득 돌이켜보았다면 아이들은 괴로웠을 것이다. 댄스파티 직후, 축제 천막 뒤편의 유리 조각들, 왜냐하면 이미 당시에, 나중에 오랜 세월이 흐른 뒤처럼…… 박스 사진기는 그렇게 모든 것을 투시했다.

---

* 아들딸의 입장에서 본 귄터 그라스의 결혼 생활.

플래시도 없이

이번에는, 아버지의 연출에 따라, 먼저 태어난 네 명의 자식만 나란히 쪼그리고 앉아 있다. 이런저런 초록빛 식물들이 번갈아 자라는 마당, 이전엔 병영으로 사용되었고 그다음엔 팟이 마음에 들어 하며 피신처로 삼았던 마당에서 그가 남매들에게 제안을 했다. "스파게티를 만들어 줄게. 토마토소스와 가루 치즈를 곁들여 금방 만들 수 있어. 적포도주도 있고, 그 외에 너희들이 마시고 싶어 할 만한 것들도 있어. 여기가 좁기는 하지만 큰 상관은 없을 거야."

주중에는 대개가 그렇듯이 오늘 두 아이는, 이혼해서 따로 사는 그의 부인 집에 있다. 가까운 곳에서 한 영화 촬영 팀과 함께 「슈바르츠발트 병원」과 비슷한 그런 작품을 만들며, 음향을 담당하고 있는 요르쉬가 가장 빨리 프라이부르크로 왔다. 타델도 같은 팀의 조감독으로 일하고 있다. 팟이 식탁 위에 올려놓은 병들을 보니 포도주는 그 지방 것이다. 라라는 가족과 떨어져 며칠 동안 자유를 누릴 수 있게 되었다. 아이들 없이 지낼 수 있어 그녀는 마음이 가볍다.

모두들 스파게티 요리를 칭찬한다. 형제자매가 둘러앉은 식탁 중앙에는 아이들이 분필로 그리기 좋도록 석판이 설치되어 있다.

유기농 농부를 거쳐 목공 일을 배웠던 팟이 대패질하고, 짜 맞추고, 아교로 붙여 만든 것이다. 모두들 한 칸 한 칸 짜 맞추어진 그집의 질서 정연함을 보고 놀란다. 그는 딸아이와 아들을 위해 중간층을 만들었고, 집에서 가장 작은 방에다 개인 문서실처럼 보이는 사무실을 차렸다. 서가에는 오래전부터 기록한 일기장들이 빽빽하게 꽂혀 있다. "그래, 내게 일어났던 일을 모두 기록한 거야. 어떻게든 변해 보려고 노력했던 일, 그리고 새로 시작해야 했던 일들을 말이야……."

라라가 뭘 안다는 듯 미소를 짓는다. 이번에 그 애는 뒷전에 물러나 있을 생각이다. 이제는 원격으로나 조종할 수 있다. 어쨌든 쌍둥이 형제는 그들의 어린 시절 이야기를 계속 진행하려 애쓴다.

라라 너 말이야, 너는 아버지를 제외하면 네가 마리헨의 미쳐 버린 박스가 만든 사진들을 유일하게 본 사람이라고 했잖아? 그건 절대로 맞는 말이 아니야.

맞아, 아체! 우리가 겨우 네댓 살이었고, 라라가 이제 막 태어났을 무렵에 우리도 봤어.

유감이야, 타델. 너는 아직 태어나지도 않았을 때야.

나는 거의 기억이 안 나거나 난다 해도 어렴풋하기만 할 뿐이야. 젖빛 유리를 통해서 보는 것처럼 말이야. 하지만 사진들 자체는 분명히 있었어. 맨 위층에…….

그때 우리는 카를스바트의 공동 주택에 살았어. 우리 집 아래 계단 오른쪽에만 세입자들이 살았지. 한 늙은 부인이 아들과 살았는데, 그 아들은 RIAS인가 SFB 라디오 방송에서 뭔가 중요한 일을 맡고 있었어. 그리고 거의 지하나 마찬가지인 아래층에 세탁소가 하나 있었어.

하지만 계단 왼쪽 부분은 맨 위층까지 모두가 폐허였지. 불타 버린 집이 두서너 채. 그리고 망가진 천장 아래에는 시커멓게 탄 들보만 있었고, 거기엔 경고 표시가 있었어. 아마도 '출입 금지!'나 그 비슷한 문구였을 거야.

불탄 흔적이 없는 제일 아래층에서는 발을 절뚝거리는 목수가 살림을 했어. 친절한 사람이었지. 나는 그에게서 대팻밥을 가져오곤 했는데, 나중에 68세대들 사이에서 유행하던 머리카락처럼 길고 꼬불꼬불했어. 훨씬 나중에 우리들 사이에서도 그런 머리가 유행했지. 왜냐하면 우리도 기꺼이…….

그리고 절름발이 목수는 세탁소 여자와 언제나 다투었어. 그녀는 심술궂지도 않고 못된 마녀도 아니었는데 어머니도 이렇게 말하곤 했어. "그 여자는 눈빛이 사악해, 얘들아, 조심해!"

그 늙은 마녀가 우리를 보고 욕설을 퍼붓던 일도 아직 기억이 나. 네가 죽은 비둘기 두세 마리를 그 여자네 세탁소 문 앞에 가져다 놓았기 때문이지. 맨 위층의 잡동사니 사이에 아무렇게나 널브러져 있던 비둘기들을 말이야. 안에 구더기들이 들어 있는 게, 이미 반쯤은 썩은 것들이었어.

상상해 봐, 라라 너도. 증기다리미 사이로 그 여자가 비명을 질렀지. 그리고 우리가 그랬다고 야단쳤어, 우리 둘 다를.

전쟁 동안 불타지 않았던 우리 집은 파리 시절 집보다 훨씬 넓었어. 파리에서는 방이 두 개밖에 없었고, 아버지와 어머니가 언제나 돈이 빠듯해 모든 것을 아껴 써야 했지. 하지만 카를스바트 시절엔 아버지가 『양철북』으로 단단히 한몫 잡은 덕분에 우리와 많은 손님들을 위해 심지어 양의 허벅지 살을 사 줄 수도 있었지. 그리고 개들과 관련된 책을 쓰다가 진도가 잘 안 나가면 택시를 타고 시내로 들어가곤 했어…….

이따금 오후 일찍 영화관에 가기도 하셨지…….

"기분 전환을 위해서야."라고 아버지가 말했어.

또 다른 이유도 있었던 게 분명해. 아버지는 자신이 하는 일로부터 거리를 두기 위해 이따금씩 현장을 떠났던 거야.

어쨌든 도우미 아주머니도 고용했지. 어머니가 점령 지구의 프랑스 아이들에게 어려운 댄스 스텝과 발끝으로 서는 법을 가르칠 때면 그 아주머니가 우리를 돌보아 주었어.

나는 그 이상은 기억이 안 나. 하지만 우리 집은 밝고 넓었어.

방이 다섯 개에다가, 제대로 된 욕실 그리고 기다란 마루도 있었지. 우리는 거기에서…….

그리고 맨 위층, 망가지지 않은 주택 절반 쪽에 아버지는 계단을 통해 들어가는 작업실을 차리고는 갤러리라고 불렀어.

그 지역에는 반쯤 타 버렸지만 사람들이 들어가 살았던 공동 주택들이 많았지. 그리고 아체, 너는 말이야, 우리 가족이 일요일에 산책을 나가 어느 곳에선가, 이전엔 기둥과 여기저기 첨탑이 있어 호화로웠지만 지금은 폐허가 된 저택들을 볼 때마다 이렇게 소리쳤대. "요르쉬가 망가뜨렸어요." 그래, 네가 그랬던 거야, 넌 자동차든 배든 비행기든, 새 장난감이 선물 탁자 위에 오르자마자 그것들을 순식간에 산산조각으로 부숴 버렸어. 쾅! 하고 말이야.

그래, 맞아. 난 늘 그 안이 어떻게 되어 있고 어떻게 작동하는지가 궁금했거든.

엄마는 너를 '재료 검사반'이라고 불렀어.

그러고 나서 언젠가 마리 아주머니의 한스가 돌아가셨어. 헤아려 봐, 아체. 아주머닌 우리 아버지보다 열 살이나 그 이상 나이가 많았어. 사진가 한스는 1930년대 중반에 이미 아주 유명했던 게 분명해. 우리와 함께 주말 시장에 나타나 걸어가면 사람들이 뒤를 돌아보며 수군거렸으니까.

우리가 익숙해질 때까지 그런 일은 계속되었지.

어쨌든 한스가 죽고 난 뒤 바로 마리 아주머니는 미쳐 버린 박스와 함께 카를스바트로 왔고, 처음에는 앞과 뒤쪽에서 우리 집을, 그리고 나중에는 타 버린 모든 집들을 안쪽에서 찍었어…….

아버지가 원했기 때문이야. 이전부터 언제나 그랬어. 아버지가 "찍어요, 마리헨!" 하면, 아주머니는 스냅 사진을 찍었어.

특별 주문도 많았어. 생선 뼈, 갉아 먹힌 뼈다귀들, 그리고 그 밖의 것들…….

나도 나중에 본 적이 있어. 아빠가 여전히 파이프 담배만을 피울 때였는데, 아주머니는 다 타 버린 성냥들이 여기저기 널브러져 있는 걸 찍곤 했지…….

심지어 아주머니는 아빠가 사용하던 고무지우개의 찌꺼기에도 집착했어. 모든 찌꺼기에는 비밀이 숨어 있다면서 말이야.

라라, 그전에는 아버지가 직접 말아서 만든 담배의 꽁초들을 찍었다고. 꽁초들은 제각각 다른 모습으로 구부러진 채, 바싹 타들어 간 성냥들과 뒤섞여 있었어. 재떨이라든지 그 밖의 곳에 말이야…….

마리 아주머니는 가리지 않고 모든 것을 찍었어.

심지어는 아빠의 똥도 몰래 찍었을 거야.

내 말 들어 봐. 나무에 둘러싸여 있던, 허물어진 공동 주택도 마찬가지였어. 꽤나 키가 큰, 아마도 소나무였을 거야.

그러나 타델은 나와 요르쉬의 말을 여전히 믿으려 하지 않아. 우리 둘이…….

……하지만 그건 틀림없는 사실이었어. 마리 아주머니가 아그파 박스 사진기로 찍었던 것들은, 그녀의 암실에서 현상되는 순간, 실제와는 전혀 다른 모습으로 나타났어.

처음에는 기분이 섬뜩했지.

어쨌든 우리는 아무에게도, 어머니에게도 말하지 않았어. 우리가 아버지 작업실에서 몰래…… 그러나 널따랗게 내다볼 수 있었던 커다란 창문 앞에 있던 아버지 작업대 위에서 본 것은 아니었어. 그래, 사인펜으로 개들의 이름이 적힌, 많은 종이쪽지들이 들보에 매달려 있던 갤러리에서…….

그래, 바로 그곳에 아버지는 마리헨의 암실에서 나온 사진들을 핀으로 나란히 고정해 놓았지.

우리가 인화지에서 볼 수 있었던 것은 마치 다른 필름을 현상한 것 같았어. 하지만 우리는 공동 주택의 허물어진 절반이 실제로 어떤 모습이었는지 알고 있었지. 계단 왼편 집들은 모두 출입문이 닫혀 있었고, 문마다 육중한 자물쇠가 걸려 있었어. 하지만 아버지는 건물 주인을 설득하여 열쇠들을 얻어 냈고, 마리 아주머니에게 공동 주택 내부도 찍게 하면서 우리 둘이 함께 안으로 들어가는 걸 허락해 주었어.

안에는 이전에 여기저기 놓여 있거나 벽에 기대어 서 있던 모든 것들이 잡동사니와 고물이 되어 있었어. 역겨운 거미들과 함께 거미집들이 여기저기 매달려 있었지.

천장에는 구멍들이 숭숭 뚫려 있었고…….

여기저기 물이 새고 방울져 떨어졌어…….

소름 끼치는 분위기에 팟은 공포를 느꼈고, 그래서 폐허 속으로 더 이상 깊이 들어가려 하지 않았지. 비둘기들도 곳곳에 똥을 갈겨 놓았더랬어.

그리고 여기저기 검게 그을린 벽지들이 벽에서 떨어져 너덜너덜 찢겨 있었고, 그 아래로 신문들이 보였어. 예전에, 아주 예전에 새로 벽지를 바르면서 풀로 단단히 발라 놓았던 것들이지.

아직은 우리가 글자를 읽기 전이라, 아버지가 신문에 실린 것들을 설명해 주었어. 그래, 전쟁이 일어나기 오래전 도시에서, 그리고 그 밖의 곳에서 일어났던 일들이었지. 모든 사람이 모든 사람에 맞섰던 이야기였어. 살인과 격투로 가득한 이야기들. 아버지는 정치 난투극이라고 불렀지. 아버지가 말했어. "얘들아, 여기 있는 건 영화로도 만들어졌던 기사야. 그리고 이 기사는 지금 막 어떤 정부가 무너졌다는 내용이고, 또 여기 제목이 두꺼운 글씨체로 실린 건 극우 깡패들이 정치가 하나를 또 살해했다는 소식이야."

그래, 형들은 그게 무슨 의미인지 금방 알아들었겠지? 형들은 언제나 눈치가 빨랐으니까.

물론이지! 그리고 화폐 가치가 계속해서 떨어지고 있다는 기사도 아버지가 읽어 주었어. 말하자면 인플레이션 시대였던 거야.

네 말이 맞아, 타델. 하지만 우리도 당시에는 맥락을 제대로 이해하지 못했어. 너무 어렸으니까.

훨씬 나중에 그 맥락을 이해하고 나서야 인플레이션 시대가 무슨 뜻인지 알게 됐어.

바로 다음 날 아버지는 쾨니히 가에서 정확하게 그 지점을 짚어 주었어. 너덜너덜 찢어진 벽지 아래 신문지에서 읽었던 사건이 일어난 지점을 말이야. 아버지가 말했어. "여기에서 깡패들이 무개 관용차를 타고 가는 라테나우를 쏘았어. 이 커브 지점에서는 언제나 천천히 달렸거든……."

그리고 신문지에는 훨씬 더 많은 것들이 실려 있었어. 구두약, 어릿광대 모자, 우산, 페르질표 세제 광고들 같은 게 말이야. 아주 커다랗게……

아버지는 모르타르를 칠한 벽 위에 느슨하게 붙어 있던 신문지 몇 장을 아직도 보관하고 있지……

……아버지는 그때부터 벌써 모든 걸 모으기 시작했지. 이전에는……

그리고 라라, 상상해 봐, 우리 집 바로 맞은편 집에 피아노 일부가 남아 있었잖아.

아니야, 아예! 온전한 그랜드피아노였어. 요즈음 야스퍼와 파울헨의 어머니 집 음악실에 있는 것과 똑같았어. 그런데 야스퍼의 어머니는 청소부 아주머니나 아버지가 귀를 기울이지 않을 때에만 연주를 하지.

어쨌든 그 그랜드피아노는 완전히 망가진 것보다는 조금 나은 상태였어. 전체적으로 그을리긴 했지만. 그리고 기우뚱하게 기울어 있었어. 래커 칠은 곳곳이 벗겨지고 뚜껑도 없었지. 아직도 붙어 있는 건반 중 몇 개는 아주 쉽게 떼어 낼 수 있었어…….

형들은 분명히 그랬을 거야.

믿어도 좋아, 타넬.

하지만 우리를 위해서가 아니었지.

아버지의 수집품을 위해서였어.

커다란 주택이었어. 우리 집처럼 방이 다섯 개였지. 하지만 창문이 모두 안쪽에서 널빤지나 압착 판지를 댄 채 못질되어 있었기 때문에, 틈새 사이로만 빛이 스며들어서 실내가 전체적으로 어둑어둑하고 곳곳이 음침했어.

하지만 마리헨은 박스 사진기로 그 모든 것을 찍었지. 부엌과 욕실에 널브러져 있는 것들까지도 말이야. 쪼개진 화장실 변기, 찌그러진 양동이, 깨지고 남은 거울, 휜 스푼 몇 개, 타일 조각 등등을…….

그 대부분은 사람들이 몰래 가져가거나, 화재 후에 치워졌지. 아직 사용할 수 있는 것들이었거든…….

……아니면 전쟁 직후 땔감이 전혀 없을 때 작은 장작으로 쪼개졌을지도 몰라.

정말 분위기가 음침했다고 네가 그랬잖아. 그런데도 마리 아주머니가 그 간단한 박스를 가지고 모든 걸 찍었다는 거야?

그래, 타넬. 심지어 아주머니는 플래시도 없이 사진을 찍었어. 언제나처럼 간단하게 배 앞에 대거나 가끔은 쪼그려 앉은 자세로.

우리 둘 다 나이를 조금만 더 먹었더라도, 사진 찍기에는 너무 어둡다는 생각을 분명히 했을 거야.

박스로는 그렇게 어두운 곳에서 절대 찍을 수 없어.

필름만 버리지.

하지만 우리가 아버지 아틀리에에 몰래 숨어들었을 때, 우리는 그 사진들이 작업실 위 들보에, 거기엔 사진들 말고도 개들의 이름이 적힌 종이쪽지들도 걸려 있었지, 핀으로 나란히 꽂혀 있는 걸 보았어. 아버지가 아래층에서 손님과 함께 포도주와 화주를 마시면서 정치 이야기에 열을 올리고 있을 때 말이야…….

세상에, 거기엔 멋진 것들이 걸려 있었지.

처음에는 누구도 믿으려 하지 않았어. 모든 사진이 환하게 조명을 받고 있었거든.

초점 하나 흔들리지 않은 사진들이었어.

모든 가구가 세밀했지.

집들은 온전하고 사람이 살고 있는 것처럼 보였어. 방에는 사람 그림자도 보이지 않았는데…….

폐허가 된 집들이 모두 온전하게 보이다니, 거짓말 아니야?

하지만 사실이야, 타델. 심지어는 깨끗하게 청소까지 되어 있었는걸.

역겨운 거미집도, 비둘기 똥도 없었어.

아주 안락해 보였어.

그랜드피아노는 하나도 망가지지 않은 모습으로 방 한가운데 있었어. 온전한 건반 위에는 악보들까지 펼쳐져 있었고. 며칠 전 마리헨이 찍을 때만 해도 엉망인 채로 쿠션 안감이 뜯겨 나오고 스프링이 보였던 소파 위에 이제는 방석들이 놓여 있었지. 팽팽하고 네모난 방석들이 말이야. 그리고 소파 한 모퉁이에, 팽팽한 방석들 사이에 끼인 채, 검은 머리에다 놀란 눈을 커다랗게 뜬, 우리 여동생처럼 보이는 인형 하나가 앉아 있었어. 정말이야, 나중에 막 걷기 시작했을 때의 라라, 너의 모습이었어.

그리고 부엌 하나에는 네 사람을 위해 아침 식사를 차린 듯, 식탁 위에 버터와 소시지, 치즈와 작은 컵에 담긴 달걀들이 놓여 있었지. 지금도 눈에 생생해. 아주 선명한 사진들이었어. 모든 부분이 다. 소금 통, 찻숟가락 등등, 마리 아주머니가 플래시도 없이 찍었지만 말이야…….

아주머니가 따로 찍은 화덕 위에서는 심지어 물 끓이는 냄비가 김을 내고 있었어. 사진에서는 보이지 않는 누군가가, 아마도 주부가 차나 커피를 끓이려 하는 것처럼 말이야.

무엇보다 집들은 모두 사람이 살고 있는 것처럼 보였어. 일부 집에는 두꺼운 양탄자, 쿠션이 있는 안락의자, 흔들의자가 있었어. 그리고 벽에는 눈 덮인 높은 산을 그린 그림들이 걸려 있었지…….

여기저기 시계들도 있었는데, 얼마나 정확한지 확인하려면 할 수도 있었을 거야…….

……우리가 조금만 더 나이 먹었더라면…….

그리고 어떤 방에는 나지막한 책상 위에 첨탑과 도개교(跳開橋)가 있는 기사의 성이 서 있었어. 주석 병정들이나 납 병정들도 같이 있었는데, 말을 타고 달리거나 걷고 있었지. 마치 전투를 하려는 것처럼. 심지어는 머리에 붕대를 두른 부상병들도 있었어. 바닥에는 8자형 장난감 철도가 깔려 있고, 역 앞에는 전철기도 있었어. 레일 위에는 앞쪽에서 증기 기관차가 끄는 여객 열차들이 대기하고 있었는데, 막 출발하려는 듯이 보였어. 전철기 위에서는 차량 몇을 매단 또 다른 기관차가 정지 신호에 따라…….

매르클린 사의 전기 전철기였어. 그 변압기는 아직도 기억이 나.

어쨌든 아이들, 그래, 우리 같은 쌍둥이 사내아이들을 생각해 봐. 그중 하나는, 틀림없이 나였을 거야, 기사의 성을 가지고 놀고 다른 한 아이는, 그래, 너라고 치자, 매르클린 사의 장난감 철도를 가지고 놀 수도 있었을 거야.

그런데 마리 아주머니는 장난감, 가구들, 대형 괘종시계 몇 개, 재봉틀만 찍었어…….

이제 말할 수 있어. 그건 틀림없이 징거표였을 거야…….

그래, 그럴 거야, 타델, 당시엔 집집마다 징거표 재봉틀이 하나 씩 있었지. 온 세상에. 그리고 이 말도 하고 싶어. 아주머니는 풍성 하게 차려진 아침 식탁, 소파 방석들 사이의 인형, 심지어는 그랜드 피아노 위의 악보들을 플래시도 없이 과거로부터 가져왔어. 순전히 물건들만 말이야. 생명이 있는 것들은 빼고.

그렇지 않아, 야체! 원래부터 허물어지고 너무 어두워서, 나라 면 절대 혼자서는 안으로 들어가 볼 엄두조차 내지 못했을 집이 하나 있었어. 그런데 사진에서는 흰색 커튼이 햇빛을 들어오게 하 는 데다, 창문들도 활짝 열려 있어서 정말 환하게 보였어. 그리고 그 집 실내 관상식물들 사이에 꽤나 큰 새장 하나가 있었는데, 그 안에는 높이가 다른 나무 막대가 두 개 있고 그 위에 새 두 마리 가 앉아 있었어. 아마도 카나리아였을 거야. 마리헨이 모든 걸 흑 백으로 처리했기 때문에 제대로 알아볼 수는 없었지만. 그리고 또 다른 부엌의 찬장에는 파리 잡는 끈끈이가 매달려 있고, 똥파리들 이 거기에 들러붙어 있는 걸 볼 수 있었어. 아주머니가 근접 촬영 을 했기 때문이지. 역겨운 장면이었어. 파리 몇 마리가 단단히 들러붙어 있었는데, 다리들이 모두 온전했지……. 육중한 가구들이 들어찬 다른 집 안에서는 고양이 한 마리가 안락의자에서 자고 있었어. 그러다 등을 둥글게 말고 양탄자 위에 자리를 잡았지. 화가 나서 그르렁거리기라도 할 것처럼. 그 고양이는 다른 사진들에서는 화분들 사이에서 아주 평화롭게 햇볕을 쬐고 있었지. 잠깐, 털이 멋진 고양이였어. 이런, 이제야 생각이 난다. 한 사진에서는 양털 실뭉치를 가지고 놀고 있었어. 아니면 내가 지어낸 것일까? 나도 아버지처럼…….

어쨌든 팻의 견해에 따르자면, 암고양이나 수고양이 한 마리가 어떤 집에서 이리저리 어슬렁거리며 다녔다는 거지.

우린 당시에는 몰랐어. 무엇 때문에 아버지에게 그런 사진들이 필요했는지.

나중에야 알아차렸어. 아버지에겐 그것들이 『고양이와 생쥐』 때문에 중요했던 거야. 전쟁에 대해서, 침몰한 폴란드 소해정, 소년 몇 명과 소녀 한 명 그리고 영웅적 행동을 위한 한 단체를 그린 작품 말이야…….

……아버지는 개들을 다룬 책을 쓰는 동안에 그 작품을 썼던 거야. 그것을 더 이상 진척시키지 않은 이유는 알 수 없지만.

하지만 동물들이 아버지에게 언제나 일정한 역할을 한 건 사실이야. 나중에는 심지어 말을 하는 동물까지 등장했잖아.

마리헨에게 집들을 찍게 하면서 아버지는 우리한테 이렇게 말했어. "이 집에선 의사들과 판사가 살았어. 그들이 지금 어떻게 되었는지 궁금하군."

어쨌든 우리는 느리게나마 분명히 알게 되었어. 아버지에게 사진이 필요했던 건 예전에 있었던 일들을 정확하게 떠올리기 위해서라는 걸.

지금 우리 아빠의 삶은 한마디로, 과거에 초점이 맞춰진 삶이야, 여전히. 과거에서 벗어나지 않아. 의무적으로……

그리고 마리 아주머니는 기적의 박스로 그런 아버지를 도왔던 거지……. 그래, 우리는 라라 네가 나중에 그랬던 것처럼 모든 걸 믿게 되었어. 원래는 존재하지 않았지만 나중에 암실에서 진짜 살아 있는 것으로 만들어진 것들을 말이야.

그래, 마리헨이 새로운 필름을 코닥 박스에 넣을 때마다……

아그파였어! 앞면에 분명히 쓰여 있었어. 대물렌즈 바로 아래쪽에. 몇 번이나 설명해야 알겠니? 마리헨의 아그파는 1930년대 것이었어. 그전에는 차이스 사의 텡고르만 있었지. 그러고 나서 전쟁 후 오랜 휴식을 가져야 했던 미군들이 브라우니 주니어를 들고 다시 나타난 거야. 그러나 성공을 거둔 것은 차이스 사의 값싼 박스였어. 우리 아버지가 짧은 바지를 입고 입단했던 나치 청소년단 단장의 이름을 따 '발두르'라고 불렸지. 발두르는 8제국마르크밖에 안 했어. 수십만 대가 팔렸지. 게다가 한 모델은 이탈리아로 수출까지 되었어. 이름이 '발릴라'였는데, 파시스트 청소년들을 위한 특별 제품이었지. 그러나 마리 아주머니는 라라가 말하는 것처럼 기적의 박스나 마술의 박스가 아니라, 성능이 좋은 오래된 아그파 박스 1을 가지고 찍었어. 아주머니가 박스를 배 앞에 매달고 있던 모습이 지금도 눈에 선해.

좋아, 아체. 네 말이 맞아.

사실만 말해!

어쨌든 마리헨은 박스를 가지고 과거뿐 아니라 미래까지도 내다보았어. 우리가 반쯤 허물어진 주택에서 살았을 때, 아주머니는 필름 한 통을 다 들여 네가, 우리의 라라가 세상에 태어난 어느 일요일, 바로 그날 정치적으로 어떤 일이 벌어질지를 사진으로 보여 주었어. 어머니의 배가 둥글게 솟아 있을 때였지. 우리는 가끔씩 거기에다 귀를 대고 듣도록 허락받기도 했어. 어머니는 마리헨이 박스로 만들어 낸 것들을 보여 주자, 그것들을 하나하나 배 앞으로 들어 올려 보면서 큰 소리로 웃었지. 그 모습이 지금도 눈에 선해. 라라, 그리고 타델, 너도 생각해 봐. 거대한 양의 무리였어. 수백 마리나 되는 양들이 오른쪽에서 왼쪽으로, 다시 말해 동쪽에서 서쪽으로 천천히 이동하고 있었지. 앞쪽에는 양치기가 있었어. 그 옆에는 뿔이 난 수놈이 한 마리 있었고. 한 장 한 장 다른 양들의 모습이 이어졌고, 그 뒤론 개가 따르고 있었지. 모두들 한 방향을 향하고 있었어. 그러고 나서 네가 태어났을 때, 요르쉬가 아버지를 위해 로젠에크 가의 가판대에서 사 온 일요 신문들에는 도시 외곽에서 한 양치기가 소련 점령 지구 경계를 넘어 뤼바르스의 평야 위를 거쳐서 민중 소유 양 500마리를 서방 점령 지구로 이끌고 가는 모습이 실려 있었지. 마리헨의 박스가 이미 알았던 것처럼 사격 한 발 받지 않고.

그 밖에도 아버지는 종종 신문에 실린 기사를 읽어 주었어. 공산주의 진영에서 자본주의 진영으로 달아난 수많은 양들을 어디로 이끌어야 할지 모른다면서 말이야. 모두를 도살해야 하는가, 아니면?

게다가 아버지는 큰 소리로 웃었고 이어서 담배를 말면서 말해 주었어. 한 유명한 시인이, 말하자면 한 영국인이 이미 오래전에 죽지만 않았다면, 막 태어난 우리의 라라와 마찬가지로 4월 23일에 생일을 맞게 된다고.

좋아, 아체. 양들 이야기는 맞아. 시인 이야기는 덤이었고. 그러나 몇 달 후, 우리 생일 직전에, 도시를 가로질러 장벽이 세워져서 더 이상 아무도 넘어가지 못하게 되었을 때를 생각해 보면, 마리 아주머니의 박스도 그것만은 미리 알지 못했던 거야.

어쨌든 우리는 몰랐어. 왜 그렇게 다들 갑자기 우왕좌왕하는지 그리고 왜 우리 어머니가 트렁크를 재빨리 꾸려, 라라, 너와 함께, 그래 어머니의 고향인 스위스로 달아나려 했는지.

뭐라고, 타델? 어머니가 느꼈을 두려움을 생각해 봐. 당신이 아니라 우리 때문에 말이야. 다시 전쟁이 일어날 수도 있었던 거야. 바로 가까이에, 클레이 대로변에 이미 미군들이 전차와 그 밖의 것들과 함께 주둔하고 있었다고.

어쨌든 아버지는 넓은 주택에 혼자 머무르셨고, 우리가 나중에야 알게 되었던 것처럼 장벽에 반대하는 비판적인 편지들을 몇 통 썼어. 그만큼 격분했던 거지.

하지만 아무 소용도 없었어, 편지를 쓰는 정도로는.

재미 삼아 하는 말이지만, 만일 아버지가 그 무렵 그 어떤 날에 마리헨과 함께 미군 점령 구역의 찰리 검문소에 나타나, 외국인들을 위한 월경(越境) 장소가 있었던 바로 그곳에서 기다리다 "지금이야, 찍어, 마리헨!" 하고 말했더라면, 아주머니와 그 박스 렌즈 앞에 로마제 표지가 있는 날렵한 자동차 한 대가 나타났을 거야, 거기에는……

좋아, 아체! 그리고 아마도 2인승 알파 로메오였을 그 자동차 안에, 이탈리아인 하나가 앉아 있었을 거야. 그 사람 직업은 치과 의사이고, 로마로부터 바로 그 일 때문에 베를린으로 왔을 거고, 또 이름은 에밀리오였을 거야……

그리고 그 옆엔 키가 크고 날씬한, 젊은 여자가 있었을 테지. 선글라스를 끼고 머릿수건으로 곱슬곱슬한 머리를 가린……

에밀리오는 두려움 하나 없이 젊은 금발 여자를 동쪽에서부터 검문소까지 직접 데려왔을 거야. 그 젊은 여자가 보여 주어야 했던 스웨덴 여권이 가짜라는 사실을 알면서도……

그래, 가정일 뿐이야. 타델, 그냥 상상으로 하는 소리야. 아버지가 원해서 마리헨이 그 두 사람을, 진짜 이탈리아 남자와 가짜 스웨덴 여자가 그들의 여권을 돌려받고 인민 경찰 검문소를 통과했을 때, 바로 그때 마리가 멀리서 그 두사람을 찍었더라면. 그들이 막 날렵한 자동차에서 내리고, 이어서 젊은 여자가 갑자기 선글라스와 머릿수건을 벗는 바람에 그 기다란 곱슬머리, 게다가 금발머리가 보였을 때 말이야. 그녀의 가짜 여권에서는 검은색에 가까운, 훨씬 짧은 직모로 보였지만. 그래, 그때 그렇게 사진을 찍었더라면, 마리 아주머니는 나중에 암실에서 사진을 들고 나오며 아버지에게 이렇게 말했을지도 몰라. "이 여자를 잘 봐요. 정말 특별해요. 당신에게 의미가 있을 여자예요. 모든 게 어긋나 버린 비상시에."

그래, 타델! 좀 더 상상해 보자. 그냥 재미로 말이야. 어머니가 우리 모두를 안전한 곳으로 데려가는 바람에 넓은 집에서 혼자 지내게 된 아버지가, 6×9 사이즈 사진 여덟 장에서 자신의 두 번째 아내를 환영으로 미리 보았더라면, 마리 아주머니가 장벽 설치 직후에 특정한 날 특정한 장소에서 아버지가 무조건 원했기 때문에 찍고 또 찍었더라면, 아마도 나중에 이런 일은 결코 없었을…….

그만둬!

너희 둘 다 헛소리가 심해.

만일 어쩌고저쩌고 하는 허튼소리들이 무슨 소용이야…….

그래, 좋아, 타델.

가정이라니까.

그냥 재미로 하는 소리지.

하지만 도피 이야기와 치과 의사였던 이탈리아인 이야기는 사실이야.

2인승 자동차 이야기도 진짜야.

우리도 야스퍼와 파울헨한테서 들었어. 걔네 어머니가 말해 주었다잖아. 가짜 여권과 스웨덴 신문과 스웨덴 동전을 조금 가지고, 거기에다가 도피의 조력자로 한 이탈리아 남자와 함께 장벽이 설치된 직후에 동쪽을 탈출했다고. 그러고 나서 그 에밀리오라는 남자는 심지어 두 여동생도…….

어쨌든 어머니는 우리 셋을 데리고 스위스에서 다시 돌아와 짐을 풀었지.

그래, 라라. 아버지는 박스가 만든 사진들이 실제로 있었다 해도, 두 번째 아내가 나온 사진들을 아무에게도 보여 줄 수 없었을 거야.

하지만 마리헨은 어쨌든 아버지 자신보다 아버지에 대해 훨씬 더 많이 알았어.

아마도 그럴 거야. 아주머니는, 우리를 포함한 가족과 함께 어떻게 살아야 할지 몰라 줄담배를 피우던 아버지가 남겼던 꽁초들을 그때마다 찍어 두었을 정도니까…….

아버지는 아침부터 밤늦게까지 손수 만 담배를 피워 댔기 때문에, 모든 일이 어긋나 버렸을 때 역경으로부터 어떻게 요령 있게 빠져나올 수 있는지를, 마리헨이 나중에 박스의 도움을 받아 보여 주었던 게 분명해. 나도 아버지의 그런 따끈따끈한 조언을 듣고 싶을 때가 가끔 있어.

그러나 어머니가 우리와 함께 스위스에서 돌아온 후, 아버지는 종종 차를 타고 쇠네베르크 시청으로 갔던 것 같아. 선거전이 벌어지고 있었는데, 아버지는 장벽 설치 직후에 늙은 아데나워와 맞서 싸웠던 서베를린 시장*을 도우려고 했거든…….

도시 곳곳에 걸린 현수막에 두 사람의 얼굴이 보였지.

그 늙은이는 인디언 추장처럼 보였어.

하지만 아버지는 우리가 산책을 나갈 때면 언제나 다른 쪽 현수막만을 가리키며 말했어. "나는 저 사람을 지지한다. 너희도 이름을 기억해 둬."

그래, 현수막에 적힌 이름은 빌리였어. 아데나워는 빌리를 심하게 모욕했는데, 그가 혼외 출생자이고 또 국외 이주자라는 이유 때문이었어. 그래서 아버지는 틈만 나면 시청으로 차를 타고 가, 당시엔 시장에 불과했던 브란트를 지지하는 연설문을 작성했어. 그런 식으로 선거전에 도움을 주려 했던 거지.

---

* 나중에 독일의 총리가 되어 동방 정책을 수행했던 빌리 브란트를 가리킨다.

모든 것이 끝나고 늙은 아데나워가 선거에 승리한 뒤에야, 아버지는 비로소 다시 위층에서 『개들의 세월』에 홀로 몰두했어…….

아울러 아버지는 자꾸만 뚱뚱해졌어. 파리 시절에 이미 폐병이 나았기 때문이야. 그러나 그런 모습을 담은 사진들은 마리 아주머니가 아니라, 그녀의 한스가 죽기 직전에, 하셀블라트나 라이카로 찍었지.

병명은 결핵이었어.

알약을 삼켜야 했지…….

……그리고 날마다 생크림을 마셨는데, 그 때문에 그렇게 살이 쪘던 거야.

하지만 그동안 개와 관련된 책이 완성되었어. 아주 세세한 부분까지 선명하게 묘사한, 오로지 과거만을 다룬 책이었어…….

……마리헨이 박스로 작업을 도운 덕분이기도 해.

그리고 카를스바트의 집이 너무 좁아지자, 아버지는 프리데나우에 낡은 벽돌집을 구입했어.

장벽 설치 직후에 부동산 값이 바닥으로 떨어졌기 때문에 집은 헐값에 구입할 수 있었어……. 아버지는 나중에 "공짜나 다름없었어."라고 말했지.

우리가 이사 들어가기 전, 나중에 일꾼들이 모든 것을 새로 고치기 전에 마리 아주머니가 낡은 상자 같은 그 집을 안과 밖에서 찍었던 게 아직도 기억나. 아버지는 알고 싶었던 거야. 전쟁 중에, 전쟁 전에 그리고 더 이전에 누가 거기에 살았고, 누가 맨 위층 다락방에서, 지금 아버지가 커다란 창문이 있는 작업실에서 뚱뚱한 수녀들과 허수아비들을 붓으로 그리고 있는 그곳에서 어떤 일들을 했었는지를 말이야.

그 벽돌집이 겪었던 일에 대해서는 다음 기회에 다 말해 줄게.

하지만 마리 아주머니가 아그파 박스로 찍었던 스냅 사진들에서 팟과 나는 볼 수 있었어. 우리의 작은 동생*은 또다시 믿지 않으려 할 테지만. 들어 봐. 아버지가 박사라고 불렸고, 아마도 자선 병원의 수석 의사로 있었을 한 의사의 아들들이 벌써 전기 철도 장난감을 가지고 놀고 있었던 거야.

하지만 내가 대팻밥을 가져오곤 하던, 아래쪽 왼편 지하층의 목공소는 없었어.

그리고 아래쪽 오른편엔 압착 롤러와 마녀가 있는 세탁소도 없었지. 내가 문 바로 앞에 죽은 비둘기를 가져다 놓는 바람에 아주 오랫동안 화가 나서, 나중엔 우리 둘을 아주 천천히, 막스와 모리츠의 경우처럼, 압착기 아래에 넣어 밀어 버리겠다고 위협하기까지 했던 그 마녀 말이야.

난 정확하게 기억할 수 있어, 아체, 우리는 정말 어렸지.

그만 좀 떠들어!

이제 우리가 할게, 우리가!

그래, 바로 다음에 해. 약속할게! 이제 라라 차례야…….

그러고 나서 네 차례야, 타델…….

아버지는 혼잣말을 한다.** 이상한 일이야. 팟과 요르쉬는 기계

---

* 타델을 가리킨다.
** 아이들 간의 가상의 대화가 끝나고 작가인 귄터 그라스가 다시 화자로 등장한다.

로 작동하는 허수아비들 그리고 개들의 이름이 가득 적혀 있던 목록은 기억의 쓰레기 더미에서 뒤져 내면서도, 나의 요구에 따라 마리헨이 찍었던 눈사람에 대해서는 한마디도 하지 않는군. 밤낮으로 계속해서 눈이 내린 직후였다. 나는 나의 변덕스러운 기분에 따라 만든 아이인 툴라가, 나중에 보니 그렇게 표현되어 있었던 대로 높다랗게 솟은 소나무들 사이 반쯤 폐허가 된 건물 뒤편에서 첫번째 눈사람을 만드는 걸 방해하지 않았어. 그 아이는 에룹스 산의 숲 지대에서 마음껏 눈사람을 굴려 만들었는데, 갑자기 날씨가 따뜻해지는 바람에 처음엔 아주 뚱뚱했던 예니가 더 이상 둥그런 형태를 유지하지 못하고, 점차 녹아 가는 진창을 떠나야 했지. 그리고 나중에 예니는 팔다리가 섬세한 여자 무용수로 부활했고. 두번째 눈사람은 가면 쓴 아홉 남자가 명령에 따라 에룹스 산 다른쪽 사면에서 눈덩이를 굴려 만들었고, 마리헨이 마찬가지로 나의 부탁에 따라 찍어 놓았어. 하지만 따뜻한 날씨 덕분에 뚱뚱했던 에디 암젤은 놀랄 만큼 마른 모습으로 찍히고 말았지. 그러고 나서 그 두 눈사람은 또다시 새로운 모습으로 『개들의 세월』을 넘어 살아남았지…….

글쎄 뭐, 이것이 종이로 옮겨졌는지, 아니면 저것이 종이로 옮겨졌는지 얘들이 어떻게 알겠어. 이 아비마저 빈틈 사이를 이리저리 쑤시고 다니며, 기껏해야 이것과 저것이 형상을 얻게 되었다는 것을 어렴풋하게 추측이나 하는 터에 말이야. 당시에 그를 부르는 유혹의 소리에 낱말들이 순종했었지……. 둑을 넘어 거침없이 넘쳐흘렀어……. 샘은 마르지 않았고…… 뒤에선 끊임없이 밀어 대고, 앞에선 실물 크기 형상들이 아른거렸어…….

마리헨은 제대로 정리해서 보여 줄 수 있는 것보다, 아이들이 입에 올릴 수 있는 것보다 더 많은 것을 찍었던 거야.

기적과도 같이

　　다시 여덟 명의 아이 중에서 넷만 모인다. 어느 주말에 시간의 간격을 뛰어넘어 어린 시절로 돌아가기 위해서다. 그들은 이번에는 요르쉬의 집에서 만난다. 언제나 바쁜 아내 그리고 세 딸과 함께 사는 저 벽돌집이다. 요르쉬가 팟과 여동생 라라 그리고 막내 동생 타델과 더불어 한 해 한 해 생일을 맞으며 몇 센티미터씩 자랐던 곳이다. 아버지는 그때마다 목재 문틀에다 연필로 금을 긋고 날짜를 적어 놓았더랬다. 세월이 지나면서 그들 모두는 아버지의 키를 훌쩍 뛰어넘는 데 성공했다. 그들과 함께 나무들도 자랐다. 팟과 요르쉬가 학교에 들어가자마자 집 뒤편에 심었던 것이다.

　　다른 어머니들에게서 태어난 아들딸들에게도 모임이 통보되었지만, 요르쉬가 그들의 참석이 반드시 필요한지 의문을 제기했다. 그래서 대화에 끼려 했던 레나, 그리고 "원칙적으로는 귀를 기울이고 싶다."라고 말한 나나는 요란하게 혹은 나지막하게 유감을 표하며 참석하지 않았다. 야스퍼와 파울헨은 대기자 명단에 들어가 기다리는 것이 '전적으로 옳다.'라고 생각했고, 특히 야스퍼는 '미룰 수 없는 약속' 때문에 안 그래도 참석할 수 없었다고 했다.

　　여름 방학이 시작되면서 요르쉬의 딸들은 엄마와 함께 여행을 떠났다. 종려나무 우거진 남국의 섬에서 보내온 엽서들이 놓여 있다. 형제자매들은 그늘진 뒷마당과 그 뒤편으로 솟은, 딱지가 덕지덕지 앉은 벽돌에 담쟁이덩굴이 기어오르는, 방화벽이 내다보이는 부엌에 앉아 있다. 팟은 지각을 했다. '무조건 친구들을 먼저' 만나야 했기 때문이다. 타델은 최근에 새로 '맨 위층 아빠의 예전 작업실'을 재임대하여 사는 사람이 어떤 타입인지 알고 싶어 한다. 가족의 결정에 따라 얼마 전부터 벽돌집을 소유하게 된 요르쉬는 '낡아 빠진 상자'에 얼마나 자주 그리고 정확히 어디에 비용이 많이 드는 시급한 수리가 필요한지를 형제자매들에게 설명한다. 라라는 오빠들의 말에 귀를 기울인다. 그러고 나서는 미리 주문해 놓았다가, 방금 다시 데운 피자를 화덕에서 가져온다. 사과주도 차게 준비되어 있다. 처음에는 아무도 아버지의 과거 이야기를 들추어 낼 생각이 없었다. "우리 아빠는 이야기가 될 수 있는 것만 중요하게 생각해." 하고 타델이 투덜거린다.

박스 이야기를 처음으로 꺼낸 것은 요르쉬다. 그는 여전히 기적이 일어났던 당시에 박스 1이라고 알려진 상자 카메라 54가 사용되었는지에 대해 의문을 제기한다. "아그파의 후속 모델로, 광도가 더 높은 대물렌즈와 파인더가 있는 특별 박스 64였을 거야, 마리 아주머니가 사용했던 건……"

팟이 말한다. "아주머니가 어떤 카메라로 찍었는지는 상관없어. 우리는 그냥 믿었을 뿐이야."

타델이 반박을 하기 전에, 아버지는 보이지 않는 손이라도 달린 듯 테이블 마이크를 라라에게 전해 준다.

우리 모두는 세례를 받았어. 오빠들과 내가 아직도 카를스바트 가에 살 때였지. 타델은 프리데나우 시절에 받았고, 내 차례가 되었을 때, 팟 오라버니가 장난을 쳤다지. 행사가 길어지자 교회 안에서 가만히 기다리기가 지겨웠던 거지. 그래, 그랬어! 아빠는 아무것도 믿지 않았지만 세례를 원했어. 오랫동안 교회세도 내셨지. 그리고 우리 엄마는 스위스에서 흔히 그러듯이 츠빙글리*파의 교리에 따라 교육받았고, 그 때문에 교회와 연관된 모든 것과 결별을 선언했지. 하지만 엄마 생각은 이랬어. "어쩔 수 없다면, 눈가림이라도 하는 수밖에. 가톨릭인 척하는 거지." 그리고 타델이 세례를 받게 되었을 때, 아빠는 이런 말을 했다고 해. "아이들이 나중에 어떻게 할지는 스스로 결정할 일이야. 스스로 성인이 되었다고 생각할 때 말이지. 누구든 원치 않는 단체에서 탈퇴할 수 있는 거야."

아빠는 이런 말도 했다더군. "모든 것이 사과와 뱀으로부터 시작되었다는 것을 너희가 일찍 알게 된다고 해서 나쁠 건 없어."

그 이야기가 의미하는 것은, 결과가 어떻든 모든 것은 원죄를 안고 있다는 거야.

아빠는 아담과 이브에 대해서뿐 아니라, 카인과 아벨 사이에 있었던 일도 이야기해 주었어.

노아의 방주에 모든 것을 싣게 했던 존재, 그렇게 하지 않았던……

그리고 나중에 일어났던 그 모든 기적들도 이야기해 주었어. 예수가 샌들을 신은 채 물 위를 걷고, 빵 한 조각으로 수천 개를

---

* 울리히 츠빙글리(Ulrich Zwingli, 1484~1531). 스위스의 종교 개혁가.

만들었던 이야기, 그리고 불구자에게 "자리에서 일어나, 걸어라."라고 말했던 일 등등을 말이야.

에서의 맏아들과 완두콩 요리 이야기는 백번쯤 들었지. 아마도 우리 역시 끊임없이 다투는 쌍둥이였기 때문일 거야. 어쨌든 아버지가 좋아하는 그 완두콩 간편 요리를 할 때면 언제나 같은 이야기를 들어야 했어.

어쨌든 우리가 세례를 받아서 손해 본 건 없었잖아, 안 그래?

오히려 유익하지 않았을까?

그러나 우리 이복 자매들의 경우엔 모든 게 달랐어. 레나와 나는 둘 다 세례를 받지 않고, 각자의 어머니 곁에서 비신자로 자랐지. 그래서 레나는 열두 살인가 열세 살 때쯤 그동안 뭔가가 결핍되어 있었다는 듯 무조건 세례를 받았어. 그것도 가톨릭을 택했는데, 그쪽이 더 그럴듯해 보여서였어. 결국 레나는 많은 사람들 앞에서 첫 번째 성찬식과 동시에 세례를 받았어. 옷 입은 모습이 정말 가관이었지! 원래는 잠옷처럼 밋밋한 걸로 입어야 했지만, 그 애는 주름 장식이 있는 옷을 입고 꼬마 신부처럼 보란 듯이 등장했어.

어쨌든 식이 끝났을 때 우리 둘은 타델과 아버지와 함께 거기에 있었어. 마치 명령에 따르듯, 일어서고 앉고 노래하고 다시 일어서기를 반복했지…….

레나의 다른 이복 자매인 미케와 리케로부터 나도 들었어. 오빠들이 아빠와 함께 긴 의자에 얌전히 앉아 큰 소리로 노래를 불렀다고 그러던데.

아니야, 우리 아빠만 너무 요란하게 그리고 완전히 엉터리로 불렀어…….

정말 듣기 힘들었지.

그래, 마리 아주머니가 거기에 없었던 게 다행이야. 현장에 있었다면 아그파의 특수 렌즈로 악마를 직접 포착하여 찍고, 그것을 암실에 가두어 버렸을 거야. 그렇게 하여 그것이…….

바로 그거야. 아빠는 이렇게 말했을 거야. "찍어, 마리헨, 그걸 봐야 해. 복사(服事)로 변장한 악마 놈이 사랑스러운 레나가 세례를 받기 직전에 경건한 표정으로 저속한 농담을 속삭이는 걸 말이야. 바로 왼쪽 귀에다 대고…….''

그리고 레나는 대담한 농담을…….

내가 그때 없었던 게 유감이야. 하지만 뭐 그럴 필요가 있었겠어? 나중에, 아주 나중에, 내가 한참 전에 엄마가 되고, 레나는 아직도 연극 학교에 다니고, 나나는 그동안에 열다섯 살이 되어, 다른 누구와도 말하려 하지 않았지만 불행한 사랑에 빠진 것처럼 보였을 때, 우리 세 여자는 아빠와 함께 이탈리아로 갔어. 움브리아에서 여러 교회를 방문했고, 당연히 박물관들도 찾아보았지. 그곳에서 나는 레나가 여전히 신앙심을 가지고 있는 걸 보았어. 어쨌든 레나는 아시시에서든 혹은 오르비에토에서든 가는 곳마다 성수를 뿌리고 성호를 긋는 것처럼 보였어. 하마터면 나도 그럴 뻔했지. 하지만 그게 다야. 그리고 나나 이야기는 직접 들어서 알아. 조산원 학교에 다니면서도 여전히 자기중심적인 성향을 고수하던 나나는 드레스덴을 떠나 팻과 함께 마이센에 머물렀지. 오빠가 잠시 나나를 방문했을 때였어. 아마도 도시를 돌아보려고 그랬을 테지. 그리고 그곳, 성당에서 두 사람은 타오르는 촛불들을 제단 앞에 놓았어……. 맞지, 아닌가?

맞아, 그랬어. 열일곱 살에 병사가 되고 전쟁이 끝나기 직전에 부상을 당했던 우리 아버지가 당시에 일종의 임시 군 병원이었던 마이센의 성(城)에서 붕대를 새로 감았기 때문이지……. 그래, 바로 그 이유 때문에 우리는…….

나도 그때 있었다면, 아빠를 위해 그렇게 했을 거야. 나 역시 야스퍼와 파울헨처럼 아무것도 믿지 않지만 말이야. 그 둘은 나와 똑같이 정말 정상적으로 성장했거든.

하지만 그 애들에게는 일종의 종교심 같은 것이 몸에 배어 있었을 거야. 그 애들의 엄마가 직업상 오랫동안 결혼식장에서 개신교회의 오르간을 연주했거든, 일요일마다. 그녀는 바흐의 오르간 곡들과 찬송가를 모조리 외웠어. 경건하지 않은 것들까지도…….

그런데 우리의 마리헨은 어땠어? 아주머니는 원래부터 아무것도 믿지 않았던 거야?

물론, 박스는 믿었지.

박스는 아주머니에게 기적이 되고도 남았어.

마리헨에게는 신성하다고 할 수 있는 존재였어.

맞아! 아주머니가 언젠가 내게 말했어. "내 박스는 하느님과도 같아. 지금 존재하고, 옛날에 존재했고, 앞으로 존재하게 될 모든 걸 볼 수 있으니까. 아무도 박스를 속일 순 없어. 투시력이 있거든."

남편 한스가 하늘에 있다는 것은, 아주머니에게는 명백한 일이었어.

하지만 우리가 처음에 가톨릭을 택했던 것과 달리, 아주머니는 가톨릭이 아니었지.

성체(聖體), 성배, 향연 등과는 전혀 상관없는 방식이었지만, 아주머니에게는 이런저런 기적이 일어났어.

언젠가 아버지가 말했어. "우리의 마리헨은 마주르족 출신이라 프루체인*의 신들을 믿어. 페르쿤과 포트림프 그리고 피콜이라는 신들이지."

아주머니는 새 필름을 넣을 때면 이따금 알아듣지 못할 말을 중얼거렸어. 필름 치수인 6×9 사이즈라는 말로 들리긴 했지만, 어쨌든 일종의 주문처럼 생각됐어.

그래, 맞아. 하느님, 그분은 언제부터 생겨났을까. 하지만 성찬식 옷은 정확히 기억이 나. 마리 아주머니가 마술 박스로 모든 방향에서 나의 모습을 찍어 주었으니까……. 아주머니가 화관을 쓴 내 모습을 담기 위해 성찬식 직전에 찍은 사진들을 보면, 내 옷은 그때 벌써 초콜릿 소스로 더러워져 있었는데, 나는 성찬식이 끝난 뒤에야 그 사실을 알아차렸어. 모두들 식탁에 앉아서 서로 얘기를 주고받을 때 말이야. 성체와 그 밖의 것들을 그만큼 대수롭지 않게 생각했다는 증거지. 하지만 나는 아이답게 달콤한 것에 완전히 홀려 있었어, 푸딩이나 케이크 같은 것. 그러고 나서 마리 아주머니가 말했지. "여길 봐, 라라, 내 박스는 언제나 미리 알아. 네가 앞으로 무엇으로 옷을 더럽힐지." 그러나 초콜릿 얼룩을 담은 스냅 사진이 그 후 어떻게 되었는지는 전혀 모르겠어. 내 앨범에는 아주머니가 라이카로 찍은, 아주 정상적인 사진들만 들어 있거든. 반면에 네가, 더없이 사랑스러웠던 타델이 세례를 받을 때 아주머니가

---

* 15~16세기에 멸종된 발트 해 연안의 종족.

마술 박스로 다시 찍은 사진들은 지금 모두 사라지고 없어. 프리데 나우의 성당에서 사라져 버렸지…….

그 성당에는 친절한 보좌신부가 두 분 있었어. 우린 그 신부들한테 가는 걸 좋아했지. 두 분 다…….

나중에 둘 다 좌천됐어.

소위 말하는 좌익이었던 거지.

어쨌든 세례식 직후의 사진들을 보면 타델 주위에 사람들이 많았어. 그 가운데서 아버지, 어머니와 친한 사이로 너의 대모(代母)였던 곱슬머리 여자는 너를 마치 자기 자식 다루듯 했어. 그러면 우리의 꼬마 타델은 누구에게 모욕이라도 받은 것 같은 표정을 했어. 요즘도 그러는 것처럼. 그러나 그 밖의 모든 것은 정말 정상적으로 보였어. 전형적인 세례식 사진이었지. 다만 너와 너의 대모의 머리 위로 일종의 정령 같은 게 떠돌고 있었는데, 말하자면 마리 아주머니가 내게만, 오직 내게만 스냅 사진을 몰래 보여 주며 속삭여 준 대로 소위 말하는 수호천사였어. 그래, 요즈음 텔레비전 광고에 등장하는 상해 보험회사의 수호천사 같은 모습이었어. 텔레비전 화면에 나타나 쉬지도 못하고 사악한 것을 막아 내야 하는 수호천사를 보면 우리 집 꼬마 엠마는 언제나 깔깔대지. 다만, 우리의 타델 위를 떠돌아다녔던 정령은 진짜 축구 선수 같은 옷을 걸쳤고, 심지어는 활짝 펼친 날개들을 우스꽝스럽게 만드는 신발도 신고 있었어. 그리고 타델은, 이제 다시는 모욕받은 듯한 눈빛 하지 마! 일찌감치 축구에 미쳐 있었고, 결국 프리데나우의 한 축구 팀에서 처음으로 경기를 하게 됐어. 그러고 나서 야스퍼와 파울헨과 함께 시골 마을에 살게 되었을 때는 마을 축구 팀에서 공을 찼지. 그리고 훨씬 나중에 교육학 공부를 마치고 나서, 너는 정말이지 가엾게도 학교 생활을 하느라 많은 것을 참아야 했어. 때로는 이 팀에, 때로는 저 팀에 선수로 참여했지. 네가 요즘에도 너 못지않게 축구에 미친 (그렇지, 타델!) 네 딸과 함께, 기적을 믿는 성 파울리의 팬이듯이 말이야. 그리고 그렇게 공을 많이 찼는데도, 내가 알기로 한 번도 부상을 입지 않았어. 마술 상자에서 나온 수호천사가 있을 수 있는 모든 대결을 피하게 해 주었던 거야…….

마리 아주머니가 인화지까지 몇 장 보여 주었지만 나는 그런 것들을 믿을 수 없었어.

믿든 믿지 않든, 그 사진들은 우리 네 명의 니트 가 아이들이 모두 세례를 받는 데 도움이 되었어. 우린 지금까지 아무것도 믿지 않지만 말이야…….

……아니, 조금은 믿을지도 몰라.

어디서였는지는 모르지만 아버지가 팟과 내게 종교에 대해서 말했던 것처럼 말이야. "그래, 나는 종이와 연필을 가지고 나무들 사이에 앉아서, 자연이 이루어 낸 모든 것을 놀란 눈으로 바라볼 때, 오직 그 순간에만 경건해진단다."

아버지는 늘 그랬어. 프리데나우의 주말 시장에서 물건을 산 후 잘라 낸 대구 대가리들이나 혹은 우리가 그뤼네발트의 숲으로 산보를 갔다가 집으로 가져온 버섯들을 그릴 때 말이야. 그 시절 우리는 그야말로 가족다운 가족이었지.

타델이 막 세례를 받고, 아버지와 어머니가 그 직후 미국에서 진짜 인디언 옷들을 우리에게 가져다주었을 때는 정말 신났어. 어머니가 비행기를 타려고 하지 않았기 때문에 아버지, 어머니가 함께 배를 타고 미국으로 갔는데, 그 배가 세기가 12 정도 되는 강력한 바람 때문에 침몰할 뻔했지…….

들짐승 가죽으로 만든, 술 장식이 달린 옷들이었는데…….

그때 그 이탈리아 여객선에 대한 이야기는 심지어 신문에도 실렸어…….

그리고 라라, 네가 그 인디언 옷을 가장 오래 입었잖아…….

거대한 파도 때문에 죽은 사람들도 있었지…….

넌 추장의 딸처럼 보였어. 그 추장에게 딸이 있다면…….

함교 바로 아래쪽에 커다란 구멍이 뚫렸지…….

'미켈란젤로'라는 호화 여객선이었어. 내 생각에는…….

마리헨이 박스 사진기를 가지고 불행이 일어나기 전의 그 배를 찍었다고 상상해 봐. 그 배가 항구에 있을 때, 그 굴뚝과 사령교(司令橋)를…….

어쨌든 우리 집에선 모든 것이 아주 정상적으로 흘러갔지.

해마다 보모가 새로 들어왔고, 그래서 어머니는 자신만을 위한 시간을 충분히 가질 수 있었어.

처음에는 하이디, 그다음에는 마르가레테, 그러고는…….

그리고 우리 아빠는 여행을 떠나지 않을 때면 아주 만족한 채로 맨 위층 다락방에 혼자 앉아서 글을 썼어. 예외적으로 마리 아주머니를 필요로 하지 않을 때면 말이야. 오직 말만 필요한 그런 경우에…….

아주머니는 글을 쓰고 있는 아빠의 모습도 찍었을까?

그때 아버지가 쓰던 건 극작품이었어. 스탈린 대로의 노동자들과 누더기를 걸친 고대 로마인들이 동시에 새로운 반란을 시험

해 보려는 그런 내용이었지…….

글을 쓰는 동안 마리헨이 옆에서 사진을 찍든 말든 아버지는 상관하지 않았어.

하지만 「평민들 봉기를 연습하다」가 공연되었을 때, 일부 사람들이 격렬하게 야유를 퍼부었지.

그러고 나서 암실에서 사진들이 나왔는데, 극장이 활활 불타오르는 사진들이었어…….

신문들이 이런저런 논평들을 실었지만, 아버지는 별로 신경 쓰지 않았어…….

그러고 나서 곧 다시 위층에서 홀로 지냈지…….

……14번지에 살던 이웃 우베처럼 말이야. 그 사람도 똑같이 다락방에 앉아 쓰고 또 썼어…….

안경을 쓴 꺽다리였어.

아체와 내가 베를린 생활에 너무 심하게 젖어 들자 아버지는 아주 심란해했어.

가끔은 아버지와 함께 집 앞 테라스에 앉아 맥주를 마시기도 했지.

두 사람은 끝도 없이 수다를 떨었어.

아버지는 상대방을 웃길 수 있었지만, 우리는 거의 그러지 못했지.

우리의 벽돌집에서는 많은 일들이 벌어졌어. 언제나 손님들이 들끓었고, 그중에는 미친 사람도 몇 명 있었어.

한번은 아버지가 선거전에 몰두하고 있을 때, 타델, 네가 막 태어났을 때였어, 밤중에 대문이 불탄 적도 있었지.

우파 미치광이들의 소행이라는 소문이 돌았어. 헝겊 조각과 휘발유 병을 가지고서…….

그 뒤로 모든 것이 아주 분망하게 지나갔어.

경비를 서려고 밤에 경찰들이 집에 머물렀는데, 그들은 정말 차분하고 친절했어.

그러고 나서 우리는 프랑스로 휴가를 떠났지. 우리 식구 모두와 새로 들어온 보모와 함께. 아마도 마르가레테였을 거야. 목사 딸이었는데, 누군가가 면전에서 말만 걸어도 바로 얼굴이 빨개졌어.

아버지의 바람에 따라 마리 아주머니도 급하게 동행했지.

어쩌면 아버지의 연인이었을지도 몰라.

절대 아니야! 그랬으면 어머니가 눈치챘을걸.

그런 와중에 무슨 일이 일어났는지는 아무도 모르지…….

어쨌거나 브르타뉴에는 그리고 특히 우리가 휴가를 보냈던 기다란 모래사장에는 전쟁 후 남아 있는 벙커들이 많았어. 그중에는 아주 육중한 것들도 있었는데, 나처럼 겁이 없는 사람은 안으로 기어 들어갈 수도 있었지.

하지만 그 안에서는 똥오줌 냄새가 진동했어.

그리고 모래 언덕에 가파르고 둥글게 솟은, 총안들이 있는 콘크리트 덩이의 한 벙커에서 우리 둘은 뛰어내리기 시합을 했지. 나보다 가벼웠던 요르쉬가 아주 멀리 뛰었어.

그 때문에 아버지는 나를 '깃털'이라고 불렀지. 그리고 내가 알기로 바로 그때 마리 아주머니가 휴가 때 가져온 아그파 스페셜로 우리를 찍고 또 찍었어. 그래, 우리 둘은 벙커의 지붕에서 가능한 한 멀리 모래 언덕으로 뛰어내렸어…….

아주머니는 모래 구덩이 안에 누워 아래쪽에서 우리를 찍었어…….

보통의 박스 사진기, 심지어는 조리개가 세 개 달린 아그파 스페셜로도 결코 찍을 수 없는 스냅 사진들이었어. 하지만 마리 아주머니의 박스는 그것들을 찍었던 거야…….

……그 사진기는 그러니까 기적의 박스였어. 제대로 찰칵거리지도 않으면서 미친 듯이 작동했기 때문에, 아주머니는 뛰어내리는 우리의 모습을 찍을 수 있었지…….

그러나 나중에 마리 아주머니가 암실에서 롤필름을 현상했을 때, 아버지는 그 사진들을 그 자리에서 찢어 버렸어. 아버지가 어머니에게 설명한 바에 따르면, 그 박스가 우리 둘을, 지나치게 큰 철모를 쓰고 방독면 상자를 어깨에 두른 아주 어린 병사로 만들었기 때문이래.

그리고 찢긴 사진들에는 우리가, 처음에는 아체 네가, 그리고 다음에는 내가 거의 동시에 벙커 지붕에서 꽤나 높이 떠 있다가, 가능한 한 아주 멀리 뛰어내리는 모습이 찍혀 있었대. 왜냐하면 배경에서 보다시피 해변 도처에서 침공이 시작되어, 총유탄이 날아오고, 벙커에 명중탄이 떨어질 수도 있었기 때문이야. 그리고 어쩌면 우리 둘 다 호주머니가 가득했기 때문에 달아나기 위해 몸을 가볍게 하고, 단번에 벙커에서 재빨리 아래로, 가능한 한 멀리 뛰어내려 그곳을 떠나고 모래 언덕을 통과해서 뒤쪽으로 달아나기 위해서였을 수도 있지…….

아빠가 그런 사진을 보고 싶어 하지 않았던 건 이해하고도 남아. 열일곱 살 먹은 너희들이 병사처럼, 장화를 신고 머리에 철모를 쓰고 어쩌면 기관총까지 들고 있는 모습을 보고 싶지는 않았겠지……. 전쟁 기간에 그 자신이 그런 모습을 해야 했던 적이 있으니까. 그런 장면이 오랫동안 꿈속에 나타나서 아빠는 자면서 끙끙 신음하기도 했어.

"이건 너무 심해, 마리!" 하고 사진들을 모두 찢어 버리기 전에 아버지는 상당히 격분해서 그렇게 썼다고 해.

그러나 마리헨에겐 답이 있었지. "무슨 일이 일어날지는 아무도 몰라요. 그런 일에는 얼른 익숙해지는 법이에요."

그 일을 빼면 우리는 해변에서 수영도 하고 잠수도 하면서 신나게 휴가를 보냈어. 한때 대서양 방벽이 있던 곳이긴 하지만. 아버지는 많은 물고기를, 그리고 생생하게 살아 있는 갑각류를 요리했고, 라라, 너와 함께 썰물 때면 해변을 따라 오래 달리기도 했어.

기억나니?

조개를 줍던 일…….

그리고 어머니는 혼자서 댄스 스텝을 연습했어. 음악도 없이. 맨 그대로.

마르가레테는 타델, 너를 돌보았지. 넌 그땐 아주 어렸으니까. 그런데 넌 처음부터 공을 가지고 놀았어…….

다들 헛소리하는 거야. 그래, 벙커 이야기도, 찢긴 사진 이야기도 모두 지어낸 거야. 우리 아빠가 늘 그러는 것처럼……. 하지만 공 차는 이야기, 그리고 아직 걷지도 못할 때부터 내가 공을 좋아했다는 이야기는 그럴듯해.

너는 나중에 베켄바우어, 네처 그리고 이런저런 것들을 찍은 사진들을 모으기도 했어…….

그랬어. 하지만 나의 모범은, 오다리이긴 했지만 시합 대부분에서 골을 넣은 작은 뮐러가 아니라, 볼프강 오버라트였어. 그리고 수호천사 이야기는 라라 아니면 다른 누군가가 지어낸 거야. 마리 아주머니라면 내가 여기를 떠나고 나서 마을 축구 선수단에 들어가 공을 차던 시절 사진도 틀림없이 보여 주었을 거야. 그때 나는 아빠를 설득해서 우리 클럽 노령자 팀에 합류하게 했어. 선창 노동자 팀과 친선 경기를 하는데 포워드 자리가 비어 있었거든. 나는 아빠에게 몸에 맞는 유니폼 등 모든 걸 마련해 주었어. 그렇게 선수 열한 명이 운동장에 서 있었는데, 정말 멋졌지. 아빠는 처음에는 공을 제대로 받지 못했어. 하지만 얼마 지나지 않아 레프트윙에서 몇 차례 상대 골문 앞으로 멋지게 킥을 날렸어. 아빠는 후반전까지 버텼기 때문에 심지어 갈채를 받기도 했지. 그러고 나서는 교체되었어. 나중에 《빌스터》*에 "새로운 레프트 윙"이라는 굵직한 제목으로 관련 기사가 실렸지. 물론 정치적인 의도가 있었는데, 아빠가 당시에 빨갱이라고 비난받았기 때문이야. 그리고 마을에서도 몇몇 완고한 사람들이 아빠에게 반감을 갖도록 선동했지. 마리 아주머니가 찍은 사진엔 그렇게 보였지만, 아빠는 골문을 향해 슛을 날리지 않았어. 우리의 늙은 선수들이 4 대 0으로 졌을 때, 아주머니는 박스 사진기를 들고 선창 노동자 팀의 골문 뒤에 서 있었지. 사진만 보면 아빠가 패전 팀에서 유일하게 골을 넣은 걸로 믿을 수밖에 없어. 골문 상단 왼편 코너 쪽으로 헤딩을 해서 말이야. 하지만 그건 아주머니가 암실에서 어떤 방식으로든 조작을 해서 만들

---

* 슐레스비히홀슈타인 주의 도시 '빌스터'에서 발행하는 신문.

었던 게 분명해. 어쨌든 아빠가 교체되었을 때는 4 대 1이었어. 아빠는 절뚝거리기 시작했고, 더 이상 걸을 수도 없었지. 하지만 경기가 끝나고 며칠 후 헤딩슛을 하는 장면을 찍은 사진을 보여 주면서 아빠는 의기양양했어. 훈련도 받지 않고 뛰었기 때문에 사진에서 아빠의 왼편 무릎은 엄청나게 부어 있었어. 얼음주머니를 무릎에 올려놓은 채 아빠는 소파에 누워 투덜거렸지. "내가 그렇지만 않았어도……." 나는 조금 안된 생각이 들어 아빠를 달래 주려고 말했어. "아빠의 헤딩슛은 정말 날카로웠어요." 사실 바이덴플레트 출신 심판과 마을 사람들 모두가 뚱뚱보 시인이 어쩌다가 슛을 했다고 확신했지만 말이야. 하지만 그럼에도 아빠는 마리 아주머니가 그 희극적인 박스로 어떤 영상을 얻었는지 알고 싶어 했어. 헤딩슛뿐 아니라 나의 수호천사가 나온 사진에 대해서도 말이야. 그래, 정말 좋겠지. 그런 천사가 진짜로 있다면……. 천사를 이용할 수도 있고, 그리고 그 밖에도……. 하지만 아빠의 헤딩슛을 둘러싼 소동은 아직도 수수께끼야. 왜냐하면 마을 사람들 모두가 말하기를…….

아버지는 어쨌든 오늘날까지도 그렇게 믿고 있어…….

너희들도 마찬가지야. 늘 이렇게 말하잖아. "소원 성취 박스! 마법의 박스! 기적의 박스!" 또 다른 말은 없었나? 하지만 난 아직도 의심스러워. 언제나 그랬어. 늘 속임수라고 생각했지. 하지만 아주머니에겐 한마디도 하지 않았어. 평생 완전한 확신이라곤 가져 본 일이 없었으니 말이야. 그래, 아주머니는 내가 방에서 오버라트의 대형 포스터 앞에 홀로 서 있고, 스냅 사진을 위해 일부러 FC 쾰른 팀의 열성 팬 목도리를 두르고 있는 사진을 만든 적도 있어. 아주머니는 그 사진을 암실에서 금방 들고 나와 내게 보여 주었는데, 볼프강 오버라트가 포스터에서 벌떡 일어나 바로 내 곁에 서서 직접 목도리를 둘러 준 직후에 악수를 청하는 듯한 모습이었어. 그 사진들이 지금 없는 게 유감이야. 정말 멋진 사진들이었는데. 내가 베를린을 떠나 아빠와 아빠의 새 아내가 있는 마을로 이사를 갔을 때 어딘가에 흘린 것이 분명해. 그곳에서 나는 제일 나이가 많아서 새 동생들인 야스퍼와 파울헨을 아주 귀찮게 했지.

그렇게 된 건, 니트 가의 우리 집에서 가정적으로 아주 많은 문제들이 있었기 때문이야. 그리고 또…….

네가 방황했던 건, 자신이 불필요한 존재라고 생각했기 때문이야.

그래서 우리의 꼬마 타델은 무조건 새로운 가족이 필요했던 거야…….

그래! 바로 그거야! 처음엔, 모두의 말대로 모든 게 정상이었어. 하지만 그렇게 보였을 뿐이야. 원래는 형들을 존경하고 싶었어. 하지만 형들은 끝없이 다투기만 했어. 왜 그랬는지는 모르지만. 그리고 라라는 언제나 칭얼거리면서, 그 쭈그렁바가지처럼 보이는 개하고만 놀았지. 어쩌면 내가 그 개를 조금은 질투도 했을지 몰라. 처음에는 요기가 지하철을 가로질러 타고 다니고, 심지어 갈아타기까지 했다는 사실을 믿지 않았어. 우리 엄마는 대부분 자기 일에 빠져 지냈고, 아빠는 맨 위층 방에 앉아 희한한 이야기들을 만들어 내거나 볼일을 보러 외국 여행 중이거나 또 선거전에 참여했지. 그래서 처음에, 내가 아직 어려 학교에 갈 수도 없었을 때는 언제나 거대한 고래들을 생각했고 또 믿었지. 아빠는 다시 고래 사냥을 하러 다시 멀리 가셨다고……

심지어 너는 에케 한트예리 운동장에서 네 친구들에게 이렇게 말하기도 했어. "우리 아빠는 고래와 싸워. 멋진 작살도 던지지……"

친구들은 아무도 그러지 않았지만, 집에서는 모두들, 어쨌든 형들도 누나도, 심지어는 엄마도 웃어 댔어. 어디서였는지도 정확히 기억이 나는데, 엄마는 당시에 운전 면허증을 땄어. 아빠가 절대로 운전을 하지 않으려 해서……

아빠는 여전히 할 생각도 없고 하지도 못하지.

푸조였어. 우리의 첫 번째 자동차는.

그 당시 도시에서는 많은 일들이 벌어졌고, 그 때문에 아버지는 집을 떠나 선거전에 참여하곤 했어.

텔레비전에서는 데모하는 시민들, 그리고 경찰들의 행진과 물대포들의 모습이 거듭 등장했어.

그때 나는 막 세 살이 되었거나 아니면 벌써 네 살쯤 됐을 거야. 끝도 없이 질문을 했다지. 하지만 제대로 대답해 주는 사람은 아무도 없었어. 형들도 마찬가지였지. 머릿속으로는 서로 완전히 다른 생각을 하고 있었으니까. 아마도 팟은 소녀들을, 요르쉬는 잡동사니 기계를 생각하고 있었을 거야. 그리고 우리 아빠는 고래 사냥을 갔어. 나는 그렇게 굳게 믿었고, 다른 사람 말은 들으려 하지 않았어. 게다가 마리 아주머니는 열 장 혹은 그 이상의 사진들을 보여 주었지. 그러면서 이렇게 덧붙였어. "귀여운 타델, 특별히 너를 위해 만들었어. 아빠가 지금 어디를 다니고 있는지 알 수 있도록 말이야." 사진들은 조금 흔들려 보였는데, 아주머니의 설명에 따르면 그때 북대서양에 높은 파도가 일었기 때문이래. 하지만 작은 범선 위에 있는 아빠의 모습을 분명히 알아볼 수 있었어. 우스꽝스럽게 생긴 양털 모자를 눌러쓰긴 했지만, 콧수염만은 너무도 비슷했거든. 멋진 장면이었어. 아빠는 왼손이긴 했지만 진짜 작살을 든 채 작은 범선의 뱃머리에 서서 보이지 않는 그 무엇을 겨냥하고 있었지. 그리고 다른 사진에서 보면 아빠는 작살을 던져 명중시켰어. 왼손으로 던졌는데도 말이야. 고래가 앞으로 나아가고 범선이 물살을 가르며 그 뒤를 따라갔기 때문에 밧줄이 정말 팽팽했지. 그렇게 가다가, 마지막 사진에서는 작살이 꽂혀 있는 고래 등을 알아볼 수 있었어. 나는 내가 본 걸 그대로 믿었고 내기도 할 수 있었어. 아빠는 아직 완전히 죽지 않은 고래를 작은 범선에 밧줄로 단단히 묶기 위해 고래 등 위로 기어 올라갔지. 파도가 그렇게 높았으니 위험하지 않은 일은 절대로 아니었어. 하지만 유감스럽게도 남아 있는 사진은 하나도 없어. "비밀이야, 타델. 네 아빠가 어디로 돌아다녔고 또 그러면서 무슨 일을 했는지는 아무도 알아선 안 돼." 마리 아주머니가 그렇게 말했어.

믿기 어려운 이야기야.

바보상자에서 보았던 「모비 딕」 이야기처럼 들려. 너도 보았겠지만.

팟과 나는 선거전에서 실제로 무슨 일이 벌어지고 있는지 알았어. 아버지가 중요하게 여기는 게 무엇인지 그리고 무엇 때문에 그 일을 그만두지 못하는지는 꿰뚫어 볼 수 없었지만, 연설, 연설, 끝도 없는 연설!

그것은 벌써 아버지가 개입한 두 번째 선거전이었어. 네가 막 태어났을 무렵인 사 년 전에도 아버지는, 그때 겨우 시장이었던 브란트와 사회민주당을 위해 뛰어다녔어. 아버지는 사민당을 위해 현수막을 만들기도 했지. 그중 하나에는 닭을 그려 놓았는데, 그 닭은 "에스페데!"* 하고 울었지.

당시에 마리 아주머니는 아그파 스페셜로 전혀 다른 사진들을 찍기도 했어. 내가 말했다시피, 선거전이 있기 전이었어. 우리가 프랑스로 휴가를 갔을 때 말이야…….

하지만 사람들은 이런저런 일을 할 수 있는 박스 사진기를 눈여겨보지 않았지. 박스는 앞쪽에 눈이 세 개 달린 단순한 상자에 지나지 않았어. 중앙에 커다란 눈 하나, 그리고 그 위에 좌우로 작은 눈이 두 개 있는…….

아그파 스페셜의 파인더들이었어. 중앙에 있는 커다란 눈은 대물렌즈였고…….

그래, 맞아! 그 위쪽으로 상(像)을 찾기 위한 작은 창문들이 있었는데, 마리 아주머니는 한 번도 그 창문들을 들여다보지 않았지. 그리고 오른쪽 아래에 누름단추가 그리고 또 필름을 감는 손잡이가 있었어…….

그리고 노출 눈금 세 개와 원근 조절 장치도 세 개 있었어…….

모든 것이 다 갖추어진 셈이었지. 더 이상 들여다보지는 않았어. 내 귀를 거기에 갖다 댔지. 마리 아주머니가 그렇게 하도록 허락해 주었어. 아무것도 들리진 않았어. 라라, 네가 불렀듯이, 그건

---

* 독일어로 SPD는 사회민주당의 약자다.

그냥 하나의 마술 상자였어. 아니, 기적의 상자였지.

나는 그 상자가 일어나지도 않은 일을 보여 준다는 걸 오랫동안 헛소문으로 여겼어.

너무 부정적으로 생각할 것 없어, 타델! 오늘날에는 모든 게 컴퓨터에 의해 조절되고, 도저히 불가능할 것 같은 가상 현실이 현실이 되기도 하잖아…….

우린 당시 비틀즈에 푹 빠져 있었지…….

……바보상자 속에서 흘러가는 판타지 그리고 미스터리와 비교를 해 봐…….

다시 런던에 가게 되었을 때, 아버지는 우리에게 「페퍼 병장의 외로운 사람들의 클럽 밴드」와 폴 매카트니의 「내가 예순넷이었을 때……」 같은 최신 음반들을 가져왔어…….

하지만 예를 들어 「해리 포터」 같은 것은 아무리 마리 아주머니의 마술 상자라 해도 가져올 수 없었을 거야. 순전히 광학적인 의미에서 하는 말이지만…….

하지만 라라, 너는 오로지 「멍청한 하인츠」만을 들었지. "마마 취, 내게 망아지 한 마리를 선사해 줘……."

"……망아지는 나의 천국."

아니면 영화관에서 공룡들이 다시 살아나는 경우가 천국일 테지…….

우리는 오로지 비틀즈만 들었어. 팻이 롤링 스톤스를 넘버 원으로 꼽을 때까지는 말이야. 그러는 동안 버섯 머리를 하고 있던 나는 지미 헨드릭스에게, 그러고 나서는 프랭크 자파에게 빠졌지…….

……그리고 순전히 컴퓨터 그래픽을 통해서이긴 하지만……
익룡(翼龍)과 그 밖의 것들도…….

어쨌든 우리는 머리를 길게 길렀어. 팟은 머리를 땋았고, 직모
였던 내 머리도 곧 라라의 머리보다 길어졌지.

그 밖에도 바깥에서, 다시 말해 도시에서 벌어진 일들은 훨
씬 흥미로웠어. 최소한 일요일에는 심심할 틈이 거의 없었어. 페르
시아 왕이 방문했을 때, 나는 함께 행진하기에는 너무 어렸어. 박
수 부대로 동원된 사람들이 막대기와 널빤지 들을 대학생들에게
던졌는데, 그 와중에 경찰 하나가 총을 쏘는 바람에 사망자도 한
명 생겼지. 하지만 조금이라도 빈자리가 있는 곳이면 나와 요르쉬
는 "전쟁이 아니라 평화를."이라는 말을 서투르게 그려 넣었어. 우
리는 지속적으로 뭔가 사건들이 벌어지는 도시에 머물고 싶었던
거야.

그리고 바로 그러한 경우에, 다시 말해 우리가 무언가 원하는
바가 있을 때, 마리 아주머니는 그녀의 아그파 스페셜로 그것을 재
빨리 붙들어 주었어. 그래서 우리는 나중에, 아체와 내가 칠레인
루디 두취케를 포함한 몇몇 사람들과 함께 쿠담 거리를 걸어가는
장면을 볼 수 있었던 거야. 분명해. 우리는 전쟁에 반대했지.

베트남 전쟁에도 반대했어.

그러나 우리의 모습이 담긴 첫 번째 사진들, 예컨대 요란하게
"호호호." 소리를 내거나 뛰어내리는 사람을 향해 소리치는 사진
들은 순전히 소망의 사진들이었어. 라라의 소망을 찍은 사진이거
나 나중에 마리 아주머니가 내게 보여 준 것들과 같은 사진이었지.
그중에는 내가 직접 만든, 정상적으로 달릴 뿐만 아니라 날 수도

있는 자동차 안에 앉아 있는 사진도 몇 장 있었어. 반은 랜드로버*
이고, 반은 헬리콥터였던 그 자동차는 내가 한 조각 한 조각 조립
하여 작은 크기로 만든 모델처럼 보였어. 그런데 사진들에서는 그
작은 모델이 정상적으로 커져서 거리를 달릴 뿐만 아니라 정말로
하늘을 날기도 했던 거야……. 모든 사진들이 내가 비행사로서 프
리데나우의 지붕 위를 날아가는 모습을 보여 주었지……. 왼쪽으
로 그리고 오른쪽으로 커브를 그리면서……. 나의 다목적용 자동
차 아래 왼쪽으로 프리데나우 시청의 탑이 보이고, 그 앞쪽으론 뚱
뚱한 생선 장수 아주머니와 정신없이 바쁜 꽃 장수가 위쪽의 나를
향해 손짓하는 칠일장의 모습이 보여. 그리고 우리 벽돌집이 있는
니트 가도 보이고……. 무엇을 알고 싶은 거야, 타델?

그냥 간단한 질문이야. 어떻게 해서 그런 말도 안 되는 비행
사진들이 생겨난 거지?

대답은 간단해. 어머니가 우리를 '싸움쟁이들'이라고 부르면
서 둘을 떼어 놓으려고 중간 벽을 설치해서 만들었던 작은 방에서
(팟에겐, 언제나 최고로 멋지게 보였던 그런 방이 있었지.) 나는 하늘을
날 수 있는 자동차를 조립했던 거야. 순전히 잡다한 기계 부품들
과 생일에 받은 여러 종류의 양철제 장난감으로 말이야. 아버지가
'카오스'라고 불렀던 나의 조립 작업장에 앉아서 비행기 자동차를
이리저리 꿰맞추고 있는 나의 모습을 보고는 마리 아주머니가 소
리쳤어. "소원을 말해 봐, 요르쉬. 빨리, 네가 원하는 걸 말해!" 그
러면서 아주머니는 어느새 아그파 스페셜을 처음에는 배 앞에 갖

---

* 영국제 사륜 구동차의 상표명.

다 댔고, 그러고 나서는 등을 길게 대고 누운 채 아무것도 없는 하늘을 향해 롤필름 한 통을 전부 찰칵거리며 찍었어. 나중에는 내가 너무도 간절히 원하니까 그 아그파 스페셜로 나를 비틀즈 멤버들 사이에 슬쩍 집어넣어 주기도 했어. 그러고는 말했지. 링고 스타 대신에 타악기 앞에 앉도록 해. 그리고 요란한 옷을 입어 봐.

그녀는 박스 사진기를 가지고 온갖 속임수를 만들어 냈어.

내 눈엔 그게 더 기적처럼 보였어.

당시만 해도 우리는 아직 기적을 믿었거든.

아마도 우리 모두가 세례를 받았기 때문일 거야.

아버지가 보기에는 모든 게 너무 가톨릭적이다.* 아이들은 그 모든 것을 믿었다. 언제나 명석하게 깨어 있는 타델조차도……. 왜냐하면 마리헨이 푸르른 창공을 향해 스냅 사진을 찍자마자, 어느새 그다음 기적이 일어났고, 어느새 소망들이 충족되었기 때문이다. 그러면 눈물은 흔적도 없이 말라 버렸다. 라라는 어느 틈엔가 미소를 지었는데, 그것은 드문 일이면서도 또 소중한 일이었다.

하지만 아버지는 의심을 거두지 않았다. 도무지 끝날 기미가 보이지 않던 전쟁들, 뒤를 이어 계속되는 불의, 성직에 있는 위선자들에 대해 그는 아니요라며 맞섰다. 때로는 너무 요란하게, 때로는 너무 나지막하게. 나중에 의심은 그에게 하나의 등장인물이 되기도 했다. 지하에서 살아남은, 오직 달팽이들에게만 의심을 품지 않는 인물로 말이다. 왜냐하면 사실이라고 지면에 인쇄된 것들 중 많

---

* 다시 작가가 등장한다.

은 것이 전혀 다른 방향으로 그리고 종교적으로 거짓된 방향으로 진행되었기 때문이다. 바위처럼 단단한 척하던 것들이 산산이 부서졌다. 날씨가 급변하면서 희망은 곧 녹아 버렸다. 그리고 사랑 또한 잘못 배달된 우편물처럼 동떨어진 길을, 낯선 길을 갔다.

그러면서 모든 일이 차례차례로 일어났다. 하나하나 일정에 따라. 오직 마리헨만이 시간의 흐름을 부정하고 반박했다. 스냅 사진들은 예감을 앞질러 포착했다. 소망들은 제대로 찰칵거리는 것이 아니라 폭로하고 드러내고 발가벗기는…… 박스 사진기에 의해 충족되었던 것이다. 아이들이 그들의 아버지가 방금 제쳐 놓은 것을 몰라야 하는 이유는 무엇이란 말인가. 죄 그리고 그것과 마찬가지로 어김없이 배달되어 온 소포들. 다만, 마리헨이 모든 것을 흑백 사진으로 증명하던 때보다 훨씬 전부터 수호천사가 있었다는 사실만은 분명하다…….

뒤죽박죽

옛날 옛날에 네 명의, 나중에는 여덟 명이 된 아이들이 있었다. 그들은 지금 성장한 것처럼 보이지만, 도대체 성장했다는 게 무슨 의미인가? 가끔은 옛날로 되돌아가는 것도 허락되는 법이다.

지금 그들 중 셋이 쪼그리고 마주 앉아 있다. 타렐은 가까이 있는 촬영 장소인 스튜디오에서 돌아오면, 자신이 초대한 여동생과 함께 대화를 나누려 할 것이다. 바로 전에 보낸 이메일에서 그는 이렇게 소리쳤다. "무조건이야!"

레나는 지금 무대 위에 있다. 「슈로펜슈타인 가족」이라는 작품이다. 나나는 에펜도르프의 병원에서 야간 근무 때문에 오기 힘들다. 야스퍼와 파울헨은 여느 때처럼 초대를 받지 않았다. 일찍 태어난 셋은 우선 생각나는 대로 이런저런 이야기를 풀어내다가, 나중에는 할 말을 잃거나 말문이 막힌다. 그들은 어머니의 언어인 스위스 독일어를 쓴다. 팟은 끈질기게 이어지는 부부 싸움에 대해 한탄하고, 여기서 요르쉬라고 불리는 게오르크는 그의 표현대로 '현재의 재정적 위기'를 제대로 보여 주려고 애쓴다. 라라는 갓난애들 때문에 걱정할 필요가 없어서 기쁘다. 그들 셋은 즐겁게 이야기를 나누며 차를 마신다. 씹어 먹을 과자도 있다. 담배는 요르쉬만 피운다.

선반 위, 그리고 옷장 위의 많고 많은 주방용 시계들은 함부르크의 벼룩시장을 돌아다니는 타델의 수집벽을 증언한다. 임신 중이기 때문에 별다른 이유도 없이 미소를 짓고, 남편이 미리 끓여 놓은 굴라쉬 수프 한 사발을 멍한 표정으로 식탁 위에 올려놓은 후, 그의 아내는 뒤로 물러나 가능하다면 컴퓨터로 검색을 하려고 한다. 여전히 미소 띤 얼굴로 그녀의 아이는 잠자리로 옮겨지기 전에 기다란 마루를 건너 부엌으로, 이 방 저 방으로 소란을 피우며 돌아다녔고, 네 살짜리들이 흔히 그러듯, 대답하기 어려운 질문들을 던졌다.

지금 형제자매들은 식사를 하고 있다. 그동안 팟은 휴대 전화로 그가 "오래전에 시기를 놓쳤다."라고 한 약속을 조정한다. 양고기 굴라시를 맛있게 먹은 뒤 그들은 뒷마당과, 저녁이라 쓸쓸히 비어 있는 학교 마당이 내다보이는 발코니에 앉는다. 어제는 비가 내렸다. 비가 더 올 거라는 예보가 있었다. 하지만 모기는 거의 눈에 띄지 않았다. 작은 화분들에는 타델의 양념용 야채들이 가정적 알뜰함의 증인 노릇을 하며 파릇파릇 자라고 있다.

말로 표현하지 않은 것들이 대기 중에 떠돌아다닌다. 형제자매들은 아주 천천히 어린 시절 혼돈 속으로 걸어 들어간다. 옛날 버릇대로 말하는가 하면, 때로는 추억을 되살려 내고 때로는 언짢은 기분을 드러내면서 여전히 상처가 아물지 않았다고 주장한다. 아버지가 원하는 대로 팟이 이야기를 시작한다. 몸을 앞으로 숙이면서 그는 요르쉬와 어떤 논쟁도 벌이고 싶지 않다고 단언한다.

그때 나는 기분이 이랬다저랬다 변덕이 심했어. 요즘이라고 크게 다르진 않지만. 하지만 어쩌겠어! 어쨌든 마리 아주머니가 언제가부터 우리를 볼 때마다 "저런저런저런!"이라든지 "뒤죽박죽이야."라는 말을 하기 시작했어.

나쁜 예감이 들면 언제나 그렇게 말했지.

뭔가를 예감하는 능력이 있었던 거야.

우리가 오줌을 지릴 때면 어김없이 알아보았지. 처음엔 오줌 줄기가 약하지만, 나중엔 더 이상 어떤 대책도 세울 수 없다는 걸 말이야.

그러는 동안 우리도 사태를 조금은 짐작하게 되지.

순식간에 끝났다는 걸 말이야.

우리는 학교생활도 따분하게 여겼어.

라라 너도 그랬지. 나도 마찬가지지만.

그리고 타델은, 우리가 '새로 온 꼬마 소녀'라고 불렀던 애를 절망하게 했지.

하지만 아빠는 그런 일에 대해 전혀 걱정하지 않았어. 아빠도 모범생이 아니었기 때문일 거야. 낙제도 예사로 했다니까.

아빠는 학교와 관련된 것들을 싫어했어.

게다가 아빠는 언제나 생각이 엉뚱한 데 가 있었지.

지금도 마찬가지야!

넌 아빠가 귀를 기울이고 있는지 아니면 그런 척하는 건지 절대 확실히 알 수 없을걸.

당시에 아빠가 만들고 있던 게 뭔지는 지금도 어렴풋하게밖에 몰라.

치과 의사, 고등학교 교사, 학생 둘 그리고 닥스훈트 한 마리가 관련된 일이었지. 그 개는 베트남에서의 네이팜탄 때문에 켐핀스키 발코니 바로 앞의 쿠담 거리에서 불태워질 운명이었지.

그 밖에도 아빠의 아랫입술과도 관련이 있었어.

사람들은 돌출 입술이라고 불렀어.

나중에 그것이 완성되었을 때, 누군가가(아마도 아빠 자신일 거야.) 책 표지 위에서 자신의 손가락을 타오르는 성냥 위에 갖다 대고는 '국부 마취'라고 불렀어. 그리고 그 일로 아빠는 여러 사람들의 분노를 샀지. 많은 사람들이……

맙소사, 비평가들이 아빠를 덮쳤어. 그 책이 나오자마자.

생각해 봐. 신문쟁이들은 막무가내로 아빠에게 지금 일어나는 일들이 아닌, 지난 과거에 대해서만 쓰라고 요구했던 거야.

그러고 나서 언제부턴가 아빠는 달팽이들을 그리기 시작했어. 달팽이들이 경주하는 모습 그리고 아빠가 말하듯이 '마주 보고 달리는 달팽이'만을 그렸지.

우리 집 안에서도 그리고 다른 곳에서도 모든 게 정상적으로 잘 돌아가고 있다는 듯이 말이야……

그리고 우리 엄마도 마찬가지로 생각이 딴 데 가 있었어. 아마 아빠에게도 엄마에게도 친구 되는 분의 병이 깊어졌기 때문일 거야. 가족과 함께 저 멀리 프라하에 살던 분인데……

엄마는 그분을 특별히 좋아했지.

그건 아빠도 마찬가지였어.

우리는 그사이에 무슨 일이 있었는지 몰랐어. 어쨌든 나는 완전히 다른 세상에 있었어. 지하 창고에 있었지. 왜냐하면 그곳에는……

좋아, 요르쉬, 계속 말해 봐.

형한테 갑자기 여자 친구가 생겼잖아. 이름이 막시였지. 모두들 한목소리로 말했지. "정말 예쁘다. 아, 우리 팟의 여자 친구는 정말 예뻐!"

진정으로 형을 좋아했지.

그래, 여자애들은 형만 졸졸 따라다녔고, 나한텐 관심도 없었어. 난 정말 화가 났지. 운도 계속 없었어. 한번은 집 앞에서 곧장 차 쪽으로 달려가 보기도 했지만, 혹만 생기고 말았지. 또 한번은 녹슨 못에 정강이를 찢기기도 했어. 그 일이 있은 후에 아버지가 분명히 위로를 해 주었지. "젊을 때는 빨리 낫는단다. 이제 그만 잊어버리렴, 요르쉬, 나중엔 더 나아질 거야." 틀린 말은 아니었어. 그 밖에도 내겐 친구들이 있었지. 특히 네 명의 친구들과는, 열다섯 살도 안 돼서 록 밴드를 결성했어. 밴드 이름은 '치펜데일'*이었는데, 마리 아주머니가 그 이름에 대한 정보를 우리에게 주었던 거야. 우리는 지하 창고에서 연습해도 좋다는 허락을 받았지…….

정말이지 시끌벅적했어!

둘은 기타를 연주했고, 하나는 베이스를, 또 다른 애는 타악기 앞에 앉았지. 나는 기술 부분을 맡았고. 물론 우리가 내는 소리는 상당히 시끄러웠을 거야, 그건 분명해. 그래서 아버지가 집에 없을 때만 연습했어. 우리는 이름을 날리고 싶었어. 그 언젠가 그 어떤 곳에서 그 어떤 허름한 건물에서 록 경연 때 등장하고 싶었던 거야. 하지만 실제로는 연습을 다 끝낼 수가 없었어. 우리가 다

---

* 18세기에 유행한 가구 등의 양식. 그 창시자인 토머스 치펜데일(Thomas Chippendale)의 이름에서 따왔다.

시 지하 창고에 쪼그리고 있을 때 갑자기 마리 아주머니가 나타났어. 아주머니는 박스 사진기를 배 앞에 든 채 문간에 서서 우리를 찍었는데, 그 사진 속에서는 우리가 마치 야외 음악 공연장에 있는 것 같았어. 조금 전 롤링 스톤스가 성대한 쇼를 끝낸 후 떠나간 숲 속의 무대 같았다고나 할까…….

기억나. 끝나고 나서도 난리법석이었지…….

……그래, 당시에 우리 록 밴드는 수천 명 앞에 있었어. 정확히 말하자면, 우린 무대 저 위에 있었지! 선곡도 대단했어! 우리가 연주하려던 건 하드 록이었어. 청중들은 열광해서 앙코르, 앙코르를 외쳤지! 그래, 나는 그렇게 믿어. 마리 아주머니가 그런 사진들을 보여 주었을 때 내가 영문을 몰라 얼떨떨해하자, 아주머니가 씩 웃으면서 말했어. "내게도 공짜 표 하나는 줄 거지? 약속한 거야, 요르쉬?" 나는 아이들에게 사진을 보여 주지 않았어. 그랬다면 더 곤란했을걸. 소리만 들으면 네 명의 아이 모두 정말 무언가를 보여 줄 능력이 있는 것 같았는데, 실제로는 제대로 끝낼 수 없었기 때문에 더욱더 실망감을 느꼈을 테니까. 따라서 원래부터 기회란 것도 없었던 셈이지. 우린 그만큼 멍청했어. 나는 음감은 좀 있었는지 몰라도 음악성까지 있었다고는 할 수 없어. 그리고 우리 집에 있던 피아노도 너만 연습을 했던 거지, 그렇지, 라라? 하지만 우리 밴드의 기술 부분을 맡았던 건 어쨌든 나 혼자였어. 증폭 장치, 음향 조절기 그리고 부수적인 것들은 내 몫이었어. 바로 그 때문에 나중에, 쾰른에서 공부를 마친 직후, 처음엔 설비 기사가 되었고, 그러고 나서 단순한 전기 기사로 이 일 저 일 하며 지낸 후에 음향 기사가 되었던 거야. 너희도 알다시피 그 후 나는 오랫동

안 영화사와 텔레비전 방송국에서 헤드폰을 낀 채 굽은 스탠드 아래에서 일했어. 그리고 지금은 음향 편집 기사로 생계를 이어 가고 있지. 하지만 장남인 팟은 이런저런 소녀들과 연애하느라, 자신이 본래 무엇을 하고 싶어 하는지를 몰랐고. 그래, 형은 그랬어! 누군가가 "넌 앞으로 무얼 할 거니?" 하고 물으면, 형은 "작은 장난감이나 가지고 놀래요."라고 말했어. 마리 아주머니도 형이 다르게, 정말 다른 방식으로 살 수도 있을 거라고 바른말을 해 주었지. 그래! 나는 단추 가게 일을 말하는 거야.

소녀들과의 관계는 계속 이어졌어. 어쨌든 이런저런 식으로 계속되었지. 지금도 그건 마찬가지야. 하지만 길게 간 적은 한 번도 없어. 그렇게 귀여웠던 막시도 예외는 아니었지. 그 애는 브리츠의 신축 아파트에 살았어. 한번은 우리가 막시의 가족이 사는 집을 방문하기도 했어. 커피와 케이크를 대접한다는 초대였지. 나는 아버지, 어머니와 함께 갔어. 라라, 너도 같이 있었을 거야. 그래, 그렇지 않았다 해도 별일은 아니야. 나는 별로 기분이 좋지 않았지만, 아버지는 어쨌든 막시의 어머니에게 선사할 요량으로 지하철역 자동판매기에서 꽃들을 꺼냈어. 멀리까지 풍경이 내다보이는 멋진 고층 아파트의 주택이었는데, 식탁보도 양탄자도 고급스러웠고, 벽지의 꽃무늬도 아주 다양했어. 정말 안락했지. 삭막한 우리 집과는 분위기가 달랐어. 우리 집에는 창문에 커튼조차 없었잖아. 아직까지도 눈에 선한 게 막시는 잔뜩 흥분한 상태였어. 그렇지만 그런 상태는 오래가지 않았어. 미레유 마티외에 대한 수다스러운 이야기에만 귀를 기울이려 했어. 막시도 마찬가지였겠지만 나는 모든 게 금방 시들해졌어. 눈물을 짜는 장면이 있었고 또 그 밖에.

우리는 그 애를 위로해야만 했어.

그 가엾은 애는 형에게 매달렸지, 오랫동안······.

나도 힘들었어. 하지만 곧 소냐와의 이야기가 새로 시작되었지. 이미 타델보다 조금 어린 딸아이가 하나 있던 소냐 말이야. 맙소사, 정말 달랐어. 괜찮은 여자였지. 모든 일에 능숙했거든. 심지어 나의 학교 숙제도 도와주었어. 그리고 둘 사이의 이야기는 오래 지속되었고, 나는 결국 짐을 꾸려서는 너희 곁을 떠나 그녀에게로 갔어. 하지만 그래 봐야 한 블록 떨어진 한트예리 가였지만. 그때 나는 벌써 열여섯이었고, 우리의 벽돌집에서는 그 누구도 앞날을 예측할 수 없었지. 그 때문에 마리 아주머니는 더 이상 우리의 모습을 그 기적의 사진기로 찍으려 하지 않았고, 우리의 모습을 볼 때마다 "저런저런저런!"이라고만 했던 거야.

"뒤죽박죽이야."라고도 했지······.

일이 어떻게 돌아갈지 아무도 몰랐던 거야.

나도 나중에야 그 일에 대해 어렴풋이 알게 되었어. 우리 아빠는 이곳저곳으로 여행을 다녔고, 그러다가 힘들었을 게 분명한 어떤 여행을 한 후에 한 젊은이가 루마니아에서, 더 정확하게 말하면 트란실바니아에서 탈출하는 것을 도와주게 되었지.

그 청년은 젊고 깡말랐던 시절에 찍은 사진 속 아빠와 모습이 비슷했어.

그 사람은 우리 집에서 살게 되었지. 부모님은 "재능이 대단해서 언젠가는 한몫을 할 사람."이라고 했지.

그에 대해서 계속 이런 말이 오갔어. "그는 우선 서쪽 생활에 익숙해져야 해요. 그러니 무조건 도움이 필요해요."

그래서 우리 엄마는 이런저런 배려를 하면서 그에 대해 걱정을 했어. 하지만 나중에는…….

그래, 맞아. 그 사람 때문에 걱정이 많아졌어.

재미있는 타입의 사람이었어. 언제나 진지했고, 거의 비극적으로 보이기까지 했지.

하지만 아버지가 집에 있는 건 사민당을 위한 선거 유세 여행을 떠나지 않을 때뿐이었지.

그러고 나서 엄마 친구이기도 하고 아빠 친구이기도 한 그분이 몇 년 전 러시아인들이 탱크와 함께 진군했던 프라하에서 뇌종양으로 죽었어. 그 일은 두 분에게 각각 다른 의미에서 아픈 상처로 남았지.

하지만 두 분은 함께 장례식에 갔어.

두 분 다 말문을 닫고 돌아왔지.

누가 무엇을 구입했는지 같은 꼭 필요한 말만 나누었지.

분위기가 이상했어. 그 전만 해도 두 분은 책이라든지 영화, 음악, 그림, 그리고 예술 등등에 대해 언제나 많은 대화를 나누었거든. 나처럼 지겨움에 시달린 적은 한 번도 없었지.

손님들이 있으면 두 분은 미친 듯이 웃고 춤을 추었어.

손님들이 정말 많았지.

그런데 상황이 달라진 거야.

모든 게 변해 버렸어.

웃을 일이 더 이상 없었지.

집 안에서 일어나는 모든 일엔 활기가 없었어. 왜냐하면 우리 엄마와…….

그래, 다른 사람들도 그 영향을 받을 수밖에 없었어. 나중에 나는 그 벽돌집에서 거의 살지 않았고. 또 나와는 아무 상관도 없는 일이라고 생각했을 텐데도 말이야. 그때부터 난 일기에 무언가를 적기 시작했어. 지금처럼 형편이 나쁠 때든 좋을 때든 상관없이 말이야. 당시에 내겐 변화가 조금 생겼지. 나를 구속하는 사람이 생긴 거야. 그건 마치 작은 규모의 가족 같았어. 그 시절 나의 여자 친구 그리고 그녀 딸과 함께 라인 가에서 어디에 쓰려고 그랬는지 몰라도 단추 몇 개를 구입하려고 가게에 들어갔어. 방물 가게라 불리는 곳이었어. 그래, 다들 그 이야기 알지. 거기엔 온갖 게 다 있었어. 뿔, 플라스틱, 진주조개, 양철로 만든 단추 수천 개, 그리고 나무로 만든 것들. 그것들은 래커로 칠해져 있었고, 또 다른 것들은 천으로 덮어씌워져 있기도 했어. 온갖 색의 알록달록한 것들, 황금색, 은색 단추들, 심지어 제복용 단추들도 있었어. 사각형과 육각형 단추들도 있었지. 선반엔 단추가 든 마분지 상자가 가득 놓여 있었는데, 상자 앞면엔 어김없이 견본 단추가 하나씩 붙어 있었어. 우린 놀라서 눈이 휘둥그레졌지. 우리가 놀라는 것을 본 늙은 여주인이 말했어. "이걸 다 사는 건 어때? 난 더 이상 일을 할 수가 없어. 다리가 시원찮거든. 그래, 어때? 그렇게 비싸지도 않아." 그러자 내 여자 친구가 지나가는 말로, 아니 장난 삼아 "얼마죠?" 하고 물었고, 늙은 여주인은 "겨우 2000마르크야."라고 대답했어. 우린 돈이 없었지. 그런 돈이 어디 있었겠어? 어머니에게는 그 일에 대해 말을 꺼내기 어려웠기 때문에 나는 막 여행에서 돌아온 아버지에게 진지하다기보다는 재미 삼아 물었어. "2000마르크 좀 빌려 주실 수 있어요? 돌려드릴게요. 틀림없이……." 두 분이 다시 그 무언가를 의논해야 했던 그 맨 위층 방에서 내가 그런 식으로 간단하게 물었을 때 마리 아주머니는 아버지 곁에 있었지. 아주머니는 처음에는 조언을 했어. 그러고는 아버지를 설득했던 게 틀림없어. 두 분이 무언가를 속삭였거든…….

아주머니에겐 그럴 능력이 있었어…….

아버지는 마리 아주머니의 말이라면 귀를 기울였지.

아주머니도 물론 아버지의 말을 들었고.

두 분은 서로 잘 통했지.

아마도 두 분은 모두 동쪽에서…….

어쨌든 나는 2000마르크를 받았고, 그다음엔 늙은 여주인의 가게에서 물건들을 하나하나 가져왔지. 단추 만여 개가 들어 있는 마분지 상자 전부를 말이야. 속임수는 없었어. 정말 단추들이 많았으니까. 게다가 실과 명주실, 지퍼와 뜨개바늘, 골무와 그 밖의 온갖 것들이 가득 든 갑들도 있었어. 나는 한트예리 가 지하 창고에 그 물건들 전부를 차곡차곡 쌓아 놓았고 (그 점에서는 너와 정말 다르지, 안 그래?) 여분의 선반들도 새로 만들었어. 그러고 나서 모든 상자에다 단추 종류와 정확한 개수를 적어 놓았지.

다른 종류의 물건들, 그래, 실이나 그 밖의 것들이 든 상자들에도 그렇게 적어 놓았던 거야?

그래, 몽땅! 그러고 나서 곧 마리 아주머니가 어느 날 창고에 나타나 소원 성취 사진기로…….

…… 그래, 맞아! 언제나처럼 플래시도 없이…….

……마분지 상자들과 갑들로 가득한 벽을 찰칵거리며 찍었어. "마리 아주머니, 찍어요!" 하고 말할 필요도 없었어. 하지만 그녀

의 암실에서 어떤 결과물이 나왔는지는 다들 상상도 못 할 거야. 너희도 물론. 엄청난 사진이었어! 바로 배에 좌판을 건 나의 모습이었어. 그래, 멜빵이 달린 상자였는데, 그 안에는 정말 아름다운 단추들이 가득 들어 있었어. 아주 귀한 것들이 가지런하게 정돈된 채로 말이야. 사슴뿔 단추, 진주조개 단추, 에나멜을 칠한 단추, 은색 단추 들. 배 앞에 좌판을 건 행상 모습으로 나는 거기에 서 있었어. 게다가 머리까지 길어서 사진 속 내 모습은 아주머니가 알랑거리며 "홀딱 반했어."라고 말할 정도였지. 다른 사진에는 내가 단추들을 세트로 팔거나 낱개로 파는 모습도 찍혀 있었어. 때로는 이 상점에서 때로는 저 상점에서, 그리고 언제나 현금만 받았다. 상점 여자 판매원들은 모두 혼이 나간 듯 보였어. 내 배에 걸린 좌판에는 다른 곳에서는 볼 수 없는 단추들이 진열되어 있었거든. 어쩌면 길고 곱슬곱슬한 내 머리카락에 반했을 수도 있고. 어쨌든 어떤 사진에는 늙수그레한 아주머니가 내게 살짝 키스를 하는 모습이 담겨 있었어. 나는 사진을 보고 이렇게 생각했어. 그럴 수도 있는 거야, 팟! 이럴 수도 있고 저럴 수도 있는 거야! 그리고 아버지가 우리를 위해 연장을 마련하고 대패질용 작업대를 세워 놓았던 지하 창고에서 너도밤나무로, 사진 속에서 내가 목에 걸고 다녔던 것과 똑같은 좌판을 만들었어. 그런 일엔 솜씨가 있었지. 아체, 너도 손일엔 그런대로 소질이 있었잖아…….

하지만 나는 기계 다루는 일에 소질이 있었어. 왜냐하면 내겐…….

어쨌든 아체와 나는 전구 하나도 제대로 갈아 끼우지 못했던 아버지와는 완전히 달랐어.

이후에 나는 적갈색인, 하지만 내부는 천연색인, 덮개가 있는 배걸이 좌판을 목에 건 채 세련된 유행품 가게들이 있는 쿠담 거리와 골목길을 누비면서 아주 빨리 그 일에 빠져들었지. 열여섯 살이었기 때문에 영업 허가증도 얻을 수 있었어. 합법적으로 돈을 벌 수 있었던 거야. 그리고 일 년 후, 그동안 아버지는 가끔씩 니트가에 들렀어, 나는 아버지에게 현금으로 2000마르크를 들려 드릴 수 있었지. 정말 우쭐했어. 내 생각으론 아버지도 같은 기분이었을 거야. 하지만 나의 경우에 언제나 그랬듯이, 좌판 사업이 제대로 궤도에 오르자 (나는 단추뿐 아니라 실과 명주실, 심지어는 지퍼 들마저 다 처분했어.) 더 이상은 아무런 흥미도 느끼지 못했어. 싫증이 난 거지. 새로운 뭔가를 시작해야 했어. 가게의 앙칼진 여성들에게 혹해서 말이야…….

그랬어, 팟! 형은 그 일을 그만두었지. 단추에 넌덜머리가 나서 말이지…….

……아니면 당시에 형이 말했듯이 "진절머리가 나서"거나. 더 이상 그 일에 흥미가 없었던 거야.

어쨌든 나는 배걸이 좌판을 비롯하여 단추나 그 밖에 선반에 있던 모든 잡동사니들을 네 친구 중 하나에게 넘겨 버렸지…….

정확히 말하자면, 랄프…….

……그 애한테 다짜고짜 팔아 치운 거였어.

그리고 나중에 우리 모두가 습관적으로 '단추 랄프'라고 불렀던 그 랄프는 지금도 단추 가게를 운영하고 있지.

이것저것 사들이기도 했고 나중엔 소뿔 단추들을 직접 만들기도 했어. 네가 시작한 단추 사업을 끝낼 생각이 없는 거야…….

내 여자 친구 릴리의 말에 따르면, 단추 랄프는 그 일로 먹고 살면서 한 번도 힘든 적이 없었대.

그 때문에 너희 둘 다, 그리고 타델도 지속적으로 그리고 아버지조차도 이따금 나를 귀찮게 했지. "그래, 팟, 너는 그 단추 사업을 계속했어야 해."

그런데 형은 한동안 전도사가 되려고 했고, 또 나중에는 무조건 농사꾼이 되려고도 했지.

그리고 기어이 해내고 말았잖아. 그것도 순전히 유기농식으로 말이야. 마구간, 치즈 공장 그리고 마당을 가로지르는 우유 관도 있는 제대로 된 농장이었어. 유감스럽게도 말은 없었지만 대신에 스무 마리가 넘는 암소들에게서 우유를 짰지. 일 년 내내 날마다, 오로지 암소들만……

그러다가 (물론!) 형은 다시 싫증을 냈지.

그렇지 않아! 다른 요인도 있었어. 장벽이 무너지고 통일이 되어 시장 형편이 달라져서 그랬던 거야……

그리고 이탈리아 출신인 너의 아내가……

어쨌든 형은 마리 아주머니가 그 박스 사진기로 찍어 놓은, 단추가 가득한 좌판에 대해 늘 만족했어……

다만 라라, 너는 형편이 그렇게 좋지 않았어. 내가 쾰른으로 급히 공부를 하러 떠나고, 팟은 그의 작은 가족과 더불어 살았을 때 말이야. 팟은 그때 여자 친구한테서 도움을 받아 수학과 다른 과목들을 겨우 해내며 고등학교 졸업 시험을 준비하고 있었지……

그러고 나서는 끝이었어. 말하자면, 그녀가 나를 버린 거야. 어쩔 수 없었어! 그런 식으로 가정을 이끌기에는 내가 너무 어렸지. 그러다가 어느 땐가 노르웨이로 여행을 떠났고, 거기서 여자 친구를 알게 되었어. 처음에는 텐트에서 같이 살다가, 결국에는 혼자서 핀란드로 가…… 하지만 그건 또 다른 이야기야.

그랬지! 형은 북쪽 저 높은 곳으로 갔어. 아버지는 젊었을 때 저 멀리 남쪽으로 여행을 다녔다는데…….

하지만 내가 노르카프*로 가기 직전에, 마리 아주머니는 텐트를 맨 배낭을 짊어진 나의 모습을 그 박스 사진기 앞에 세웠지…….

거기서 뭔가 소원이 이루어졌던 거야? 그렇게 추측해도 돼?

물론, 나의 형이 새파랗게 어린 소녀와…….

그런 건 없었어. 아니야. 너무 나가지 마. 내가 돌아왔을 때 몇몇 사진들에 보이는 나는 북유럽 초원 지대를 완전히 혼자 몸으로 헤매고 있었어. 나침반도 지도도 없이. 이리저리 정처 없이 돌아다녔던 거야. 이끼 긴 바위에 앉아 울부짖는 모습도 있고. 사진으로 확인할 수는 없었지만, 심지어 기도를 하기도 했어. "나를 죽게 내버려 두지 마세요, 하느님, 나는 아직 어려요……." 어쨌든 모든 것을 앞질러 보았던 사진들에 나타난 내 꼴은 기진맥진 그 자체였어. 심지어 나는 일기장에 유언 같은 걸 적어 놓기도 했지. 하지만 누군가가 내게 다가왔어. 사냥터지기 같은 사람이었지. 어떤 길로 가야 할지 내게 가르쳐 주었어.

그래, 형! 때론 기도가 효험이 있기도 하지.

나만은 아무도 도와주지 않았어. 다른 사람들은 어딘가로부

---

* 노르웨이 북쪽 끝의 곶.

터 도움을 받았지만 말이야. 요르쉬는 공부를 하러 떠나기 전까지 오로지 친구들하고 지하 방에서, 자기들끼리 음악이라 칭하던 소음만 냈지. 팟은(북쪽으로 거창한 여행을 떠나기 전에 말이야.) 잠옷 비슷한 기다란 옷을 걸친 소녀 곁에만 붙어 있었어. 그래, 오빠의 머릿속엔 단추랑, 오빠가 나의 새 가족이라고 불렀던 그것만 들어 있었고. 그래, 오빠의 아내와 그 딸 말이야. 작은 리본이 달린 주름투성이 느슨한 옷을 입은 채, 정신없이 돌아다니는 아이였지! 그리고 타넬은 언제나 밖으로 돌았어. 그런데 앤 지금 어디 있는 거야? 벌써 왔어야 하는데. 어쨌든 그 애 친구들은 모두가 건물 관리인의 아이들이었고, 모두들 거리를 헤매고 다니는 타입이었지. 그땐 더 이상 소원을 말하고 그것을 이룰 수도 없었어. 마리 아주머니가 전보다 훨씬 더 뜸하게 왔고, 와도 겨우 "저런저런저런!"이라는 소리나 토해 냈기 때문이지. 아주머니는 우리 집 일이 왜 제대로 돌아가지 않는지를 정확히 알았던 거야. "정말 뒤죽박죽이야."라고 했지. 아빠와 엄마는 그저 습관적으로 함께 살았을 뿐, 각자가 원하는 건 완전히 달랐지. 엄마는, 어쩔 줄 몰라 하며 당장 내일이라도 세상이 무너질까 걱정하는 듯 보이는 그 젊은 남자를 걱정했고, 아빠는 두 주마다 방문하듯 집으로 왔지만 더 이상 제대로 중심을 잡지 못한 채 때로는 여기에 때로는 저기에 심지어는 부엌에서, 마치 낯선 곳에 온 사람처럼 서 있었어. 아빠는 실은 다른 여자 집에 살고 있었고 그 때문에 시골에 집을 마련해 두었던 거야.

　새 책을 내서 돈이 충분해지면 아빠는 언제나 뭔가 일을 벌였어.

　선거전에도 뛰어들고, 아빠의 고향에서 쫓겨난 유대인 문제에도 관여했지.

우리 넷은 모두 달팽이 책에 등장해. 아빠는 너, 라라와 함께 산에서 염소들을 찾기도 했지. 염소들이 네 손에서 소금을 핥아먹도록 하기 위해서 말이야.

팟을 소재로 한 시도 한 편 있었어. 조금은 슬프기도 한, 아니 어쩐지 근심이 어린 시였어.

그리고 타델에 대한 기록도 있어. 그 애는 어릴 때 거의 모든 문장에다가 "유감이지만."이라는 말을 붙였지. 그래서 "저 사람은 나의 아빠입니다, 유감이지만."이라는 구절도 있고, 또 그에 이어서 다른 말들도 나와.

한번은 아빠가 완성이 되기 전의 달팽이 책을 내게 읽어 준 적도 있는데, 여러 시기의 일들이 서로 뒤섞여 있어서 긴장감 있게 들렸어…….

아빠는 새로운 여자가 생기기 전에 그 작품을 시작했어.

그 여자는 곧 아빠의 아이를 가졌지.

처음에는 소원대로 잘 진행됐어. 내가 요기와 함께 시골로 아빠를 찾아갔을 때 아빠가 그렇게 말했어. 거긴 정말 괜찮더군. 새 여자에겐 딸이 둘 있었는데, 둘 다 자기 어머니처럼 금발이었어. 그곳은 평평하면서도 깊은 지대였기 때문에 도처에 둑이 필요했어. 초원 지대를 가로질러 베테른이라 불리는 도랑들이 있었지. 그리고 둑 위에서는 강을 내려다볼 수 있었어. 그리고 행운의 도시에서 나와 시골 마을로 들어가려 할 때 사용하는 나룻배도 있었고. 그리고 또 다른 둑 위에서 보면 엎어지면 코 닿을 바로 가까운 곳에서 슈퇴르 강이 엘베 강으로 흘러 들어가는 모습도 볼 수 있었지.

엘베 강가에 서 있으면 언제가 썰물이고 언제가 밀물인지 알아볼 수도 있었고. 도처에 암소들이 보였고 그 위로 푸른 하늘이 드넓게 펼쳐졌지. 내 눈엔 그 모든 게 새로워 보였어. 아빠는 그러고 나서 나중에 내가 오래전부터 소망하던 대로 말 한 마리를 사 주었는데, 우리가 시내에서 번듯한 가족이었을 때 나는 정말이지 구걸을 하다시피 했어. "제발 제발. 작은 것이라도 좋아요. 요기보다 조금만 더 큰 것으로. 내 침대 곁에 재울 수 있어요." 그러면 마리 아주머니는 나를 달래느라 "소원을 말해 봐, 라라 아가!" 하고 말했어. 그러고는 자신의 마술 상자로 나를 찰칵 찍었지. 내가 오빠들 사이에서 아주 불행하게 지냈기 때문이야. 아주머니는 그에 곁들여 케케묵은 옛날 격언들을 중얼거렸고, 그렇게 함으로써 조금 후에 자기가 암실에서 어떤 것들을 마술로 불러낼지를 가르쳐 주었어. 모든 사진들에서 내가 번듯한 말 위에 앉아 제대로 달리는 모습을 볼 수 있었지…….

좋아, 라라. 그 이야기는 우리도 잘 알아.

너의 요기 이야기와 마찬가지로 말이야…….

그런가! 어쨌든 사진 속 말은 아빠가 이미 새 아내와 함께 시골에 살면서 처음에는 행복해 보이기까지 하던 시절에 내게 선사해 준 말과 모습이 똑같았어. 그 무렵 아빠는 큰 소리로 웃어 대곤 했지. 새 아내한테 홀딱 빠져 있었던 거야. 아빠보다 머리 반은 크고, 대개는 너무 진지한 편이었던 그녀를 웃기기 위해 아빠는 마구 익살을 떨었어. 하지만 행복은 오래가지 않았어. 아빠와 새 아내는 너무 자주 다투었어. 특히 그녀가 임신 석 달째였을 때. 그래, 모든 것 때문에 싸웠어. 심지어는 식기세척기 때문에도 싸웠지. 그러면서도 두 분은 아이를, 우리의 레나를 낳고 싶어 했지. 하지만 지속적으로 싸운다는 건 아빠에게 맞지 않는 일이었어.

그건 우리 어머니와의 관계에서도 마찬가지였어.

맞아! 두 분이 목청껏 큰소리로 싸우는 건 한 번도 본 적이 없어…….

우리가 가까이 있을 땐 그랬어.

서로 대화를 나누거나 웃거나 미친 것처럼 춤추지 않게 되었을 때 아빠와 엄마는 말문을 닫았는데, 그게 더 안 좋은 거였지.

아마도 싸움보다 더 나빴을 거야. 싸움 그 자체도 충분히 나쁜데 말이야.

나중에는 더 이상 싸울 일조차 없었을 거야.

어쨌든 나는 요기가 있는 데다가 말까지 얻게 되어 기뻤어. 말은 시골에 갈 때만 아주 가끔씩 탔지만 말이야. 그 외의 경우에 나의 말 나케는 초원 지대의 한 농부 집에서 슬픈 표정으로 서 있었어. 아빠의 새 아내의 두 딸은 말을 못 탔거든.

미케와 리케를 말하는 거지.

우리가 성인이 된 후로 그 애들을 거의 보지 못하는 건 정말 잘못된 일이야.

리케는 지금 미국에 살아.

일본 남자와 결혼해서 아들을 하나 뒀어…….

그리고 미케는 이탈리아 남자와의 사이에 딸이 둘 있고…….

어쨌든 내가 말을 한 마리 가지게 된 건 열세 살이나 곧 열네 살이 될 무렵이었어. 이름은 나케였는데, 왜 그런 이름을 붙였는지는 모르겠어. 그때부터 나는 갑자기 이전과는 다른 방식으로 행동해야 했어. 오빠들이 말하듯이 언제나 진지했던 모습과는 다르게 말이야. 아무 일도 아닌 일에 킥킥거렸고, 농담을 늘어놓았지. 그러나 타델은 (그런데 얘는 아직도 오지 않는군.) 영락없이 사춘기 소녀처럼 행동하는 나를 멍청하다는 듯 보았지. 다행스럽게도 나는 또래 여자애 둘을 친구로 사귀었어. 그 애들과는 아무렇게나 지껄여 델 수 있었지. 한 아이 이름은 자니였는데, 외관에서 드러나는 것처럼 부모 중 한 분, 즉 아버지 쪽이 에티오피아인이었어. 다른 애는 (오빠들도 기억하지?) 이름이 릴리였고, 어머니 쪽이 체코인이었지. 지금까지도 그 애들과는 친구로 지내지만, 자주 만나지는 못해. 그때만 해도 서로 못 만나 안달이었는데. 우리 셋이 있으면 언제나 웃을 일이 넘쳤어. 가련한 타델을 포함해서 말이야. (그런데 얘는 왜 이리 안 오는 거야!) 그래서 그 애는 우리 셋을 보면 토할 것 같다고 입버릇처럼 말했어. 하지만 마리 아주머니는 우리를 보면 언제나 감탄했어. "내 눈을 못 믿겠어. 우미(優美)의 세 여신!" 훨씬 나중에 우리 아빠가 레나, 나나 그리고 나를 보고 '나의 우미의 세 여신'이라고 불렀듯이 말이야. 아빠가 '딸들과의 여행'을 위해 우리와 함께 이탈리아에 갔을 무렵이었지. 우리는 아빠와 함께 박물관에서 그림들을 보았고, 그중에서 그림으로 그려진 「우미의 세 여신」을 발견했던 거야. 마리 아주머니 역시 우리 셋을 그 박스 사진기 앞에 세우고는, 끊임없이……

맨 위층 아틀리에에서였던가?

어디서건 무슨 상관이겠어!

대개는 쿠담에서였고, 그 밖에도 동물원이 무대였지. 그러나 나중에 아주머니가 암실에서 가져온 사진들을 보면, 우리는 더 이상 부드러운 스웨터를 걸치고 있는 게 아니라, 때마다 다른 옷을 입고 있었어. 우리가 원했던 모습 그대로. 때로는 높다란 가발과 널따란 스커트를 걸치고 있었고, 때로는 중세 여왕들처럼 엄격한 표정을 짓고 있었어. 그리고 어떤 때는 수도원 수녀들처럼, 또 어떤 때는 유랑하는 매춘부처럼 보였어. 한 사진에서 우리 셋은 모두 다 마리 아주머니처럼 단발머리 스타일을 한 채 기다란 파이프 담배를 피우고 있었는데, 아주머니가 기분이 내킬 때면 푹푹 뿜어 대던 것과 꼭 같은 모습이었지. 그리고 한번은 아주머니가 아주 정상적인 청바지와 느슨한 스웨터를 입고 있는 우리 모습을 찍고는, 암실에서 작업을 마치고 나왔을 때 우리는 남몰래 자신이 원하던 모습을 얻을 수가 있었지. 완전히 벗은 모습으로, 하지만 하이힐은 신은 채 우리는 쿠담 거리에서 눈이 휘둥그레져 쳐다보는 사람들 사이를 달려갔어. 우리는 뒷굽 높은 하이힐을 신은 채 자니를 앞세우고 줄을 지어 걷기도 했고, 그러다가 함께 팔짱을 낀 채 나란히 걷기도 했지. 또 다른 스냅 사진에서는 자니와 나보다 운동 신경이 발달했던 릴리가 벌거벗은 채 한 손으로 물구나무를 서기도 했어. 그 애는 옆으로 재주넘기도 했는데…… 박수를 보내는 사람은 아무도 없었어…….

너희가 전에도 그런 걸 원한 적이 있었니?

제발 제발, 마리헨, 스트립쇼 장면을 하나 인화해 주실래요?

머릿속으로는 벌써 그랬지. 하지만 마리 아주머니는 여덟 장 이상이나 되는 사진을 아주 잠시만 보여 주고는 모든 것을, 그리고 마지막으로 누드 사진들을 찢어 버렸어. 우리가 벌거벗은 채 하이힐을 신고 그 일대를 돌아다니는 모습을, 아주머니 말대로 "어떤 남자도 보면 안 되"기 때문이었지. 아주머니는 사진을 찢으면서 큰 소리로 웃었어. "세 마리 비둘기처럼 젊디젊었던 시절을 나중에야 그리워하게 될 거야!" 하지만 늘 그런 식으로 즐거웠던 건 아냐. 그에 대해서는 말하고 싶지 않아. 열여섯 살이 되자 나는 학교를 그만두고, 도공이 되고 싶었어. 그리고 아빠도 이렇게 말했지. "넌 그 일에 솜씨가 있어." 다만 실습생 자리가 없었을 뿐이야. 시내에서는 그런 게 없었고…….

이제야 왔구나, 타델!

시간이 좀 걸렸어!

네가 만든 양고기 굴라시 맛있었어…….

……더 이상 남아 있진 않지만.

다시 한 번 엄청나게 스트레스를 받았어. 더 이상은 빨리 올 수 없었지. 다들 그동안 어땠어?

첫 번째 뒤죽박죽 직후의 이야기까지 했지. 팟은 벌써 집을 나갔고, 요르쉬는 그 후에 곧 도제 교육을 받으러 갔으며, 우리 아빠는 레나의 어머니와 볼일이 있었고, 가정적으로는 아무 일도 일어나지 않은 거나 마찬가지였던 무렵 말이야. 너만 여기저기 할 일 없이 쏘다녔고, 나는 여자 친구들이랑 쿠담 거리에서 우리 모습을 무조건 스냅 사진으로 찍어 달라고 했지, 왜냐하면 우리는…….

이해가 가. 집은 늘 비어 있었지. 나만 혼자 덩그러니 남아 있었어. 그 누구도, 엄마도 아빠도 모두들 왜 밖으로 나가 버리고 모든 것이 완전히 달라졌는지, 이처럼 어처구니없는 꼴이 되어 버렸는지 설명해 주지 않았어. 그래서 나는 (라라, 네가 그렇게 불렀잖아.) 내 친구 고트프리트와 함께 거리를 쏘다녔지. 그의 곁에 있으면 어쟀든 가족의 대체물 같은 것을 얻을 수 있었으니까. 이미 말했다시 피, 그 누구도 왜 우리 집의 모든 것이 전과 달라졌는지를 내게 설 명해 주지 않았어……. 팟과 요르쉬도 전혀 도움이 되지 않았지. 얼마 후에 둘 다 집을 떠났으니까. 마리 아주머니만, 내가 부모님 사이에서 무엇이 일그러져 버렸는지를 알아차리지 못하자 남몰래 속삭여 주었지. "그건 사랑이야, 나의 귀여운 타델. 사랑은 자신이 원하는 걸 만들어. 하지만 그것에 반대하면 풀 한 포기도 자라지 않는 거야. 사랑은 왔다가 가는 거야. 사라지고 나면 고통스럽지. 하지만 이따금 죽을 때까지 남아 있기도 해." 그러고 나서 아주머 니는 그녀의 한스에 대해 이야기했어, 아직도 그만을…….

마리헨은 언제나 이야기를 했어. 너무 지쳐서 기다란 담뱃대 끝의 손수 만 담배 한 모금도 피우고 싶지 않을 땐 말이야.

한스에 대한 사랑을 언급할 때면 아주머니 입에선 언제나 이 런 문장이 나왔지. "사랑할 만한 것이 더 이상 없을 때에도 사랑은 지속된단다."

나는 (내가 생각하기에 역겨운 표정을 지은 채로) 애걸을 했어. "제 발 찍어 봐요, 마리헨. 아빠와 엄마가 앞으로 어떻게 되는지. 아주 머니의 박스는 다 알잖아요……." 다들 알다시피 나는 그 상자가 실제로 있는 것보다 더 많은 것을 볼 수 있다는 사실을 거의 믿지 않았어. 하지만 상자는 거부했어. 아무것도 보여 주지 않았어. 한 장의 사진도. 나의 아빠와 새 아내를 찍은 사진도 우리 엄마와 그 연인을 찍은 사진도 없었어. 사랑이라든지 그런 것이 얼마나 오래 지속되는가를 확인할 수도 있는 스냅 사진이라도 몇 장 있다면 좋 았을 텐데. 두 분이 실컷 헤어져 있다가, 그래, 아빠가 그의 아내로부터, 그리고 엄마가 그녀의 남편으로부터 헤어져 있다가 원래 방향으로 다시 돌아가 함께 말하고 웃고 춤추고, 어떤 뒤죽박죽도 없던 시절로 돌아갈 수만 있다면……. 하지만 마리 아주머니는 사진을 찍으려 하지 않았어. 이미 말했듯이 말이야. 사진을 찍을 생각 같은 건 털끝만큼도 없었어. 그리고 아주머니가 비밀리에 박스 사진기를 들쳐 메고 아빠가 일정 기간 동안 레나의 엄마와 함께 살았던 시골로 갔을 때의 사진도, 혹은 내가 어떻게 대해야 할지 몰랐던, 자신의 연인과 함께 부엌에서 아침 식사를 하는 엄마의 모습에 대해서도, 암실에서 나온 아주머니는 아무것도 보여 주지 않았어……. 내가 물으면 아주머니는 그저 "저런저런저런!"이라거나 "사랑이란 원래 그런 거야."라고만 말했고, 더 이상 다른 반응은 보이지 않았어. 당시에 난 울기도 많이 울었어. 아무도 안 보는 곳에 서지만 말이야. 아빠의 책들, 입식 책상과 잡다한 물건들만 있는 저 맨 위층 방에서 말이야. 내가 어떻게 울었는지는 아무도 눈치채지 못했어. 라라도 물론이고. 왜냐하면…… 누난 오로지 여자애들하고만 놀았잖아……. 키득거리면서. 내가 누나들 셋과 함께 시내나 누나들이 싸돌아다니던 그 밖의 곳으로 함께 가고 싶어 하기라도 하면, 누난 이렇게 말했어. "타델, 방해하지 마." 혹은 "우리가 가는 곳에 가기엔 네가 너무 어려." 하지만 마리 아주머니가 누나들 셋을 찍고 암실에서 속임수로 마술을 부려 만든 포르노 사진들을 모두 찢어 버리기 전에 나는 사진 하나하나를 다 볼 수 있었지. 아주 짧은 순간이었지만…….

그럴 리 없어!

맹세해, 난 보았어. 누나들 셋이 모두 어떻게…….

마리 아주머니가 너에게 그 사진들 중 단 하나라도 보여 주었을 리가 없어…….

내기할까? 모두 여덟 장에다가 몇 장 더 봤는걸. 누나가 수줍음 많은 염소 같은 여자애들과 함께 아래에서 위까지 하나도 걸치지 않고 쿠담 거리를 걷는 모습을 하나하나 차례대로…….

그만둬, 타델!

늦게 와선 분쟁만 일으키잖아.

하나만 더 말하고 조용히 있을게.

약속하지?

내 명예를 걸고 맹세하지. 스냅 사진 중 하나는 누나들이 심지어 실오라기 하나 걸치지 않은 채 크란츠레렉 카페 테이블에 앉아 있는 모습을 보여 주었어. 케이크를 마구 삼키는, 물론 싸구려 옷을 걸친 여자들 사이에서 말이야.

그만, 타델!

게다가 누나들은 아이스크림 컵에 머리를 들이박고 수저질을 했어. 그러나 나는…….

그만, 요르쉬, 마이크 꺼!

……나는 그저 헤매 다니기만 했고, 도대체 무슨 일이 어떻게 돌아가는지도 몰랐어. 그리고 종종 울어야 했어. 이런 소리만 들었으니까. "방해하지 마, 타델! 이제 충분해, 타델!" 이전과는 모든 것이 달라졌기 때문에 마리 아주머니만 내게 남몰래 무언가를 속삭여 주었어…….

이제 아버지는 무엇을 해야 할지 모른다. 이미 글로 쓰인 것을 지우기라도 해야 하나? 그 대신에 아무런 자극도 이끌어 낼 수 없는 무색무취한 것을 새로 찾아내야 하나? 아니면 논쟁을 더 연장해야 하나? 아니면 아들들의 의사와 상관없이 부가적인 문장으로 암시를 해야 하나? 두 아들이 질 나쁜 이파리를 몰래 피웠지만, 냄새가 이미……. 세월이 흘렀다는 건 도대체 무슨 의미여야 하는지……. 그래, 너희들은 어떻게 생각하니, 팟 그리고 요르쉬?

몇몇 아이들은 이미 그*에게 '아빠의 새 아내' 그리고 '엄마의 연인' 이야기가 나올 때면 불쾌함을 표시했다. 그들은 더 이상 그의 말을 들으려 하지 않았다. 딸과 아들 들은 이야기를 경청하려 들지 않았다. "우리는 빠지게 해 주세요!"라고 그들은 소리쳤다. 그러나 아버지는 말했다. "너희들의 이야기가 곧 나의 이야기야. 즐거운 이야기도 슬픈 이야기도. 뒤죽박죽은 인생의 일부야!"

그러고 나서 그는 무슨 일인가 잘못되었을 때 종종 현장에 있던 마리헨이 지금까지도 고통을 주었을지 모를 아주 안 좋은 일들을 자신의 암실에서 내버리거나, 혹은 네거티브 방식으로 인화하여 잘게 잘라 냈다는 사실을 인정해야 했다. "정말이지 멍청한 일이야!"라고 그녀는 소리쳤다. "나의 박스도 차라리 외면하고 싶어 하고 부끄러워하는 걸, 나의 박스는 그것을……."

뭔가 모자란다고 느끼는 아버지는 아이들의 너그러운 이해를 바란다. 왜냐하면 그들도 아빠의 인생을, 그리고 그도 그들의 인생을 마치 없었던 일인 양 간단히 지워 버릴 수는 없기 때문이다…….

---

* 귄터 그라스 자신을 가리킨다.

소원을 말해 봐

그렇게 많은 시간이 흘렀건만 눈물은 아직도 마르려 하지 않는다. "유감이야." 나나는 그렇게 말하고 마주 보며 미소를 짓는다. 타델은 이번에는 제시간에 와서 큰 소리로 참석을 알리지만, 가슴속에는 '무언가를 비밀리에' 가지고 있는 듯한 표정이다. 야스퍼와 파울헨은 늦게 참석하지만, 오자마자 대화에 끼려 한다. 그리고 이번 모임에서는 별로 중요하지 않은 팟과 요르쉬는, 요르쉬의 말대로 "당분간 주둥이를 닫고 있기로" 마음먹었다.

그러나 곧 팟은 한마디만 거들겠다고 주장하고, 이어서 요르쉬도 갑자기 아그파 스페셜을 아주머니가 오래 사용했다는 사실을 의심하면서 실은 이렇지 않았겠느냐고 말한다. 마리 아주머니는 1936년, 그러니까 정확히 말해서 올림픽이 있던 해에 몸통이 합성수지로 된, 당시에 단돈 9제국마르크 50페니히의 가격으로 시장에 나왔다가 '갓 구운 빵처럼' 매진이 되었던 아그파 트롤릭스 박스를 구입하지는 않았다는 것이다. 그 점을 입증하는 유별난 특징, 즉 이 박스 카메라의 둥글게 처리된 모서리가 기억나지 않는다는 것이다. "아마도 아주머니는 아그파 스페셜을 고집했을 거야."

카셀 가까이에 있는 한 목골조(木骨造) 건물의 들보와 계단, 그리고 마룻바닥의 널빤지들이 삐걱거린다. 하지만 그것들의 내력을 영상으로 떠올릴 수 있는 사람은 아무도 없다. 바깥에서는 여름이 비를 마구 뿌리기로 작정한 듯했다. 그에 대해서는 아무도 언급하지 않고, 다만 최근에 담비가 낚아채 간, 다섯 마리 닭들 중 두 마리에 대해서만 말한다.

이번에 모인 곳은 라라의 집이다. 라라가 첫 번째 결혼에서 얻은 세 아이는 집을 떠나, 성숙해지려고 노력하고 있다. 그리고 다른 두 꼬마는 벌써 잠들었다. 라라의 남편은 그가 '가족 설거지'라고 이름 붙인 모임을 참아 내려 옆방에 앉아 있다. 아마도 자신의 벌 떼들을 생각하고 있을 것이다. 돌려 여닫는 양철 마개가 달린 유리 용기들에는 여행에서 막 도착한 형제자매들을 위한 선물로 유채 꿀이 들어 있다.

우선 그들은 속이 깊은 접시들에 담긴, 강낭콩과 감자와 쇠고기를 함께 넣어 끓인 일품요리를 수저로 떠먹었다. 식탁 위에는 맥주와 주스가 아직 놓여 있다. 나나는 오직 들으려고만 한다. "어쨌든 나는 처음이잖아." 그러자 모두들 레나에게 이야기보따리를 풀라고 조른다. 레나는 연극 일정을 마치고 막 돌아와 잠시 동안 다소간 불확실한 연애 사건에 대해 언급한 참이었다. 그녀는 어느 정도 무대 효과를 거두었고, 노련한 대화 기법으로 언쟁을 희극적으로 만들었다. 그녀는 주저하지 않고, 테이블의 마이크를 시험하며 "여보세요, 여보세요. 이제 레나의 차례입니다."라고 하고는 이야기를 시작한다.

마치 영화관에 있었던 기분이야. 하지만 유감스럽게도 안 좋은 영화였어. 이야깃거리가 없었던 건 아니고, 때로는 꽤나 뜨겁게 진행된 장면도 있었어. 이렇게 말하면 될 거야. 사랑이었다고, 아주 위대한 사랑이었다고. 그 때문에 두 사람은 서로 헤어질 수 없다고 생각한 거라고. 우리 아빠는 심지어 오늘까지도 열정이라는 말을 써. 하지만 내가 막 그 러브 스토리를 알게 되었을 때, 아빠는 이미 떠난 뒤였어. 그래서 나는 또 다른 아빠가 있는 (유감스럽게 그 아빠도 떠나 버렸지.) 나의 언니들이 내게 말해 준 것밖에 몰라. 언제나 유별나게 이성적이라고 생각했던 미케 언니가 리케 언니보다 더 많은 것을 이야기해 주었어. 언니들은 둘 다 아빠를 좋아했어. 잘게 썬, 겨자 소스에 담근 돼지 콩팥 요리 같은 것을 아빠가 해 주었는데도 말이야. 미케 언니는 다른 것은 모두 먹었지만 그 요리는 정말 역겨워했어. 하지만 그럼에도 나는 특별히 우리를 위해 구입한 커다란 집에서 어쨌든 아빠와 잘 지냈어. 건축가인 우리 엄마가 전문적인 솜씨를 완벽하게 발휘해서 위에서부터 아래까지 새롭게 만든 그 집에서 말이야. 그 집은 마치 이전 시대 건축물처럼 보였고, 옥내 촬영을 위해 마련된 집 같았어. 말하자면 슈토름의 작품 「백마 탄 기사」를 영화로 만드는 데 적합한 건물 같았지. 그 집은 교구(教區) 행정관의 집 혹은 융에의 집이라고 불렸어. 왜냐하면 수백 년 전 그 집이 지어졌을 때 그 지역 전체가 덴마크인들의 지배를 받고 있었고, 덴마크인들이 그곳에 교구 행정관을 임명했기 때문이지. 그리고 훨씬 나중에 조선(造船) 기술자인 융에가 그 집에 살았고, 마지막으로 그의 딸인 알마가 살았기 때문이야. 마을에 전해지는 이야기에 따르면 (미케 언니가 다 말해 주었어.) 알마는 여전히 다락방과 헛간에 출몰한대. 어쨌거나 아빠는 2층 큰 방에 죽치고 앉아 번쩍거리는 동판에다 날카로운 형상들을 새겼다지. 예를 들면 리케 언니의 망가진 인형 같은 걸 말이야. 갈라진 고깃배에서 떨어져 나와 두 다리를 한껏 벌린 채 놀란 눈으로 쳐다보던 그 인형. 다들 알다시피 아빠는 말하는 고기를 소재로 한 새 책을 쓰고 또 썼어. 하지만 유감스럽게도 완성하지는 못했어. 왜냐하면 아빠에게 있어서 혹은 엄마에게 있어서 아니면 두 사람 모두에게 있어서 사랑이 아주 갑작스럽게 혹은 처음에는 망설이는 듯하다가 이윽고 아주 격렬하게 중단되어 버렸기 때문이지. 아니면 사랑이 너무 위대하게 되어 타 버렸기 때문이거나……. 유감스럽게도…….

그건 어디서나 일어나는 일이야.

나의 경우에도, 정확하게 라라의 경우에도 그리고 너의 경우에도…….

하지만 그런 식의 결별은 어쨌든 안 좋은 거야. 아이들이 상처를 입잖아, 안 그래, 레나?

특히 내가 고통을 받았지…….

나는 아니란 말이니?

물론, 오빠도 마찬가지야, 타델. 하지만 요즈음 나는 이렇게 말해. 그래! 이제 다 잊어버려! 나는 극복했어. 다들 마찬가지겠지. 차라리 옛집에 대해서 말하는 게 낫겠어. 커다란 방에 깔린 타일은 아직도 기억이 나는 것 같아. 아마도 내가 그 위를 기어 다녔거나 걸음마를 거기서 시작했기 때문일 거야. 노란색과 초록색 유리 타일들이었어. 교구 행정관의 기다랗고 무거운 테이블이 자리를 잡거나, 이백 년도 더 전부터 마을 원로들이 그 주변에 앉기도 해서 타일들이 너무나 오래 밟히는 바람에, 이제는 알록달록하게 에나멜로 칠한 색깔 중 극히 일부만 그대로 남았던 거야. 언제나 오래된 집에 눌러앉아 있기를 좋아했던 아빠가 미케와 리케에게 이렇게 말했대. "이 테이블 주위에서 사람들이 파이프 담배를 피우고 시급히 해결해야 할 문제들에 대해 의논을 했단다. 가령 둑을 높이거나 개선하는 일 등을 말이야. 언제나 해일이 위협을 했고, 가엾게도 많은 사람과 동물 들이 빠져 죽었거든." 그러고 나서 아빠는 습지대 농부들과 엘베 강 어부들이 덴마크인들에게 지불해야 했던 아주 고액의 세금 그리고 곡식과 햄 그리고 소금에 절인 청어 등으로 지불해야 했던 산물들을 일일이 헤아렸대. 하지만 유감스럽게도 나는 라라가 언니의 강아지와 함께 왔던 일은 기억이 나지 않아. 나중에 미케와 리케가 내게 말해 주었던 일도 전혀 기억이 안 나. 아빠가 진짜 집시에게서 라라를 위해, 그리고 조금은 우리를 위해 악수를 나누며 벌써 세 살이나 된 말 한 마리를 구입했던 일 말이야. 하지만 큰언니 미케는 말을 타려 하지 않았어. 그래! 원하지 않았어. 그래서 라라가 오지 않을 때면 그 말은 마구간이나 어떤 농부의 풀밭에 슬픈 표정으로 서 있었지. 아니, 다들 말이란 동물은 슬퍼할 수 없다고 생각하는 거야? 좋아, 좋아! 엄마와 아빠의 위대한 사랑이 지나가고 나서 한참 후 우리가 도시에 살게 됐을 때에야 나는 처음으로 말 타기를 배웠어. 이전에 라라가 그랬던 것처럼 이번에는 내가 말에 미친 거지. 일정한 나이의 소녀들이 종종 그러듯이 말이야. 왜냐고는 묻지 마. 나중에는 타넬처럼 조랑말 농장에서 휴가를 즐기곤 했지. 하지만 오빠가 그곳에 있었던 것은 말을 타기 위해서가 아니라 (오빠는 원래부터 말을 보면 기겁하며 두려

위했잖아.) 소위 말하는 우리 꼬마들을 보살피기 위해서였어. 아, 그래! 오빠는 큰소리치는 걸 정말 좋아했어…….

그랬던가…….

오빠는 우리에게 엄격했어. 걸핏하면 명령을 내렸지. "모두들 잘 들어! 타델이 지금 말하고 있잖아!"

결국 너희를 책임졌던 거야, 어린 채소들을 말이야.

우리는 오빠 말을 따라야 했고, 모두가 잠들어 있는 이른 아침마다 큰 소리로 합창을 해야 했어. "안녕, 타델!"

어쨌든 귀여운 꼬맹이들은 침대에서 일찍 일어났어.

그래, 기억이 나. 하지만 그 오래된 집과 연관된 또 다른 것도 희미하게 떠오르는군. 다들 알다시피 여닫을 때마다 벨소리가 났던 출입문 바로 뒤편의 오래된 상점 말이야. 유감스럽게도 더 이상 운영되지 않았던 그 상점 안에는 순전히 목재로 만들어진 카운터가 있었지. 카운터 뒤로는 밀고 당길 수 있는 서랍들이 백여개 있었는데, 모두 황금빛으로 칠해져 있었어. 그리고 서랍들 앞쪽에 에나멜로 칠한 표지들은 이전에 그 속에 무엇이 들어 있었는지를 말해 주었지. 알사탕, 굵은 설탕, 감자 가루, 탄산암모늄, 찧은 보리, 계피, 붉은 강낭콩 그리고 그 밖의 것들이었어. 여동생들은 나와 함께 거기서 자주 놀았기 때문에, 이따금 아빠를 따라왔던 마리 아주머니는 (아빠는 두 주마다 우리에게로 와서 대개는 두 주 동안 머물렀어.) 나중에 내가 조금은 신비하다고 보았던 그 박스 사진기를 가지고 미케와 리케 그리고 나의 사진들을 찍어 주었대. 그리고 아주머니가 바로 다음 방문 때 현상해서 가져온 많은 사진들에서는 우리가 아주 우습고 또 동화적인 모습이었대. 오래된 그림

책에서 튀어나온 것처럼 말이야. 소매 없는 드레스와 기다란 면양 말을 신은 모습으로. 머리에는 리본을 달고 나무 신을 신은 채 우리는 상점 카운터 앞에 서서 콧물을 흘리고 있었어. 그리고 사진에서 보면 카운터 뒤로 한 노파가 서 있었는데, 흰머리를 위쪽으로 땋아 올렸고, 동여맨 머리엔 뜨개바늘들이 꽂혀 있었다는군. 그리고 무엇보다도 정말 분명히 보였던 것은, 그래, 알마 융에의 모습이었대. 마을 사람들이 다락방과 헛간에서 나타나는 것을 보았다는 그 여자가 내 여동생, 리케와 미케 그리고 아주 작았던 내게 알사탕과 아주 기다란 막대 모양 감초 과자를 팔았다는 거야. 사람들은 우리 셋 모두가 기다랗고 흰 막대기 감초 과자를 핥고 있는 모습을 볼 수 있었어. 틀림없이 귀여운 모습이었을 거야. 아마도 그 때문일 거야. 지금도 나는 감초 사탕을 보면 환장을 하거든…….

내가 누텔라 잼만 보면 미치는 것처럼 말이군. 내가 기분이 안 좋아 보이면 청소하는 아주머니가 그것을 내게…….

그래, 타델, 이제 내 차례야. 마리 아주머니의 사진들을 보지 못한 우리 엄마는 수다쟁이 리케가 그것들에 대해 이야기하자, 펄쩍 뛰면서 아주 심하게 욕설을 퍼부었대. "그런 건 없어! 말도 안 돼, 100퍼센트 미신이야! 귀신 이야기라고!" 그래, 우리 엄마와 마리 아주머니 사이에 여러 차례 충돌이 있었다더군. 아빠는 끊임없이 아주머니와 함께 쪼그리고 앉아 있었고, 아주머니는 아빠 말만 귀를 기울였으니까 말이야. 아빠가 마리헨과 그 박스에 의존할 수밖에 없었던 건 당연한 일이야. 마리 아주머니는 사진기로 아빠의 책에 필요한 사진들만을 찍었으니까. 그래, 다들 알다시피, 석기 시대, 민족 대이동, 중세 그리고 현재의 혼란스러운 시대에 이르기까지 수백 년 동안 일어났던 것들을 찍었어. 그러는 동안 남자로서의 상상력을 마음껏 누리는 전형적인 인물인 아빠에게는, 당신도 말하듯이 '일정한 시기에' 언제나 새로운 여자들과 그에게 적합한 여자들의 이야기들이 떠올랐던 거야. 더 이상 진전되지도 않고, 완결되지도 않을 이야기들이.

하지만 나중엔 베스트셀러가 됐잖아…….

한동안 신문의 글쟁이들은 그 책에 대해 말문을 닫았어…….

몇몇 페미니스트들은 호되게 비판을 했지, 왜냐하면…….

레나 얘기를 더 들어 보자. 왜 『넙치』가 완성되지 못했는지.

두 사람이 정말 열정적으로 사랑했는지는 몰라도, 아빠와 우리 엄마 사이에는 점점 더 많은 문제들이 생겨났고 극단적인 대립까지 있었기 때문에 두 분 관계는 아주 격렬하게 진행됐어. 그러는 동안 그들의 사랑은 점점 더 많은 손실을 초래했고, 결국 아빠는 어느 날 미완성 원고를 팔 아래 낀 채 멀리 가 버렸던 거야. 그냥 떠나 버린 거지. 그러고는 유감스럽게도 우리* 곁으로 돌아오지 않았어. 누구에게 더 책임이 많은 건지는 나도 모르겠어. 그래! 누구 책임인지 알고 싶지도 않아. 책임 소재를 따져 봐야 소용없는 일이야. 하지만 라라, 난 이따금 이런 생각이 들어. 아마도 우리 엄마는 성격상 싸움을 나쁜 것이 아니라 자연스러운 것으로 보았던 것 같다고. 반면에 아빠는 어떤 싸움도 견디지 못했어. 어쨌든 집에서는 말이야. 아빠에게 집은 무조건 휴식하는 곳이었어. 그래서 가끔은 극단적일 정도로 조화에 집착하는 듯한 인상을 풍기기도

---

* 귄터 그라스가 두 번째로 같이 살았던 여성과 그들 사이에서 난 딸을 가리킨다.

했어. 나는 두 분 다 안됐다는 생각이 들어. 사랑이 계속해서 화로처럼 타오르는 경우는 정말 드물어. 거듭해서 듣고 보았지만 말이야. 그리고 나 역시 영원할 것처럼 보이던 굳은 결합이 깨지는 스토리인 작품 속에 오늘날까지 등장하지만 말이야. 연극은 위기를 먹고사는 거야. 소위 남녀 간 투쟁을⋯⋯.

거기에 대해서 우리의 경험 많은 팟은 노래를 지어 부를 수도 있어. 안 그래, 형?

라라와 마찬가지로⋯⋯.

여기서 그걸 왈가왈부할 필요는 없어! 우리 아이들에 관련된 것들만⋯⋯.

자, 라라, 시작해! 이제 네 차례야.

그처럼 복잡하고 또 마리 아주머니 말대로 뒤죽박죽인 이 얘기를 어디서부터 시작해야 하나 정말 모르겠어. 어쨌든 아빠는 점점 더 자주 울적해졌고 마침내 심각할 정도로 우울해진 채로 돌아왔어. 하지만 엄마는 아빠가 갑자기 나타나서 "이봐요, 나 여기 다시 왔어!"라고 말했을 때 정말이지 기뻐하지 않았어. 아빠는 예전과 마찬가지로 다락방에 기거했어. 이번에는 임시로 지내기 위해서였지. 그 위쪽에 쪼그리고 앉아 쌓아 올린 종이 더미를 뒤적거리는 아빠의 모습은 슬퍼 보였어. 아빠의 상태는 계속해서 좋지 않았어. 우리 엄마가 아래쪽에서 젊은 남자와 함께 살았기 때문이지. 아빠가 동유럽에서, 루마니아에서 곧바로 탈출하도록 도와주었는데, 이제는 그 남자가 엄마의 연인이 되어⋯⋯. 집은 우리 모두가 살기에 충분할 만큼 넓었어. 왜냐하면 팟은 아이와 함께 여자 친구 집에서 지낸 지 오래였고, 요르쉬는 대부분 지하 창고에 처박혀 있다가, 아빠가 실습생 자리를 마련해 주자 곧 쾰른으로 갔으니까. 타델과 나만 집에 남았지. 하지만 타델은 친구들과 마구 쏘다니기만 했어. 저항심 때문에 구두끈을 풀어헤치고는 온 마을을 쏘다녔지. 그 애는 지금도 그래. 어렵게 살았어. 모두들 한 지붕 아래서 살았지. 아빠가 이따금 자신이 믿는 말들을 입 밖으로 꺼내긴 했지만. "나 때문에 염려하지는 마라. 나는 위층에서 쥐 죽은 듯이 조용하게 지내고 있으니까. 하던 일을 끝내야 하거든. 오래 걸리지는 않을 거야……."

아빠가 무슨 일인가를 하고 있었던 건 다행이었어.

안 그랬으면 미쳐 버렸을 거야.

어쨌든 레나 때문에 돌아올 수 있었을 거야, 아니면?

그래, 끝장이었고 모든 게 지난 일이 되어 버렸지. 엄마가, 이봐요, 당신 다시 돌아왔군요! 하는 간단한 말조차 하지 않은 이유를 모르겠어.

아마도, 레나 때문이었을 거야. 한번은 네 어머니가 너 없이 우리 집에 온 적이 있는데, 우리 어머니에게 여자 대 여자로 화끈하게 털어놓고 말해 보자고 했대. 상상해 봐. 우리 아빠는 심지어 오래전에 그만두었던 그 어떤 생선 요리를 하기도 했어. 두 사람을 위해서, 자신을 위해서, 그리고 또 그의 편을 들어주려고 현장에 있던 마리 아주머니를 위해서 말이야. 너의 어머니와 나의 어머니는 오직 아빠와 아빠의 문제점들만을 말했어. 두 사람은 아빠가 정말 친절하고 '배려심 있는' 사람이지만, 유감스럽게도 명백한 마더 콤플렉스나, 그 비슷한 것이 있다고 했어. 그래서 (나중에 마리 아주머니가 내게 말해 주었지.) 뭔가 조치를 취해야 하고, 그래야만 그 콤플렉스가 고쳐질 거라고 했지. 콤플렉스에서 나온 행동, 갈등을 꺼려 도망가는 습성 그리고 기타 등등을 고쳐야 한다고. 하지만 아빠는 완고하게 맞섰지. 그들이 보내려고 하는 쪽으로 가려고 하지 않았어…….

하지만 영향은 받았을 거야.

아빠를 아주 세차게 몰아붙였던 게 분명해. 아빠의 두 억센 여자들이…….

…… 그것도 한목소리로.

불쌍한 사람!

그랬구나! 아빠는 지금도 보면 안됐어.

아빠는 처음에는 가만히 듣고 있다가 "나를 코너로 몰지 마!"라고 갑자기 소리를 치면서 정말 무례하게 행동했대. 아빠가 큰소리로 "마더 콤플렉스에는 이유가 있어!" 하고 소리를 지르자 두 여자가 움찔했다는 거야. 이어서 두 여자가 잠시 동안 말문을 닫고 생선 뼈를 바르는 동안 아빠는 다시 격한 말을 쏟아 냈어. "내 묘비석에는 이렇게 새길 거야. '여기 마더 콤플렉스를 치료받지 못한 자가 누워 있다.'라고 말이야." 하지만 레나, 이해가 가는 일이지만, 너의 어머니는 아빠를 다시 너희가 있는 시골로 데려가려 했어. 물론 우리 어머니는 거기에 반대하지 않았을 거야. 아무리 조용히 있어도 아빠가 다락방에 있다고 생각하면 방해받는 느낌이 들었겠지. 특히 성격상 상당한 문제점을 안고 있는 그 젊은 남자와 함께 있을 때면 말이야. 어쨌든 마리 아주머니는 두 여자가 우리 아빠를 무시하며 마더 콤플렉스에 대해 말을 늘어놓는 동안에 그녀의 말대로 "식탁 모서리에서 재빨리" 스냅 사진들을 몇 장 찍었어. 하지만 암실에서 현상한 사진은 아무에게도 보여 주지 않았지.

짐작만 할 뿐이야. 어떤…….

내기할까? 우리 아빠는 소파에 길게 누워 있고, 그 옆 의자에 어머니의 연인이 정신과 의사로서 앉아 있는 모습이 찍혔을 거야.

그래, 그 남자는 무언가를 연구하기 시작했어…….

……물론 사진상으로 말인데, 그 남자는 우리 아빠가 말을 하게 만들었어. 그래, 아빠가 어린 소년이었을 때 자기 엄마에게 어떤 거짓말을 했는지를 알아내려고 말이야…….

아빠가 오늘날까지도 가장 즐겨 하는 일이지.

잠깐, 우리 아빠가 너와 네 어머니를 위해서 무슨 요리를 했는지 이제 정확하게 기억이 나. 회향(茴香)으로 훈제한 넙치 요리였어. 그리고 아빠가 아직 오랫동안 끝내지 못하는 책 제목도 자신이 훈제했던 생선 이름을 땄던 거지…….

책에도 비슷한 게 들어 있어. 그래, 처음에는 두 여자가, 그러고 나서는 점점 더 많은 여자가 한 남자에 대해서 말을 하고 아울러서…….

어쨌든 그는 위층에서 쪼그리고 앉거나 입식 책상 앞에 서서 올리베티 타자기를 두드렸어. 한동안 "결국! 그 사람은 결국 나가서 살 집을 구할 거야."라는 소리가 들려왔지만. 나의 어린 동생과 나는 (종종 다투긴 했어도, 안 그래, 타델?) 그 점에서는 상당히 의견이 일치했어. "아빠는 위층에 쪼그리고 있어서 아무에게도 방해가 되지 않아." 그리고 내가 엄마에게 말했지. "아빠가 나가야 한다면, 나도 갈 거야."

나는 잘 모르겠어. 다만 분위기가 심상치 않았다는 것 정도

만 알았어. 그리고 언젠가 레나의 어머니가 딸들을 데리고 시골 집에서 다시 도시로 이사를 간 건 기억이 나. 그래, 난 당시에 언제나 구두끈을 풀고 여기저기를 쏘다녔어. 페렐스 광장에 불쑥 나타나기도 했고, 질퍽질퍽한 진창에 빠지기도 했어. 그러면서 소리쳤어. "제기랄, 제기랄!" 도망칠 생각이었지. 그래, 아무도 나를 걱정해 주지 않았어. 내 친구인 고트프리트의 집, 즉 길모퉁이 주택 관리사 집에서 시간을 보낼 때는 조금 마음이 놓였지만. 그리고 청소하는 아주머니는 이따금 빵에다 누텔라 잼을 발라 주었지. 마리 아주머니도 나를 도와주진 못했어. 언제나 "저런저런저런!"이라고 신음 소리만 냈지. 그리고 반쯤 망가진 사진기로 나를 찍지도 않았어. "그런 뒤죽박죽은 나의 박스 사진기도 견디지 못해. 쉬는 게 좋아." 라면서 말이야. 그리고 우리 아빠도 위층에 홀로 앉아 속상해할 때 외에는 적당한 집을 구하려고 밖을 돌아다녔던 것 같아. 하지만 집 대신에 새로운 여자를 구했지. 나중에는 아마도 생일 파티에서 다시 또 다른 여자를 구했는데, 그 여자가 마침내 아빠에게 맞는 여자였어…….

그래서 마리헨이 기뻐했던 거야.

맞아, 아체! 마리헨은 장벽이 세워졌던 그 무렵부터 벌써 그런 타입의 여성이 아빠와 어울린다고 생각해 왔던 거야…….

……그래서 체크포인트찰리에서 아버지를 위해 특별히 그녀의 박스 사진기를 들고 몸을 일으켰던 거야. 가짜 스웨덴 여권을 가진 금발 곱슬머리가 나타났을 때…….

……도주를 도와준 어떤 이탈리아 남자와 함께…….

……알파 로메오를 타고…….

잘도 꾸며 대는군, 너희 둘 다. 그리 오래된 일도 아닌데. 어쨌든 아빠가 이 여자, 저 여자에게 머무는 동안, 아빠는 가끔 꼬마였던 레나 너를 자기 어머니 집에서 두 시간 정도 데려올 수 있었어. 눈이 가는 너의 얼굴은 정말 귀여웠어. 높고 가늘게 삐악거리는 목소리로 노래도 잘하고 울기도 잘했지. 넌 위층에 있는 아빠 곁에 앉아 있었고, 내가 너를 위해 특별히 팟의 가게에서 가져온 단추들을 가지고 놀았어. 알록달록한 것들을 가지고 말이야. 그동안 아빠는 점점 더 많은 종이에다가 무언가를 가득 갈겨 놓았어. 마침내 자신의 책을 끝내려고 했던 거지. 레나, 너와 함께 노는 것은 아빠의 관심사가 아니었어.

우리가 꼬마였을 때도 아빠는 우리와 잘 놀아 주지 않았지.

믿어도 좋아, 레나.

나나, 너도. 아니, 아빠가 너에겐 특별히 무언가를 해 주었니?

하지만 끝나지 않은 책 얘기만 해 주었어. 말을 할 수 있는 물고기에 대한 동화 같은 것, 그리고 언제나 더 많은 것을 가지려고 한 어부의 아내에 대해…….

그래, 아빠는 이야기라면 얼마든지 해 주었어…….

…… 하지만 다른 아버지들처럼 아이랑 놀아 주는 일에는 젬병이었지.

그래, 아이들과 놀아 주는 아버지는 아니었어.

어쨌든 언젠가부터 집은 나뉘었어.

하지만 야스퍼와 파울헨의 어머니와 본격적으로 살게 되었을 때부터였어. 마리헨이 예견했듯이 아빠에겐 꼭 맞는 아내였지.

그동안에 다른 일도 벌어졌지. 우리는 나중에, 훨씬 나중에 알게 되었지만 말이야.

이제는 그 일에 대해서도 털어놓고…….

당시에는 우리도 몰랐어, 정말이야, 나나. 우리 아버지와 너의 어머니 이야기를 하는 거야.

집이 나뉘기 오래전에 벌써 두 분 관계가 시작되었다지.

한 여자와 바로 다음 여자 사이에 또 다른 여자가…….

정말이지 제정신이 아니었어, 영감탱이!

힘들더라도 이해해야 돼, 타델. 두 분, 즉 나나의 어머니와 우리 아빠에게는 각자 자기만의 슬픔이 있었어. 그래서 순전히 슬픔 때문에 두 분은 가까워지고, 더욱더 가까워졌던 거야.

그렇다면 내가 그렇게 많은 슬픔의 결과란 말이야?

사랑이란 원래 그런 거야!

사람들이 보는 것처럼, 나나, 넌 성공한 거야…….

모두들 너를 사랑해!

넌 더 이상 울면 안 돼……. 그래, 맞아!

어쨌든 아버지가 여기서 나가야 한다면 나도 같이 나가겠다고 말했기 때문에 집은 간단하게 분할되었어. 아빠는 계단 왼편 좁다란 부분과 위층 동굴을 가지게 되었지. 거기에다가 부엌으로 쓰는 방, 그 아래쪽에 있는, 이전에 부모님 침실이었던 샤워실이 딸린 방, 그리고 그 아래쪽, 여비서가 앉아서 타자기를 두드렸던 사무실도 아빠 것이 되었어. 물론 최선의 해결책이었지. 하지만 나의 여자 친구들은 두 분을 놀려 댔어. "정말 야만적이야! 마치 베를린 장벽처럼 집 중앙을 가르다니. 가시 철조망만 없다뿐이지."

그리고 우리 구역에는 위쪽 방들을 위해 나선형 계단을 새로 만들었어.

다른 도리가 없었어. 원칙적으로는 나도 이해가 가. 왜냐하면
언니 오빠들의 어머니는 그 모든 뒤죽박죽 후에도 이제 사랑하게
된 남자와 방해받지 않고 살고 싶어 했으니까…….

그랬어. 하지만 이제 그 남자가 부엌에서 이전에 우리 아빠가
앉던 자리를 차지했어. 아빠가 우리를 위해 양 허벅지 살에다 마늘
과 샐비어 잎을 가득 채워 넣던 곳을 말이야. 그리고 우리의 푸조
자동차에는 그 남자가 우리 엄마 옆에 앉아 있었어. 엄마가 운전석
에 앉았는데, 그 남자도 아빠처럼 운전 면허증이 없었지…….

그나마 위안이 된 것은 아빠가 그 후에, 온통 잡풀로 뒤덮인
뒷마당을 가지게 되었다는 거지.

지금도 기억이 나. 부엌 창가에서 우리는 아빠가 혼자서 마당
을 뒤집어 파는 광경을 내다보았지…….

아빠가 땀을 뻘뻘 흘리는 모습을 보고 나는 깜짝 놀랐어. 아
빠는 정원 일에 익숙하지 않았던 거야. 그러고 나서 아빠는 기름
진 검은색 흙을 공급받았고, 그것들을 손수레에 싣고 계단실을 통
과하여 뒤뜰까지 운반했어. 네 친구인 고트프리트와 또 다른 아이
하나가 아빠 일을 도와주었어. 땅을 파는 동안에 아빠는 곳곳에서
경주용 장난감 자동차들을 발견했어. 네가 예전에 동생들에게 주
려고 훔쳐 왔다가 그만 땅에 묻어 버렸던 것들이지.

그리고 땅에서 파낸 자동차들을 꼬맹이 레나가 가지고 놀았
어. 하지만 넌 팟의 알록달록한 단추들을 가지고 노는 걸 더 좋아
했어……. 노래를 부르기도 했고 울기도 했지…….

처음에 나는 아빠가 이제 정말 돌아 버린 모양이라고 생각했

어. 그때까진 정원 일 비슷한 걸 한 적이 없었으니까. 한편으론 아빠가 지금 자신의 분노를 풀고 있구나 하는 생각도 들었어. 또 이런 생각도 들었어. 아빠는 그 옆에 앉아 자신의 책을 끝까지 쓸 수 있는 여성을 마침내 발견하고 기뻐서 저러는 거야. 어쨌든 글을 쓰는 것이 아빠에게는 가장 중요한 일이었으니까. 그러다가 마리 아주머니가 와서 정원을 파고 있는 아빠의 모습을 온갖 방향에서 그 소원 성취 박스로 찍었기 때문에 나는 이제 아빠가 앞으로 이 여성 혹은 저 여성과 앞으로 어떻게 지내게 될 것인가를 미리 볼 수 있겠다고 생각했지. 하지만 아주머니는 우리에게 그중 어떤 사진도 보여 주지 않았어. 내가 보여 달라고 하자, 이렇게 말할 뿐이었어. "안 돼, 귀염둥이! 그건 내 암실의 비밀이야."

그러다가 어느 시점에 부모님은 이혼을 했지.

하지만 우리 중 누구도 그 사실을 제대로 알지 못했어. 두 분은 두 분 방식대로 했으니까. 다시 말해 아무 소리도 없이⋯⋯.

그 자리엔 변호사들만 있었대. 또 분명한 것은 마리헨이 함께 있었다는 거야. 아버지에게 특별한 일이 생길 때면 언제나 현장에 함께했으니까.

나는 나중에야 들었어. 반반으로, 아주 평화롭게 나누었다는 것을⋯⋯.

어쨌든 다툼은 없었어.

두 분은 절대 다투지 않았어.

이따금 이런 생각이 들어. 무슨 일 때문이든 두 분이 큰소리를 내고 접시를 던진다든지 하면서 마음껏 싸웠다면 어땠을까 하고 말이야. 그랬더라면 두 분은 혹시 아직도⋯⋯.

그렇다면 우린 이 세상에 없을 테지. 나나와 나는.

이혼할 수밖에 없었어. 왜냐하면 아버지는 무조건…….

하지만 이걸 생각해 봐. 아빠와 아빠의 새 아내가 야스퍼와 파울헨과 함께 시골에 살았을 때 벌써, 그러니까 아빠가 이전에 레나의 어머니와 레나의 이복 자매인 미케와 리케와 함께 한동안 살았었고, 한 무리 하객들과 더불어 멋진 결혼식*을 올렸던 바로 그 오래된 집에서, 너의 어머니가 너를, 꼬맹이 나나를 이 미친 세계로 태어나게 한 걸 말이야…….

그래서 마리 아주머니는 다시 한 번 뒤죽박죽이라는 말을 반복했던 거야.

그래, 세월이 지나면서 나중에야 사실을 알게 되었어. 조금씩 조금씩…….

어쩌면 어딘가에 또 다른 아이들이 있을지도 몰라…….

그래, 아빠가 나중에야, 한참 나중에야 내게 나나라고 불리는 작은 여동생이 있다는 사실을 고백한 걸 나는 아주 못마땅하게 생각했어…….

……예컨대 시칠리아 같은 곳에, 아빠가 아직 젊었을 때…….

아빠는 나를 보호하기 위해서였다고 했지.

……마리헨의 박스 사진기도 그것에 대해선 아무 예상도 하지 못했어.

나는 나 말고도 얼마나 많은 아이들이 있었는지를 아주 서서히 알게 되었을 뿐이야. 하지만 다른 아이들이 많았다는 사실 자

---

* 야스퍼와 파울헨의 엄마와 귄터 그라스의 결혼식을 가리킨다.

체는 괜찮았어. 그렇지 않았더라면 나는 외둥이로 자랐을 테고, 그랬더라면 훨씬 자주 고독감을 느꼈을 테니. 하지만 그래도…….

그런 점에서 보면 반쯤은 긍정적인 데가 있어. 우리 아빠가 일을 저지르긴 했지만 말이야, 안 그래?

그래, 엎질러진 물이야! 그런 부류는 어디에나 있지.

마침내 야스퍼와 파울헨도 우리와 한 무리가 되었지.

너희는 마침 적당한 시기에 나타났어. 다시 말해 우리는 그동안 너희 집에, 평탄한 지대에 도달하게 된 거야.

이해가 가. 그렇게 볼 수도 있어. 형들 말대로야, 좋아. 어쨌든 타델이 시골 우리 집으로 오는 바람에 나는 더 이상 장남이 아니게 되었지.

하지만 나는 타델이 이렇게 말하자 울었다던데. "네 어머니도 이혼했어. 그러니까 이제 우리 아빠와 결혼할 수 있어."

파울헨뿐 아니라, 나도 당시에 아주 많이 울었어. 종종 한숨을 쉬기도 했기 때문에, 미케와 리케가 나를 달래 주어야 했지…….

나도 사정이 비슷했어. 대리 아빠를 가지게 된 건 빼놓고. 대리 아빠는 엄마를 불규칙적으로 방문했지. 하지만 크리스마스나 생일이 다가와서 아주 슬픈 생각이 들어 울려고 할 때면 언제나 나를 찾아왔어. 레나와 파울헨도 당시에 울었고, 그러면 나는 재빨리 눈물을…….

우리는 그랬지!

우리 아빠가 그토록 오래 찾아야만 했던 그 모든 것은…….

옳지 않아! 어느새 다시 아빠에게 동정심을 가지다니!

네 말이 맞아, 레나. 나도 당시엔 상당히 괴로웠어. 최소한 일정 기간 동안은. 일이 벌어졌을 땐, 물론 가족 일이라 지겨울 틈이 없었지만 말이야. 하지만 어쩌겠냐고 나는 자신에게 말했어. 어쨌든 아빠 상대는 강인한 여자들이었어. 모두 합해서 넷, 어쩌면 마리헨까지 포함해 다섯일 수도 있지. 훨씬 나중에, 불면 날아갈 듯, 혹은 아버지가 "우리의 마리헨은 조막만 한 마주르의 여인이야."라고 말할 정도로 말라깽이처럼 보였을 때, 아주머니가 내게 여자들 모두가 등장하는 한 무더기 사진을 보여 주었어. 혼자 찍은 사진들이었지만, 모두들 억센 모습이었어. 제각각 특유의 방식으로. 나는 당시에 이미 니더작센의 한 농장에서 생태 농업을 하고 있었고, 정치적으로는 녹색당이었지. 그때 며칠 동안 휴가를 얻어 베를린의 아틀리에에 있는 마리헨을 방문한 적이 있어. 그곳에서 그녀는 껍질을 벗기지 않은 감자와 쓴맛이 나는 청어만 먹고 있었지. 잘 지내고 있던 건 아니지만 그녀는 기뻐하며 말했어. "잘 봐, 팟, 뭘 좀 보여 줄 테니, 눈 크게 뜨고 봐!" 그러고 나서는 암실로 사라졌고, 나는 기다렸어. 빨리 그곳을 떠나 동베를린에 있는 친구들을…… 보고 싶었지만 말이야. 하지만 마리헨이 암실에서 사진을 한 꾸러미 들고 나왔을 땐 눈이 휘둥그레졌어. 사진은 모두 6×9 사이즈였고, 아버지의 여자들이 소원했을 모습들이 그대로 찍혀 있었어. 어쩌면 아버지가 원했던 모습들이었는지도 몰라. 모두들 제각각의 방식으로 강인한 모습들. 어쨌든 나는 한 꾸러미 사진들 중 첫 번째 더미에서 젊은 시절 아버지와 어머니 모습을 알아보았지. 그래, 두 분은 사진 속에서 춤을 추고 있었어. 하지만 정상적인 바닥이나 풀밭이나 혹은 그 밖의 단단한 곳이 아니라, 그래 아니었어, 솜털 같은 구름 위에서 춤을 추고 있었어. 탱고나 아니면 그 밖의 현대적인 춤을…….

아마도 로큰롤이었을 거야…….

두 분은 블루스를 가장 즐겨 추었어…….

……딕시랜드*의 재즈가 연주될 때면 언제나.

"두 사람이 이혼했을 때도 나는 스냅 사진을 찍었어." 마리헨은 말했지. "결혼 사진은 누구나 찍을 수 있어. 하지만 이렇게 만족스러운 이혼 사진은 나의 박스 사진기만 찍을 수 있어. 모든 것이 쉽게 여겨졌던 이전 시절을 되돌아보게 하는 사진들이야. 두 사람은 순전히 사랑과 노래 때문에 저 멀리 날아가 버릴 수도 있고, 심지어는 구름 위에서 춤을 출 수도 있다고 생각했지. 나의 사진기는 모든 것을, 심지어 머리핀까지도 기억할 수 있어. 이걸 봐! 춤에 빠진 모습을." 그러고 나서 화가 나면 늘 그랬듯이 얼굴을 찡그리며 말했어. "난 두 사람에게 구름 위에서 춤추는 사진을 보여 주지 않았어. 이혼으로 끝장이 났으니까." 그래, 나는 아버지와 어머니가 끝장나 버린 것인지 확신이 서지 않아. 어쩌겠어! 인생은 계속되는 건데. 마리헨이 암실에서 두 번째로 가져온 바로 다음 사진들에는 마치 무성 영화에서 보는 것 같은 장면들이 찍혀 있었어. 서부 영화의 한 장면 같기도 했지. 아버지는 피 묻은 붕대를 머리에 감은 채 전형적인 덮개 마차의 바퀴에 기대서 있었어. 당시에 이주민들이 "가자 서부로!" 하면서 타고 달렸던 마차 말이야. 입을 벌리고 있어서 꼭 죽은 것처럼 보였어. 그리고 그 옆에는 상당히 키가 큰 금발 여성이, 레나의 어머니가 가슴 앞에 총을 비스듬히 한 채 (정

---

* 뉴올리언스풍 미국 남부 음악.

말이야.) 머리카락을 나부끼며 초처럼 꼿꼿하게 서 있었어. 눈을 아주 가늘게 뜨고 있었는데, 지평선 끝까지 대초원을 노려보며 인디언들을, 어쩌면 코만치들을 추적하여 잡아내려는 것 같았지…….

아니야! 그럴 리가 없어. 우리 엄마는 생쥐 한 마리만 마룻바닥을 지나가도 놀라서 가까이 있는 의자로 뛰어오르곤 했는걸…….

아냐, 나는 그렇게 믿어. 언제나 최후의 남자처럼 서 있었어. 덮개 마차 안에서 그녀의 딸 미케와 리케가 불안한 눈길로 밖을 내다보았고, 꼬맹이 레나는 그 사이에 있었지. 셋 다 구식 두건을 쓰고 있었어. 하지만 그럼에도 두 아이는 자기들 어머니처럼 옅은 금발이었어. 사실 레나는 약간 더 짙은 금발이었지. 왜냐하면…….그리고 사진들 앞쪽에는 최소한 다섯 인디언이 죽은 채로 누워 있었어. 그래, 네 어머니는 어딘가 믿음직스러웠어. 아버지는 온갖 어려움을 이겨 내며 그녀와 살 수도 있었을 테지만, 그러고 싶어 하지 않았지. 마리헨은 인디언들의 습격이 찍힌 사진들을 다시 정리하여 꾸러미 안으로 밀어 넣으면서 말했어. "그녀와 함께라면 너희 아버지는 말이라도 훔쳤을 거야. 하지만 그는 말을 사자고 주장했어. 그 후에 또 그렇게 했고."

라라를 위해서 단 한 마리 샀을 뿐이야. 네가 나케를 타고 마을을 가로질러 달리는 모습이 상당히 귀여웠다고들 하던데…….

그리고 우리의 요기는 용감하게 그 뒤를 따라왔지…….

다들 나를 믿어도 좋아. 나나 너도. 꾸러미의 세 번째 사진들에는 좀 더 화끈한 것들이 들어 있었어. 머리에 선원 모자를 쓰고 있는 아버지 모습을 보았더라면 다들 감탄을 금치 못했을 거야. 그 옛날의 혁명가 같은 모습이었지. 그리고 그 옆에는 네 어머니가 머리를 헝클어뜨린 채 활짝 웃으며 서 있었어. 있는 그대로의 아빠와 네 어머니의 모습. 걱정이라곤 털끝만큼도 없이, 이를 온통 드러낸 채 웃고 있었지. 두 사람은 바리케이드 뒤쪽에 서 있었어. 무언가 재미있다는 표정으로. 목에는 탄띠를 두르고 있었고, 1차 세계 대전 때의 기관총을 들고 있었지. 다른 사진에서는 두 사람이 기관총으로 겨냥을 하고 있는데, 아마도 무언가를 쏘았을 거야. 그리고 그들 왼편에 깃발이 하나 나부끼고 있었는데, 붉은색이라고 보아도 무방할 거야. 마리헨이 내게 보여 준 것은 흑백 사진들이었지만. "여기 베를린에서 무슨 일이 일어났어. 혁명 무렵에."라고 아주머니가 말했지만 나는 "믿을 수 없어요."라고 말했어. 나나의 어머니처럼 강인한 여자도 우리 아버지를 바리케이드 쪽으로 데려갈 순 없었을 거야. 아버지는 혁명과는 전혀 상관이 없었어. 언제나 개혁주의자였으니까. 그때 마리헨이 킥킥거리며 웃었어. "아마도 너희들의 여동생 나나의 어머니가 무언가를 원했고, 아버지도 조금은 그랬을 거야. 어쨌든 나의 박스 사진기는 소원을 들어주지."

실제로 어머니는 전혀 달랐어. 팟, 요르쉬 그리고 라라, 다들 알잖아. 어머니는 언제나 다른 사람들이 쓴 책들에만 몰두했어. 그것들을 한 문장 한 문장 힘들여 고쳐야 했지…….

그렇지만 나나, 네 어머니도 최소한 남몰래 그리고 순수하게 무언가를 소원했을 수…….

그래, 맞아! 그런 건 오로지 아버지만이 고안해 낼 수 있었던 거야.

하지만 마리헨의 소원 성취 박스가 만들어 낸 최고의 작품은 네 번째 것들이었어. 거기서 우리는 중간 크기인 진짜 체펠린* 비행선이 비행장 계류 기둥에 단단히 묶여 있는 모습을 볼 수 있었어. 그리고 상당히 넓고 창문이 많은 탑승실 앞에서 단체 사진이라도 찍으려는 것처럼 우리 아버지 그리고 머리 반만큼이나 더 큰 우리 어머니가 나란히 서 있었어. 그들 앞에는 야스퍼와 타델이 서 있고. 그리고 그 앞에는 가장 어린 너, 파울헨이 쪼그리고 앉아 있었어. 하지만 아버지가 기장 모자를 쓰고 있는 게 아니라, 그의 두 번째 아내**가 체펠린 비행선의 기장이었어.

맞아, 바로 그대로야. 우리 아빠는 자전거도 못 타. 자동차 운전도 못하고.

그렇다면 이렇게 생각해 볼 수도 있지 않을까? 아버지가 너희 어머니를 설득하여 중간 크기 비행선의 조종사 면허증을 따게 했던 거라고.

그녀라면 그럴 수 있다고 생각해.

게다가 고정된 거주지에 머무는 게 아니라 비행선을 타고 다니는 것이 언제나 아빠의 소원이었어. 아빠와 입식 책상을 비롯한 물건들을 싣고, 게다가 가족들이 타고도 남을 만큼 큰 비행선을 타고 때로는 여기에 때로는 저기에 착륙해서, 장소와는 전혀 상관없이, 언제나 길 위에 있을 수 있는, 그래서 결코…….

바로 그 때문에 마리 아주머니는 아빠의 소원을 들어주었던 거야. 조종간을 쥔 강인한 여성을 줘서 아빠가 의도한 것을 할 수

---

* 비행선을 발명한 사람.
** 야스퍼와 파울헨의 어머니.

있도록…….

게다가 그에게 즐거움까지 주었잖아…….

"너희들의 아버지는 언제나 다른 곳에 있고 싶어 했고 언제나 다른 사람과 있는 것을 좋아했어." 아주머니는 그렇게 말했어. 그건 나도 마찬가지야. 난 아버지로부터 기질을 물려받았어. 마리헨이 사진 꾸러미를 다시 암실로 가져가려 할 때 내가 물었어. "말해 봐요, 아버지와 아주머니가 함께 찍은 사진은 없나요? 소원을 들어주는 그런 사진 말예요?" 그러자 마리헨은 처음에는 침묵을 지키다가 한참 후에야 이렇게 말했어. "그걸로 이미 충분해. 네 아버지와 여자들 말이야! 난 언제나 요구를 받았을 뿐이야. 생각해 봐, 이 귀염둥이. 나는 네 아버지가 무언가 특별한 것을 원하면 언제나 서둘러야 했어. 그리고 나중에야 암실로 사라질 수 있었지. 그게 전부야! 쏜살같이 움직였어, 내 귀염둥이! 너희 아버지에게 난 언제나 '빨리찍어요마리헨'일 뿐, 그 이상은 절대 아니었어."

저런, 아주머니의 기분이 정말 씁쓸했겠군.

어쩌면 아주머니도 아빠의 연인이었을지 몰라. 그사이에, 그 언젠가.

그러고 나서 나는 아주머니 곁을 떠났지, 동베를린으로, 프렌츠라우어베르크로, 왜냐하면 그곳에서는…….

누가 알겠어, 그 밖에 우리가 모르는 게 얼마나 많을지…….

……마리 아주머니가 스냅 사진으로 찍어야 했던 것들…….

……우리 아빠가 순전히 직업상의 이유로…….

……독자들이 나중에 그 책을 읽더라도 실제로는 어땠는지를 결코 모르도록 말이야…….

우리가 여기 앉아서 말하고 있는 것도, 실은 그저 아빠가 머릿속으로 생각해 낸 것 아니겠어, 그게 아니면?

아빠는 그럴 수 있어. 그렇게 할 수 있어. 무언가가 실제로 거기에 존재하게 만들어 그림자를 던질 때까지 고안하고 상상하는 것 말이야. 아빠는 이렇게 말해. "너희들의 아버지는 일찌감치 그렇게 하는 것을 배웠어." 하지만 우리는 알고 있어, 레나. 우리 삶이 무대 위에서만 펼쳐지는 건 아니라는 걸 말이야. 너도 알잖아. 우리가 서쪽을 멀리 떠나 (5월이라 도처에 라일락이 가득 피었더랬지.) 점점 더 동쪽으로 차를 타고 달렸던 일을 기억해 봐. 폴란드 여행이 시작되기 전에 네게 부탁하지 않았니? 지나치게 이상한 머리 장식은 카슈바이의 친척들을 놀라게 할 수도 있으니, 다양한 모양의 나비와 작은 새들과 같이 눈에 띄는 액세서리들을 새 둥지처럼 땋은 너의 머리에서 떼어 내라고. 우리가 성심 예수상 앞의 소파에서 얀 삼촌과 루치에 숙모 사이에 앉아 있고, 너는 돼지머리 젤리를 먹으려 하지 않았을 때, 마리헨이 현장에 없었던 건 애석한 일이야. 그래, 나는 내 딸이 자랑스러웠어. 그렇게 고집불통인게…….

하지만 나나, 너의 모습은 아주머니가 그 박스 사진기에 담았어. 내가 네 곁에 있을 수는 없었지만, 생각 속에서는 네 손을 내 손으로 완전히 감싼 채 꼭 쥐고 있었을 때 말이야. 그래, 마리헨은 우리의 소원을 알아주었어. 그 때문에 네가 또다시 대문 열쇠나 잔돈을 잃어버렸을 때도 내가 너한테 친밀감을 느낄 수 있었던 거야. 나는 너를 도왔어. 통학로는 길었지만. 나는 날씨가 차가우면 좀 따뜻하다고 말했고, 따뜻하면 따뜻하다고, 더우면……. 그리고 이따금 잃어버린 것보다 더 많은 것을 발견하기도 했지. 우리는 찾은 것에 만족했어.

우리는 함께 웃고 함께 울었지. 우리가 동물원 안에서 달리거나 손을 잡고 원숭이들 곁에 서 있는 모습을 본 사람도 있을 거야. 어쨌든 나는 네 곁에 더 자주 있었어. 나중에 헤아릴 수 있었던 것보다 말이야. 우리의 행복한 순간을 증언하는 수많은 스냅 사진들. 아, 우리가 함께 찍혔던, 6×9 사이즈 사진들이 아직 모두 존재한다면…….

되돌아보는 시선으로

오늘은 아이들 가운데 절반만 함께 쪼그리고 앉아 있다. 하지만 성(聖) 파울리의 대(對) 코블렌츠 홈경기가 끝나면 곧 타델이 합류할 것이다. 일주 여행 중이던 레나도 한자리에 있다. 그리고 쌍둥이 오빠들과 함께 성장했던 라라는 오늘은 오빠들이 없어도 좋을 것 같다는 견해를 피력한다. 팟은 시험 공부에 매달려 있고, 요르쉬는 몇 주 전부터 범죄 시리즈에 들어갈 음향 녹음 때문에 오기가 힘들다고 한다. 나나도 참석하기 어렵다고 한다. 지금은 에펜도르프 베이비들에게 빠져 있느라 참석하기가 힘들지만, 어쨌든 형제자매 모두가 어릴 적 고통이라는 주제 때문에 시달렸던 지난번 모임보다는 덜 고통스러운 저녁이 되었으면 한다는 말을 전하면서.

그들은 거실 부엌에 앉아 있다. 사방 벽에는 요즈음 예술 작품들이 걸려 있다. 무엇보다도 시골에서의 공동 생활이 주제였기 때문에, 어제 런던에서 돌아온 야스퍼가 초대를 했다. 그곳 런던에서는 영화 제작에 대한 재정 지원이 위기에 처해 있었다. 파울헨도 참석했는데, 우아한 브라질 여성과 살고 있는 마드리드에서 조금 일찍 떠나올 수 있었기 때문이다. 동시대 미술의 후원자이자, 동시에 고백 교회 소속의 멕시코 여성인 야스퍼의 아내가 지금 막

두 아들을 힘들게 침대에 데려다 놓았다. 그러고는 식탁에 뭔가 매운 요리를 내놓는다. 다진 고기에 칠리 소스와 검은 콩을 넣어 요리한 것이다. 그녀는 아주 진지하게 그리고 암시적으로만 프리다와 칼로를 비교하면서, 자신의 입장에서 볼 때 '아주 독일적인' 식탁의 손님들을 쓱 둘러보고는 말한다. "여러분의 아버지를 심판하지 마세요. 그분이 아직 살아 있다는 것만을 기뻐하세요." 그러고는 보란 듯이 퇴장한다. 마지막 말의 여운이 울려 퍼져야 한다는 듯이 모두들 침묵한다. 마침내 파울헨이 야스퍼에게 말한다. "먼저 시작해."

좋아. 누군가는 시작을 해야겠지. 파울헨과 나는 우리 어머니를 카밀레*라고 불렀어. "카밀레라고? 내게 그럴 자격이 있을까?" "카밀레, 엄마는 자격 있어요!" 내가 그 이름을 택한 것은 의사의 딸인 카밀레가 모든 것을 치유했고 또 도처에서, 심지어는 우리가 매년 여름을 보내는 덴마크 섬에서도 모든 약초를, 특히 카밀레를 뜯고 다발로 말렸기 때문이야. 그 풀은 차로 쓰거나 뜨거운 찜질을 하기에도 좋았어. 그러니 "카밀레는 언제나 도움을 준다!"라는 말도 그렇게 헛된 말은 아니야. 어머니는 도시에서 살 때부터 그렇게 불렸어. 우리는 그 당시 도시 외곽 지대에, 여우가 다니는 길목에 살았잖아. 아버지는 어쩌다 한번 아침 식사를 하러 왔어. 그래도 괜찮았던 건 카밀레와 아버지가 벌써 오래전부터 다투지 않았기 때문이지. 그런데 어느 날 우리 집에 불쑥 나타난 새로운 남자**

---

* 국화과의 일 년생 초본. 카밀레 차는 발한제로도 쓰인다.
** 귄터 그라스를 가리킨다.

는 우리 어머니를 카밀레라고 부르는 대신, 원래 이름에다가 언제나 '헨'*을 덧붙여 불렀어.

그리고 나중에는 어머니를 '귀여운 사람' 혹은 '내 사랑'이라고 불렀는데, 우리에겐 상당히 괴로운 일이었지.

내 눈에 그 사람은 완전히 노인처럼 보였어. 아직 쉰도 되지 않았지만. 파울헨과 나는 누나의 아버지를 '노인네'라고 불렀어. 그 사람이 우리에게 이름만 불러 달라고 제안한 후에도 말이야. 그는 콧수염이 달린 한 마리 해마(海馬)처럼 보였어. 하지만 나는 그걸 큰 소리로 말하진 않았어. 우리 눈에도 그런대로 괜찮아 보였던 거지. 처음엔 파울헨이 힘들어했어. 밤에 자다가 깨면 언제나 카밀레의 침대로 기어들곤 했으니까. 하지만 그 자리엔 그 '노인네'가, 그 해마가 점점 더 자주 누워 있게 되었지. 그러고 나서 그는 나이 많은 여자 하나를 데려와 "이 사람은 마리헨이야."라고 말하고는 이렇게 설명을 덧붙였어. "마리헨은 특별한 사진가야. 그녀가 가지고 있는 아그파 박스라고 불리는 상자 사진기는 전쟁 동안 폭탄과 화재와 수재(水災)에도 멀쩡하게 살아남았어. 하지만 전쟁 후론 제대로 작동하지 않거나 엉뚱한 방식으로 작동하게 됐단다. 모든 것을 다 투시하면서 아주 특별한 사진들을 만들어 내는 거야." 그러고는 또 이렇게 말했어. "마리헨은 나를 위해 사진을 찍어. 내가 바로 필요로 하는 것이나 소원하는 것을. 물론 너희를 위해서도 사진을 찍을 거야. 너희가 특별한 소원을 말해 주기만 한다면 말이야."

---

* 독일어에서 애정을 담고 부를 때 이름 뒤에 덧붙이는 접미사.

우리는 그녀를 마리라고 불렀어…….

타델도 마리 아주머니라고 불렀지.

어쨌든 그때부터 우리의 마리였어.

처음에는 그 나이 많은 여자가 무서웠어. 무시무시한 기분마저 들었어. 그녀가 나중에 아주 난처한 일까지 그 박스 사진기로 알아채고 말 거라는 생각이 들었던 거지…….

무엇이 그렇게 아주 난처했는데, 야스퍼?

그래, 얼른. 설명해 봐…….

그것에 대해선 별로 말하고 싶지 않아. 정말이야. 나의 꼬맹이 동생은 (그렇지, 파울헨?) 마리를 대단히 환영했어. 그녀가 불가사의한 상자로 정원 울타리나 우리 연립 주택 앞에서 자기 사진을 찍으면 눈을 동그랗게 뜨고 놀란 표정을 지었지만.

그러고 나서 우리는 카밀레와 그 남편과 함께 도시를 떠나 시골로 이사를 했는데, 난 그곳이 정말 마음에 들었어. 마리 아주머니도 이따금 아그파 박스뿐 아니라 여러 장비들을 가지고 우리를 찾아왔지. 그곳에서 우리는 커다란 주택에 살았는데, 레나는 이미 알던 곳이었어. 도처에 몸을 숨길 수 있는 그런 주택이었어. 온통 케케묵은 냄새가 났지. 심지어는 이전 시대 유물인 장롱 침대라든지 알코브* 같은 것들도 있었어. 그리고 집 앞쪽, 즉 마을 길 쪽으로 레나가 이미 설명했겠지만 아주 오래된 가게가 하나 있었어. 그리고 우리 어머니의 새로운 남자(레나, 너의 아빠를 말하는 거야.), 황록색 바닥 타일이 깔린 위층 커다란 방에 틀어박혀 자기 일에 몰

---

* 방 한쪽에 설치한 오목하게 들어간 장소. 침대, 책상 등을 놓고 반독립적인 소공간으로 사용한다.

두했던 그 남자는 우리를 위해서 아주 유별난 것들을 요리해 주었어. 돼지 앞발, 양 콩팥, 소 염통과 송아지 혓바닥 같은 것들을 말이야. 야스퍼의 말대로, 맛이 나빴던 적은 없었어. 그리고 그 남자는 마을 생선 장수에게서(이름은 쿀팅이었고, 약간 곱사등이였지만 정말 친절했어.) 청어와 다른 훈제 생선들뿐 아니라, 아직 살아 있는 미끌미끌한 뱀장어도 구입했지.

그 노인네는 살아 있는 뱀장어 한 마리 한 마리를, 쉬운 일은 아니었겠지만, 손아귀로 쥐어 잡고 처음에는 잽싸게 머리를 베어 냈고, 그러고 나서는 아직도 꿈틀대며 원을 그리는 나머지 몸통 부분을 손가락 크기로 잘라 냈어. 몸통뿐 아니라 도마 위에 아주 단정하게 놓은 뱀장어의 머리들도 여전히 살아 있었고, 심지어는 펄쩍 뛰어 도마 아래로 떨어지기도 했지. 나는 뱀장어 살육 현장에 언제나 참관했어. 뾰족한 뱀장어 주둥이에 손을 대는 순간 잘린 뱀장어 머리가 내 집게손가락 끝부분에 찰싹 달라붙는 바람에 기겁한 적도 여러 번 있었어. 손가락을 다시 자유롭게 하기 위해선 힘껏 잡아당겨야 했지. 그 모든 것, 그래, 이따금 너희 아버지의 손아귀에서 미끄러져 나가기도 하는 뱀장어 살육 현장, 그리고 나의 집게손가락과 관련된 장면을 우리의 마리는 아주 가끔씩만 사용하던 라이카나 하셀블라트 사진기가 아니라, 아그파 박스 사진기로 찍었고, 나중에 다시 방문해서는 6×9 사이즈 사진들을 한 무더기 보여 주었지. 그래, 다들 잘 알잖아. 마리의 암실에서는 예상을 불허하는 무언가가 나온다는 걸. 어쨌든 사진들에는 두 손이 나와 있었어. 한편엔 손등이, 다른 한편엔 손바닥이. 하지만 모든 손가락 끝에는, 심지어 엄지손가락에도 뱀장어 머리들이 찰싹 달라붙어 있었어. 어떻게 보면 정상적으로 보이지만, 또 어떻게 보면 무시무시하고 정말 비현실적인 느낌을 줬지. 마치 호러 필름에 나오는 공포의 손가락처럼. 그래, 라라, 그런 악몽을 꿀 수도 있는 거야. 하지만 야스퍼는(내가 너에게 사진들에 대해 말한 것 아직도 기억하지?) 믿으려 하지 않았어. 너는 "몽타주 기법일 뿐이야, 금방 알 수 있어."라고 말하고는 미국 만화 영화에 대해 이런저런 복잡한 이야기들을 늘어놓았지. 그러는 가운데 박스를 가진 마리는 네게 아주 으스스한 존재가 되어 버렸어. 그녀를 두려워하게 된 거지.

그랬을 거야. 하지만 이상한 점은 내가 원래는 마리를 좋게 보았다는 거야. 그녀는 라이카로 어떻게 사진을 찍을 수 있는지를 보여 주었어. 그리고 심지어 너도 그녀의 하셀블라트로…….

마리는 내게 제대로 된 조리개, 노출 등 모든 기술적인 것들을 차츰차츰 가르쳐 주었어. 그 때문에 난 나중에 사진가가 되었고, 포츠담에서 제대로 공부를 마치고 졸업할 수 있었지. 우리의 마리가 있었기 때문에 가능했던 일이야. 난 일찌감치 마리의 사진들을 눈여겨보았어. 너희들의 아버지가 둑 뒤편 집을 구입했고, 마리가 그때부터 거기에서 살았는데, 그 때문에 지금까지 야스퍼에게도 타델에게도 허락하지 않았던 것을 내게 허락해 주었어. 마리를 따라 암실로 들어갈 수 있었던 거지. 그곳에는 붉은 등과 현상, 고정, 물에 담그는 작업을 위한 접시들 그리고 인화 틀이 갖추어져 있었어. 추가로 더 사들인 집에 말이야. 아그파 박스 사진기로 찍지는 못했어…….

마리는 그 사진기로는 노인네를 위해서만, 너희 아버지를 말하는 거야, 특별한 사진들을 찍었어. 모든 각도에서, 하지만 대개는 파인더를 들여다보지 않고 배 앞에 사진기를 갖다 댄 채로.

그리고 절단면을 바닥으로 하여 반원 꼴로 세워 놓은, 아직도 살아 있는 뱀장어 머리들을 찍은 일련의 사진들도 있었어. 뱀장어들은 여전히 숨을 쉬려는 듯 하늘을 향해 몸부림을 쳤어. 아직도 기억이 나. 정확하게 여덟 개의 머리였어…….

그러고 나서 카밀레의 남편, 즉 너희의 아버지가(우리는 성(姓)이 아니라 이름*을 불렀지.) 완성된 사진들을 본따서 비슷한 형상들을 자기 동판에다 새긴 거야.

나중에 동판들을 이용해 종이에 인쇄를 하자, 모든 것들이 정말 괴상한 모습으로 나타났어. 뱀장어들이 바닥에서 자라나는 것 같았지.

그래서 그는 그 그림에다가 "부활"이라는 제목을 붙였어. 아마도 뱀장어들이 부활절에 도살되었기 때문일 거야.

그리고 마리가 그를 위해 찍어야 했던 것들은 대개는 야스퍼가 이미 말했듯이 사진기를 배 앞에 갖다 댄 각도에서 찍은 것들이었어. 가끔은 쪼그리고 앉은 자세에서도 찍고 엘베 강변에서 배를 깔고 엎드린 채로 정말 기이한 것들을 찍기도 했지.

한번 상상해 봐. 우리의 파울헨은 거의 언제나 마리 뒤를 느릿느릿 따라다녔어. 마리가 노인네를 위해 박스 사진기로 암소들의 젖을 찍기 위해 둑으로 가거나 혹은 암소들을 먹이는 풀밭을 가로질러 갈 때도 말이야. 하지만 나는 파울헨이 박스 사진기로 찍은 사진들에 대해 아무렇지도 않게 해 준 이야기를 믿을 수가 없

---

* 귄터 그라스의 이름, 즉 '귄터'를 말한다.

었어. 기다랗고 살찐 뱀장어들이 젖꼭지마다, 그것도 언제나 네 마리가 꼭 달라붙어 있었다는 거야. 그것도 젖을 빨기 위해. 그 목적이 아니면 무엇이겠어, 레나? 믿지 못하겠다고? 나도 마찬가지로 믿지 않았어. 하지만 파울헨이 내게 사실이라고 다짐을 했어. 그리고 나중에 노인네가 작업한 동판을 보니까 젖꼭지마다 살찐 뱀장어들이 네 마리씩 매달려 있는 거야. 하지만 그가 우리에게 거듭해서 들려준 이야기들은 완전히 지어낸 것들이었어. 예를 들면 이런 이야기지. 뱀장어들은 밤중에 특히 그리고 언제나 보름달이 뜰 때 일하러 나서기를 좋아한다는 거야. 둑을 넘고 풀밭을 구불구불 기어가 특별히 그것들을 위해서, 마치 그것들을 기다리고 있기라도 하듯 널브러져 있는 암소들 곁으로 간다는 거야. 그러고는 젖꼭지에 찰싹 달라붙어 배가 부를 때까지 빨고 또 빨다가 마침내 떨어진다는 거야. 그다음 차례인 뱀장어들을 위해. 그리고 또 그렇게 계속된다는 거지. 타델도 "새빨간 거짓말이야!"라고 했어. 형은 아빠가 지어낸 이야기들을 많이 알고 있었기 때문이지. 그리고 형은 갑자기 우리가 사는 시골로 이사를 왔어. 도시에서는 더 이상 지내기가 힘들어서였겠지, 아냐?

이해를 해야 했어. 왜냐하면…….

네가 떠나려고 했던 건 옳은 생각이었어.

나는 기뻐했을 거야. 왜냐하면 타델과 나 사이에는, 순전히 오누이 간에……. 하지만 네가 막상 떠나자…….

난 무조건 새로운 가정이 필요했어. 프리데나우에서 나는 완전히 방해만 되는 외톨이라고 느꼈어. 지속적으로 그런 말을 들어야 했으니까. 그래서 괜히 법석을 떨었는데, 꽤나 소질이 있는 편이었지. 그래서 아빠가 여자 비서와 함께 사무적인 일을 처리하기 위해 시골에서 올 때면, 난 언제나 소동을 피웠는데, 정말 진심에서 우러난 행동이었어. 왜냐하면 어떻게 처신해야 할지 정말 몰랐거든. 그러다 보면 아빠는 마침내 이렇게 말하곤 했지. "좋아, 네 엄마가 반대만 하지 않는다면 그렇게 하렴." 우리 엄마는 처음에는 조금 울다가 결국 좋다고 했어. 생각해 보면 엄마는 카밀레를 좋아했어. 그리고 헤어지면서 이렇게 말했지. "그 여자 옆에서라면 틀림없이 잘 지낼 거야." 전에 아빠가 나를 달래려고 주었던 앵무새 두 마리를 내 친구 고트프리트에게 주었어. 그러고 나서는 아빠가 레나와 그 이복 자매들의 엄마와 함께 이 년 가까이 살았지. 그 덕분에 전부터 알던 그 희극적이고 오래된 집에 상당히 신속하게 적응하게 되었어. 처음에는 소동을 피웠지만 말이야. 예를 들자면, 야스퍼와 파울헨이 기르던 고양이를 이중 창 안에 가두어 버리면, 그게 발작을 일으키곤 했지. 기억이 생생해! 바로 그 옆에 있었어! 정말이야! 모르겠어. 내가 왜 그랬는지는……. 정말이야, 파울헨! 난 당시에 정말이지 말썽꾸러기였어……. 너희 생각은 어때?

글쎄, 우리가 보기엔 괜찮았어.

주변 환경에 익숙해지기 위해 시간이 필요했던 것뿐이야.

하지만 나도 곧 카밀레라고 부르게 되었던 너희들의 어머니 말에는 귀를 기울였어. 조용하지도, 요란하지도 않은 그런 특별한 스타일이었으니까. 카밀레가 예스라고 말하면 무조건 예스였고, 노라고 말하면 무조건 노였어. 처음부터 곧장 그녀는 내가 '멍청이', '터키 꿀꿀이' 그리고 더 나쁜 욕설들을 못 하게 했지. 아니, 고유의 느린 방식으로 내가 욕설하는 습관을 버리게 했어. 그렇게 하여 나를 그런대로 참아 줄 만한 인간으로 만들었던 거야. 마리 아주머니뿐 아니라, 라라도 이따금 집으로 찾아올 때면 나의 그런 모습을 보곤 했지. 누나의 요기는 데려오지 않았지…….

우리는 요기를 안락사시켜야 했어. 너무 늙어서 오래전부터 더 이상 지하철을 공짜로 타려고 하지 않았어. 계단 아래 누워 있기만 했지. 그리고 길을 건너 에케 한트예리 운동장으로 가려고 할 때도 더 이상 좌우를 살피지 않았어. 그래서 나도 동의할 수밖에 없었지. 모두들, 나의 여자 친구들도 이렇게 말했으니까. "요기를 안락사시켜야 해, 무조건. 고통만 연장하고 있잖아. 미소 짓지 않은 지도 벌써 오래야." 이제 나만 남게 되었던 거야. 타델, 사실은 말이야, 네가 좀 그리웠어. 갑자기 외톨이라는 느낌이 들었거든. 요르쉬는 쾰른에서 실습을 하고 있었는데, 엽서 한 장 보내지 않고 마치 사라져 버린 것 같았어. 그리고 팟은 소냐 걱정만 했지. 그러고 나서 이미 말했듯이, 타델마저 사라졌어. 네가 가끔씩 심하게 노이로제에 시달린다는 걸 알긴 했지만, 네가 사라진 게 조금은 아쉬웠어. 게다가 나이가 훨씬 많은 남자와의 본격적인 첫사랑도 끝나 버린 상태였지. 아주 어린 소녀들을 이리저리 집적대는 그런 타입이었으니까. 나하고 끝난 뒤에 만난 소녀는 나보다도 훨씬 어렸다는 소문이야. 그 이야긴 조금도 하고 싶지 않아. 아니야! 정말 생각도 하기 싫어. 그리고 고등학교는 겨우 졸업을 했지. 수학이나 그런 과목은 젬병이었어. 그래, 난 도공(陶工)이 되고 싶었어. 이전부터 늘 손으로 무언가를 잘 만들었으니까. 하지만 아빠처럼 예술 작품이 아니라 사용하기 좋은 걸 만들고 싶었어. 그런데 시내에는 교습소가 없었고, 그 때문에 너희들의 카밀레가 나를 도와주었어. 그녀는 차를 몰고 슐레스비히 홀슈타인 이곳저곳을 다니다가 마침내 정말 아름다운 고장의(그녀 여동생이 그곳에 있는 한 성(城)의 부속 건물에 살고 있었어.) 도버스도르퍼 호숫가에서 일하는 한 도공 장인의 실습생으로 들어가게 해 주었던 거야. 그 사람은 능력은 꽤 있는 편이었는데, 그것 말고는 역겨운 타입이었지. 나중에야 드러났지만, 그 일에 대해선 별로 말하고 싶지 않아. 그래, 레나, 지금도 입에 올리기 싫어. 어쨌든 실습만은 정말 즐거웠어. 그리고 나처럼 실용적인 걸 좋아하는 카밀레와도 정말 잘 지내게 되었지. 그녀는 모든 것을 잘 조절했어. 너희 어린애가 둘이나 있었음에도 이전에 교회에서 직업적으로 오르간을 연주하면서 동시에 또 다른 무언가를 배웠듯이, 방문객 접대를 비롯하여 늘 이런저런 일이 일어나는 커다란 고택에서의 일을 능숙하게 해치웠지. 그리고 우리의 타델은 (넌 인정해야 해.) 다시는 알아보기 힘들 정도로 변했어. 그랬어. 넌 이제 큰형 역할을 자임했고, 야스퍼와 파울헨을 두고는 언제나 '나의 꼬마 동생들'이라고 말했어.

우리가 모두 파울헨 혹은 파울레 하고 불렀던 파울은 오랫동안 목발을 짚고 다녔어. 아빠가 어느 곳에선가 산보를 하다가 파울이 오른쪽 발을 저는 것을 발견한 후로 말이야.

나중에 드러났듯이 뼈에 생긴 악성 질환이었어. 시골 의사가 그렇게 진단을 내렸지.

이름이 웃긴 의사였어.

그래서 파울은 베를린에 가서 전문의에게 수술을 받았지.

내가 다시 목발 없이 걸을 수 있게 된 건 한참이 지나서였어……

그리고 이제 시골에서 훨씬 더 안정을 찾게 되고, 심지어 예전처럼 웃기도 하고, 마침내 두꺼운 책도 끝내게 된 아빠는 마리 아주머니에게 무조건, 파울헨이 수술하기 전에 오른발에 신어야 했던 특별한 신발을 박스로 찍게 했어.

그러나 카밀레는 반대했어. 어느 정도는 미신을 믿었기 때문에, 마리가 신발 찍는 것을 허락하지 않았던 거지.

마리도, 그 노인네도 그 말에 따랐어. 그러면서도 무언가 마녀처럼 알아듣기 어려운 주문을 중얼거렸지.

나는 공포의 신발을 멀쩡하게 보이는 발에 신어야 했어. 통나무처럼 뭉툭하게 생겨서 붙은 이름이야. 그러니까 오른쪽 발을 틀에 넣었던 거야. 그리고 나의 병에는 그것을 처음으로 발견했던 의사 이름이 붙었던 거고. 이름이 페르테스였지. 위쪽 좌골 부위가 천천히, 카밀레가 말하는 것처럼 '흙덩이 모양으로' 부서졌고, 그래서 카밀레 말처럼 '밀가루 반죽'을 삼각형 쐐기 모양으로 썰어 내야 했어. 우리가 아직 시내에 살던 때였어. 병원에 오래 누워 있었는데, 내 옆에는 많이 아픈데도 정말 침착한 데다가 아주 친절하기까지 했던 한 터키 소년이 있었지. 카밀레가 말했지만, 나는 누워 지내는 생활 때문에 스트레스를 받았을 때도 별로 슬퍼하지 않았어. 간호사들은 정말 우악스러웠지만 내 다리 부위를 톱으로 썰어낸 교수는 점잖은 사람이었어. 무릎이나 다른 부상을 입은 헤르타 팀 축구 선수들을 치유해 준 것으로 유명했지. 그는 나의 좌골이 다시 단단해지도록 올바른 자리로 되돌려 놓았던 거야. 속도는 느렸지만 뼈는 단단해졌어. 하지만 나의 오른쪽 다리는 그 후 약간 짧아졌지. 그래서 목발을 짚고 걷기 전에 처음에는 공포의 신발을 신어야 했던 거야. 그리고 더 이상 목발을 짚고 다니지 않게 된 뒤에야 비로소 밑창이 두꺼운 신발을 신게 되었어.

하지만 넌 정말 빨리 걸었어.

목발도 아주 능숙하게 다뤘고.

내가 집으로 왔을 때 정말 놀랐지.

공원묘지를 넘어갈 때도 넌 우리보다도 동작이 빨랐어.

그래서 우리의 마리헨은 너를 무조건 그 박스 앞으로 데려갔던 거야, 자꾸만……

영화 한 편, 또 한 편을 만들 정도로 그녀는 찍어 댔지.

카밀레도 보고는 수긍을 했어.

다만 공포의 신발만은 찍을 수가 없었어……

그리고 그때까지 그 일을 믿으려 하지 않던 타델은, 마리가 목발을 짚은 너의 사진을 찍기도 전에 이렇게 말했지. "소원을 말해 봐, 파울헨! 빨리, 소원을 말해 봐!"

하지만 마리는 그 사진들을 내게만 보여 주었어. 열 장 정도, 아니 그 이상 되는 사진들을. 보면 내가 거대한 백화점 안에서 목발을 짚은 채로 에스컬레이터를 오르내리는 장면들이 있어. 거기가 '카데베'였던가? 아니면 '유로파 센터'였던가? 심지어는 위험하게 운행 방향을 거슬러 타기도 했지. 완전히 미친 모습이었어. 언제나 한꺼번에 세 계단씩. 그러면 위쪽과 아래쪽에 있던 사람들이, 물론 내가 바라는 건 아니었지만 박수를 치곤 했지. 내가 목발을 너무도 능숙하게 다루니까. 심지어는 아래쪽 계단에서 위쪽 계단으로 훌쩍 뛰어오르기도 했어. 그리고 또 다른 사진들을 보면, 내가 다시 시골로 돌아와 제방의 가파른 경사면을 아래쪽으로 질주

하는 장면도 있어. 울타리 정도는 가볍게 뛰어넘었지. 심지어는 목발을 짚은 채로 공중회전을 하기도 했어. 물론 사진에서만.

넌 마리 뒤를 강아지처럼 따라갔어. 마리가 제방을 넘어 홀러베터른 방향으로 갈 때면 말이야.

나는 엘베 강 제방까지 갔어. 마리는 거기서 좋은 날씨를 근접 촬영할 때만 쓰던 아그파 박스 사진기로, 그 질척질척한 날씨에 배들을 찍어 댔어. 그중에는 함부르크에서 온 배도 있었고, 함부르크로 가려던 육중한 유조선 그리고 컨테이너를 가득 실은 화물선들도 있었지. 심지어는 제방에서 전투함들을 찍기도 했는데, 그중에는 독일 연방 것은 물론이고 외국 배들도 있었어. 한번은 영국으로부터 순항을 나온 항공 모함도 있었지. 정말 미친 듯이 찍어 댔어. 나는 아무 말도 하지 않았지만, 속으로는 이렇게 생각했어. 왜 저러실까…….

자신 있게 말하겠는데 마리는 아빠를 위해서 배들을 찍었던 거야. 아빠는 두꺼운 책을 끝내고, 카밀레에게 말했듯이 "휴식을 위해" 얇은 책을 쓰고 있었던 거지.

그 안에서 일어나는 사건은 삼십 년 전쟁이 끝나기 직전에 있던 일이었어.

아빠는 박스 사진기의 도움을 받아 그 시절로 돌아가려고 했던 거지.

당시에 우리 지방은 크렘페 저지대 전체 그리고 빌스터 저지대를 덴마크인들이 점령하고 있었대. 그리고 글뤼크 시와 크렘페는 전쟁 중에 포위 공격을 당했다지. 덴마크인들과 다투었던 스웨덴에 의해서였든가 아니면 우리 노인네가 세세하게 많은 것을 알고 있는 발렌슈타인에 의해서였든가는 모르겠지만 말이야. 그리고 포위 공격 외에 엘베 강에서 화끈한 해전이 있었는지도 모르겠어. 그래, 나는 이렇게 생각해. 엘베 강 제방에서 아주 현대적인 전투함들을 찍었던 마리의 사진들 덕분에(그녀는 언제나 간단한 박스 사진기로만 찍었어.) 우리가 역사 시간에 지겹도록 반복해서 들었던 그 모든 것이 약간의 속임수를 빌려 다시 살아났던 거지.

그랬어. 역사에 대해 정말 정통했던 우리 아빠는 모든 소소한 것들을 '가능한 한 눈앞에서 보는 것처럼' 알고 싶어 했어. 그래서 마리에게 말하곤 했지. "스웨덴인들이 얼마나 많은 배를 투입했는지 알고 싶어. 덴마크 배들이 얼마나 많은 대포들을 장착했는지도……."

"역사적인 사진들이야." 아빠는 그렇게 불렀어……. 마리가 아빠에게 넘겨주었던 거야, 한 장씩 혹은 연이어 몇 장을…….

……마리는 아빠가 원하는 것은 뭐든지 만들어 주었어. 날씨가 어땠는지 하는 것까지도 말이야.

심지어는 북서풍이 심하게 부는 날에도 그녀가 엘베 강 제방에 있는 것을 볼 수 있었어. 바람을 거슬러 비스듬하게 선 채로 그녀는 찍고 또 찍었어. 당시에 목발을 짚고 있던 우리의 파울헨도 함께 있었지.

그랬던가? 카밀레는 그렇게 하는 것이 옳다고 생각했어. 어쨌든 아무런 반대를 하지 않았어. 우리의 마리헨이 전혀 불가능한 것을 넘겨주는 걸 말이야…….

우리는 종종 이런 소리를 들었지. "많은 것들을 생각만으로 지어낼 수는 없는 거야."

카밀레는 종종 이런 말도 했어. "나중에 모든 것을 끝까지 마치고 나면 너희들은 읽을 수 있을 거야……."

다른 사람들이 쓴 책 한 무더기를 우리 앞에 놓아두기도 했지.

거듭해서 그렇게 했어.

알아, 그중 하나는 『호밀밭의 파수꾼』이었어.

하지만 야스퍼만 죽어라 읽었지. 손에 잡히는 대로. 아빠 것은 하나도 안 읽었지만.

팟은 처음에는 어린이책만 읽었고, 나중에서야 신문을 읽었지. 심지어는 소설도…….

……하지만 요르쉬는 쥘 베른 것은 거의 다 읽었어…….

그래, 맞아. 우리 곁에는 책이 정말 많았어. 그런데도 우리 교양은 나중에서야, 아주 나중에서야…….

야스퍼만은 예외였어.

그는 우리 모두를 위해서 읽어 주었지.

내 경우에는 맞는 말이야. 당시엔 《축구 선수들》에만 관심이 있었어. 왜냐하면 거기엔 축구 경기의 모든 결과들이…….

하지만 지난번처럼 그렇게 두껍지는 않을 예정이었던 새 책은 카밀레 말처럼 "아직도 모티프를 모색하는 중"이었지.

그 때문에 마리 아주머니는 쉬지도 않고 공동묘지를 찾았던 거야.

교회 근처 아주 오래된 묘석들을 찍어 댔지.

그래, 맞아. 아주머니가 암실로 들어가자마자 모든 사진들에서, 죽은 사람들이 묘지에서 기어나와 어슬렁거렸어. 생생하게 살아나 주변을 뛰어다녔고, 아주 오래전 시절 옷들을 걸치고 있었어.

그래, 발목 끈이 있는 헐렁한 바지를 입었고, 가발까지 하고 있었던가?

어쨌든 노인네는 카밀레, 파울헨 그리고 나와 함께(타델, 너는 함께 가려고 하지 않았어.) 우리의 메르세데스 콤비 자동차를 타고 뮌스터란트로……

……그때는 마리가 동승하지 않았지. 아마도 타델처럼 흥미가 없었거나 아니면 기분이 좋지 않아서……

하지만 마리는 네 아빠에게 박스를 빌려 주었어. 그때까지 한 번도 그런 적이 없었는데 말이야.

텔크테에 도착했을 때, 그는 아직도 채워지지 않은 모티프들을 마리의 박스 사진기로……

한 번도 찍어 보지 않았던 그는 여러 통의 필름으로 내리 찍었어……

이미 그때 나는 목발에서 벗어났고, 아빠에게 아그파 사진기를 어떻게 사용해야 하는지 보여 주었어. 아빠는 마리가 하는 것처럼 배 앞에다 사진기를 놓고 감각만으로 간단하게 찍을 줄 몰랐으니까……

그러나 아빠가 파인더에서 본 건 흔해 빠진 공원뿐이었어. 거의 텅 비어 있는. 하마터면 콘크리트 덩이만 사진에 담을 뻔했지.

그 공원은 하나의 섬이었어. 강물이 왼편으로 오른편으로 각자 둥글게 호를 그리며 오다가 바로 거기서 다시 만나 흘러가는 곳이었지. 그리고 물레방앗간의 자취가 남아 있는……

아빠는 물레방앗간의 자취도 찍었어.

하지만 아빠는 무엇보다도 콘크리트로 칠갑된 공원 마당에 관심을 기울이며 말했어. "바로 여기가 대략 삼백 년 전에 브뤼켄호프 여관이 있던 곳이야. 사건이 일어날 장소였지." 상인들이 묵는 일종의 숙박업소였어. 그들이 상품, 즉 옷감 꾸러미와 술이 가득한 통들을 가지고 엠스*의 다리들을 넘어 이곳으로 왔던 거야.

네 아빠가 말했어. "당시엔 밑도 끝도 없이 전쟁이 계속되었어. 수년 전에 이미 뮌스터와 오스나브뤼크에서 평화 협정이 맺어졌는데도 말이야." 그래서 지금은 사라지고 없는 브뤼켄호프 여관은 바로 그곳에서 서로 만나려고 했던 시인들로 북적였다고 해. 지금이야 거의 텅 빈 공원 마당에 불과하지만……

시인들은 자신의 책을 낭송했다는군. 정말 어려운 것들이었지. 바로크와 그렇고 그런 것들……

그 모든 건 다름 아니라 타델의 아빠가 직접 그런 일을 겪었기 때문이야. 아주 새파란 나이의 시인이었을 때 그는 한 무리 시인들과 함께 때로는 여기서, 때로는 저기서 만났거든.

그는 그 공원에서 정확히 필름 세 통을 썼어. 나는 필름을 꺼내 릴에 끼우는 걸 도왔지. 필름 붉은색 면이 바깥으로 향하도록 제대로 끼워야 했거든. 그는 그런 것을 할 줄 몰랐어. 하지만 무엇이 중요한지는 금방 알아차렸지. 어쨌든 중요한 일은 박스를 가지고 비밀리에……

공원에 있는 사람 몇 명이 우리를 쳐다보았어. 열심히 찍어 대는 늙은이가 누군지를 알아차렸던 거지.

---

*서북 독일의 강 이름.

우리로서는 성가신 일이었어.

아빠를 잘 알았던 저들은 이렇게 생각했을 거야. 콧수염이 난 저 사람은 여기서 무얼 하는 걸까?

맞아, 라라! 그들은 틀림없이 이렇게 말했어. 저런, 여기 지하 창고에 시체들이 있어. 그가 하나하나 일으켜 세울 거야.

하지만 그는 사람들이 쳐다보든 말든 별로 개의치 않았어.

그 밖에 그가 사진을 찍으면서 이야기했던 것들은 정말 흥미로웠지. 그는 평화 협정이 어떻게 돌아갔는지를 정확하게 알고 있었어. 스웨덴인들이 무조건 차지하고 보려는 것을 프랑스인들은 꿰뚫어 보았지. 당시에 바이에른과 작센인들이 특별히 약삭빠르게 대처하려 했던 것처럼 말이야. 또한 올바른 종교가 무엇인가 하는 게 더 이상 중요한 문제가 아니라, 땅 소유를 둘러싸고 무자비한 거래가 벌어졌던 거야. 그 때문에 카밀레가 태어난 작은 섬, 그녀가 나중에 학교를 다녔고 오르간 연주를 배웠던 도시, 정확하게 말해 그라이프스발트는 그때 이후로 그리고 오랫동안 스웨덴 소유가 되었던 것이지. 카밀레는 누군가가 물을 때면 지금도 가끔씩 이렇게 말하곤 해. "나는 스웨덴 포어폼머른 출신이에요."

그래, 레나. 네가 우리와 함께 여름휴가 동안 뵌 섬에 있으면서 잠들지 못할 때, 타델의 아빠가 자주 불렀던 노래도 정확하게 바로 그 시절에 나온 노래야. 원래는 자장가가 아니었어. "5월 풍뎅이가 날아갔고"로 시작해서 "폼머란트는 불타 버렸네."로 끝나는 노래였어. 그동안에 언제나 정말로 끔찍한 일이 벌어졌던 거야. "기도하거라, 아이야, 기도하거라, 내일이면 스웨덴 사람들이 온단다……."

이런 식으로 계속 이어졌지. "너의 팔과 다리를 갈가리 찢고,

불을 지를 거야, 마구간도, 집도."

불러 봐, 레나! 넌 노래 부르는 거 좋아하잖아.

모두들 함께 부른다면…….

시작. "5월 풍뎅이가 날아갔고, 네 아버지는 전쟁터에서……."

네 아빠는 파울헨의 도움을 받아 공원 마당에서 그리고 나중에는 성모상이 있는 예배당에서 사진을 찍었지. 그 성모상은 순례자들을 위해 어떤 병을 치유할 수 있었어. 하지만 사진들은 모두 마리헨의 암실에서 속임수와 더불어 가공되었고, 우리 중 그 누구도…….

그 누구도 볼 수가 없었어, 카밀레조차도.

네 아빠는 이렇게만 말했어. "아주 잘 나왔어. 몇 장은 초점이 좀 흐리지만."

하지만 브뤼켄호프 여관만은 정확하게 알아볼 수 있었대. 마구간이 몇 개나 있었는지도. 그리고 여관 마당과 마구간들에 갈대가 수북하게 자라고, 전쟁의 상처가 조금도 없는 모습 그대로.

그는 사진사답게 제대로 보고를 했어. "내 말을 믿어, 얘들아! 사진 중 하나를 보면 브뤼켄호프 여관 입구 바로 앞에 한 사람이 서 있어. 뚜렷하게 찍히지는 않았지만 알아볼 수는 있지. 얘들아, 그 사람이 브뤼켄호프 여관의 여주인이란다. 이름이 리부쉬카였는데, 보통은 '쿠라지'*라고 불렀지."

그러고 나서 그는 초상화 사진들로 뭔가 속임수를 부렸어. 물레방앗간과 텔크테의 예배당에서 찍은 것들이었지. "그라이핑거라

---

* '용기'라는 뜻이다. '억척 어멈' 정도로 이해할 수 있겠다.

는 사람을, 그리고 슈토펠이라고 불렸고 나중에 유명해진 그 어떤 사람을 나는 엠스 강변에서 우연히 만났어. 은총의 예배당에서는 셰플러라는 젊은 시인을 만났는데, 그는 그곳에서 무릎을 꿇고 성호를 긋고 있었지…….”

그 일에 대해서는 매년 여름에 그러듯이 우리가 덴마크 섬에 갔을 때 그가 처음으로 말했어. 그곳에 가 있으면 카밀레는 정말 행복하다고 느꼈고, 네 아빠도 언제나 즐거워했고, 날씨도 대부분 좋았지.

하지만 그 노인네가 우리와 함께 풀밭을 넘어 해변까지 걸은 건 언제나 잠깐뿐이었어. 그는 언제나 올리베티 타자기로 돌아가고 싶어 했거든…….

……타이핑이 기분을 유지해 주었기 때문이야.

우리가 뢴 섬에서 휴가를 보낼 때면, 꼬마 레나가 언제나 함께 했지. 넌 정말 귀여웠어…….

……하지만 가끔씩 야단법석을 떨어 짜증이 나기도 했어.

미안하지만 그랬어. 하지만 어릴 땐 다들 어리광을 부리잖아. 당시엔 존재도 몰랐던 꼬마 나나가 있었더라면, 나도 틀림없이 말썽을 훨씬 덜 부렸을 거야.

타델, 네가 우리와 함께하지 않았던 건 유감이야…….

……그 ‘목동의 집’ 때문에 그랬을 뿐이야. 카밀레가 빌려 놓았고, 원래는 암소 키우던 목동이 살았기 때문에 그렇게 불렸던 그곳에는 수돗물이 안 나오고 전기도 전혀 안 들어오고, 석유램프와 양초뿐이었거든.

우리한텐 그게 좋았는데…….

……밤중엔 정말 분위기 만점이었지.

하지만 편안한 걸 고집하는 타델한테는 아니었어.

타델은 "소련군 점령 지역에 있는 것 같아."라고 했지.

하지만 난 섬에 있는 게 정말 좋았어. 리케와 미케 언니가 보고 싶어 운 적도 있지만. 처음엔 너무 어려 아빠가 베를린까지 나를 데리러 왔어. 하지만 모두들 말했듯이 학교에 다니고부터는 정말 용감했지. 완전히 홀몸으로 처음에는 제국 철도를 타고 동부 지역을 지나고, 이어서 페리호를 타고 발트 해를 건넜잖아. 그다음엔 덴마크 철도를 타고 보르덴보리까지 갔어. 그래서 거기까지 아빠와 여러분의 카밀레가 나를 데리러 왔던 거야. 원래는 꼬마 나나를 함께 데리고 갈 수도 있었어. 내 여동생을 가족의 비밀처럼 여기지만 않았더라면 말이지. 그래, 어쨌든 비밀은 없었어. 모든 게 드러났으니까! 다들 어렸지만 어쨌든 내게 정말 친절했어. 내가 이따금 파울헨의 말대로 모두를 '완전히 돌아 버리게' 했을 때도 그랬지. 야스퍼와 나는 잠들기 전이면 언제나 서로 웃기는 이야기들을 주고받았어. 정말 그랬어! 우리는 산보를 많이 갔어. 초원 지대를 넘어 해변까지 걸어갔고, 거기서 나는 아빠를 기쁘게 해 주었어. 아빠가 원하면 언제든지 학교 시절에 배웠던 저지 독일어로 쉬지 않고 노래를 불렀거든. "쿰 타우 미, 쿰 타우 미, 난 그 모든 사람에게……." 아니면 나는 숲 속을 달리거나, 집 바로 뒤에서부터 시작되는 숲이었지만 내겐 원시림 같았는데, 두려움에 떨기도 했어. 뿌리에 채어 비틀거리기도 했고, 이따금 완전히 자빠지기도 했어. 그래서 유감스럽지만 울기도 했지. 그러면 "다시는 연극할 생각 마!"라고 야스퍼는 소리를 쳤어. 내가 나중에 연극 학교에 다닐 걸 미리 예감이라도 한 듯이 말이야…….

넌 당시에 시(詩)들을 통째로 외웠어. 우리 중 누구도 그렇게는 못했지…….

그리고 그 섬에서, 마치 동화 속의 집처럼 보였던 목동의 오두막에서 나는 마리헨 아줌마를 더 잘 알게 되었어. 그전까지는 아빠가 일주일에 두 번 나의 엄마에게서 나를 데려갔을 때만 볼 수 있었지. 아빠의 작업실에서 나는 단추들을 가지고 놀았어. 다들 알다시피, 아이들과 잘 놀아 주는 정상적인 아빠와는 정말 다른 나의 아빠가 나를 위해 팟에게서 빌려 놓았던 거지…….

그렇지 않아, 레나! 너의 인정 많은 오라비인 이 타델이 너를 위해 단추들을 마련해 두었던 거야.

누가 마련해 놓았는지는 문제가 아닌가, 아니면? 어쨌든 단추들을 가지고 놀 때, 마리헨 아줌마가, 내게는 신기한 존재로 보였던 마리헨이 그녀만큼이나 신기한 상자를 가지고 와서 나를 여러 번 찍었어. 그러면서 언제나 이렇게 귓속말을 했어. "소원을 말해 봐, 나의 귀염둥이 레나, 소원을 말해 봐." 하지만 유감스럽게도 당시에 내가 가장 간절하게 바라던 게 뭔지 생각나지 않았어. 아마도, 그래, 그게 나의 소원이었을 거야. 아빠가 나를 좀 더 자주 데리러 왔으면……. 맞아. 야스퍼와 파울헨이 그것에 대해 기적 같은 일과 놀라운 일들을 말해 주었던, 내겐 정말 신기했던 그 상자를, 우리가 며칠 동안 섬을 방문했던 동안에도 아줌마가 가지고 왔던 거야. 생각나지, 야스퍼? 우리 모두가 마리헨 아줌마와 함께 초원지대를 넘어 성채까지 걸어갔던 일 말이야. 아빠는 빙 둘러선 제방을 그렇게 불렀지.

그래! 노인네*는 잘 알고 있던 그 이야기를 다시 꺼내곤 했어. 자기와 카밀레를 방문한 사람들과 함께 성채로 갈 때면 말이야. 휴가 동안 우리에게 셋집을 내주었던 바게 선생으로부터 들은 얘긴데, 그는 우리나 다른 사람들에게 역사를 강의하는 식으로 말해주었어. 시작은 이래. 18세기와 그 후 한동안, 그러니까 나폴레옹이 온 세상을 지배하고, 그 때문에 영국인들이 포격을 가해 코펜하겐을 불태웠을 때, 영국의 범선 한 척이(아니, 프리깃함이었던가?) 우리 섬 쪽으로, 말하자면 정확하게 항로를 따라 해협을 통과하여 슈테게 쪽으로 불쑥 나타났다는 거야. 아마도 이 도시를 포격하여 불태우려는 의도였을 테지. 하지만 묀 섬의 농부들은 아주 신속하게 북을 울려 오십 명쯤 되는 향토 방위군을 소집했어. 지휘관은 원래 귀족 출신인 데다가 농장 소유주였던 어떤 대위였다지. 밤사이 남자들은 잽싸게 삽으로 흙을 날라 섬을 빙 둘러 방벽을 세웠고, 그러고 나서는 그 가운데다 언덕을 만들어 섬에 있는 유일한 대포를 장착했어. 그래! 정확하게 단 하루 만에 그 일을 해낸 거야. 그리고 다음 날, 영국의 프리깃함이 순풍을 만나 해협을 통해 슈테게 쪽으로 가려고 했을 때, 자기들이 가지고 있는 유일한 포로 마구 포격을 가했어. 물론 그 범선은(아니, 프리깃함이었던가?) 강력하게 대응하며 포를 쏘아 댔지. 거의 한 주일 동안 매일. 그러나 토요일에 향토 방위군 소속의 덴마크인 대위는 백기를 올린 보트 한 척에 세 남자를 태워 범선 쪽으로 보냈어. 그중에는 우드비 출신의 대농(大農)도 한 명 있었어. 얼마나 걸렸는지는 모르지만 그 대

---

* 귄터 그라스를 가리킨다.

농은 영국의 프리깃함 선장과 담판을 했어. 다음 날이 일요일인데, 바로 그날 자기 딸이 켈트비 출신의 다른 대농의 아들과 결혼을 하기로 되어 있었던 거지. 그래서 그는 이렇게 말했다고 해. 우리 덴마크 향토군은, 즉 모든 남자들은 결혼식에 초대받았기 때문에 하루 동안은 프리깃함 쪽으로 포격을 할 수가 없다. 그러니 우선 영국인 선장에게 기한을 정한 정전(停戰)을 제안하며, 두 번째로는 선장과 그의 세 장교를 명예로운 결혼식 하객으로 진심으로 초대한다고 말이야. 그리고 나서 다가오는 월요일에 다시 포격을 시작하자고, 그 섬의 농부가 그랬다는군. 양쪽이 잠시 협의한 후 이 제안은 받아들여졌고, 협상은 정확히 지켜졌어. 틀림없이 엄청나게 마셔 대고 생크림 케이크를 퍼먹었을 그 결혼식 직후에 포격은 다시 시작되었지. 영국 전함이 슈테게 쪽으로 나아가지 못하고 선수를 돌려 안간힘을 다해 후퇴할 때까지 말이지. 아니면 포격을 너무 많이 맞거나 또 탄약이 모자라서였을 수도 있겠지. 그러나 성채와 그 주변의 참호 그리고 대포를 세웠던 한가운데 언덕은 아직도 그대로야. 그동안에 참호 주변은 푸릇푸릇한 풀과 잡목들로 뒤덮였지만. 하지만 네 아빠가 우리에게 해 준 이야기를 레나, 너는 믿지 않으려 했고, 계속 이렇게 소리쳤어. "오빠가 거짓말하는 거야! 또 거짓말이야!" 안 그래, 파울헨?

애가 그걸 어떻게 기억하겠어? 우리보다도 훨씬 어렸는데.

하지만 얘는 여동생들인 미케와 리케를 위해 감초 알약과 감초 막대기 과자가 가득 담긴 봉지를 샀던 튀르크 부인의 해변 가게는 틀림없이 기억할걸……

못할걸! 희미하게는 기억할지도 모르지. 아빠가 가끔씩 그런 극단적인 이야기를 해 주었던 건 잠을 재우기 위해서였어. 특별히 내게 다정했던 카밀레가 모두의 머리를 쓰다듬어 주고 난 후에 말이야. 하지만 아빠는 라라에게도 새빨간 거짓말을 했어. 그리고 나중에 꼬마 나나에게도 거짓말을 했지. 이따금, 아주 이따금 그 애의 엄마를 방문해서 그 애가 잠들기 전에 작은 침대 곁에 앉아서 말이야. 새빨간 거짓말들이었어! 그런데도 몇몇은 정말 아름다운 이야기라며 귀를 기울였지, 안 그래, 라라? 그리고 너희들의 마리헨 아줌마는 우리와 함께 성채로 가서 내 눈엔 너무 불가사의하게 보이던 상자 사진기를 가지고, 아주머니 말대로 박스를 가지고, 뒤쪽으로, 몸통을 수그려 가랑이 사이로 성채와 성채 앞의 출렁거리는, 때로는 짙푸른 색으로 때로는 다시 은빛으로 반짝거리는 바다 사진들을 헤아릴 수도 없이 많이 찍었어…….

틀림없이 롤필름 세 통은 찍었을 거야.

나의 아빠는 아무리 많이 찍어도 만족하지 않았어.

아주머니는 나중에 내가 다시 학교에 가야 했을 때, 오직 내게만 그것들 중 몇 장을 보여 주었어. 타델은 믿으려 하지 않을 거야. 그리고 야스퍼도. 왜냐하면 그때는 나의 아빠가 속임수를 쓰지 않았다는 것을 알 도리가 없었거든. 하지만 뢴 섬의 수많은 사람들이, 틀림없이 오십 명이 넘는 남자들이 우스꽝스러운 제복을 입고 성채와 대포 뒤쪽에 서 있는 것을 볼 수가 있었어. 심지어는 두 개의 돛대와 수많은 돛을 달고 있는 배도 그리고 선체 옆으로 흰 구름들이 피어나는 모습도 볼 수 있었어. 왜냐하면 야스퍼가 이미 말했듯이 끊임없이 '쏘아 댔기' 때문이지. 물론 손님들이 헛간에서 춤을 추는 결혼식 사진들도 있었어. 영국인 장교들도 있었고, 부인을 데리고 온 선장도 있었어. 모두들 웃어 대며 즐거운 표정이었어. 다만 신랑만은 심각해 보였고, 왠지는 몰라도 웃지 못했지. 그리고 마리헨 아줌마는 내게 덴마크 향토 방위군 소속 대위의 사진을 보여 주었는데, 엄청나게 큰 삼각 모자를 쓰고 있음에도 왠지 누군가와 닮아 보였어. 아빠에게 공공연한 사실임이 분명했던 성채 이야기를 해 주었다는 에를링 바게 선생을 닮았던 거야. 어쨌거나 그 후로 나는 아빠가 해 준 얘긴 언제나 거의 다 믿게 되었어. 간혹 마음속으로 이런 생각이 들 때도 있었지만. 그래 맞아, 아빠는 또다시 속이고 있구나…….

지금 여기 앉아서 이야기를 나누는 우리도 확신하지는 못하지. 지금까지 아빠가 사실이라고 해 준 이야기가 사실인지, 아니면 결국 어떻게 된 이야기인지 말이야…….

정말이지 꽤나 힘든 일이야…….

한편으론 재미도 있고…….

사실이 아니라면 슬플 것 같기도 해 …….

우리가 아직 어렸을 때 그리고 소원을 가지고 있던 옛날 이야기들이지만 말이야…….

소원을 말해 봐! 소원을 말해 봐! 하지만 마리헨의 박스가 소원을 충족해 주었던 것만은 아니란다. 너희들 때문에 화가 났을 때, 혹은 바람이 엉뚱한 방향에서 불어오거나 혹은 뒤늦게 자라나며 물어뜯는 전쟁의 이빨 등 그 무언가가 그녀를 괴롭혔을 때, 마리헨은 우리 모두를 (넌 알지, 파울헨?) 두세 통의 필름을 사용하여 석기 시대로 보내 버렸어. 찰칵찰칵. 그러면 우리는 시간을 거슬러 사라져 버리지. 저 습지대로 추방되는 거야…….

　난 마리헨의 암실에서 분명히 보았어. 우리가 무리를 이루어, 말하자면, 아이들과 애 엄마들 그리고 내가 불가에 쪼그리고 앉아 가죽으로 몸을 감싼 채 뿌리를 씹어 대고 뼈다귀를 갉아 먹고 있는 모습을 말이야. 털이 텁수룩한 그 무리는 언제나 곤봉과 돌도끼를 집어 들 준비가 되어 있었지. 아마도 마지막 필름에서였을 거야. 굶주림이 끝도 없이 계속되었을 때, 너희는 이제 소용도 없는 존재가 되어 이야기나 주절대는 늙은 아버지를…….

　아니면 마리헨은 너희 모두를, 그녀의 박스를 믿으려 하지 않았던 타델과 야스퍼, 너희 둘을 결국은 저 어둡고 어두운 중세로 보내 버렸어. 그러고는 아이들에게 벌을 내려 끝도 없이 디딜방아를 돌리게 했지. "되바라진 것들." 그녀는 그렇게 중얼거리면서 찍고 또 찍었어. 너희들이 날이면 날마다 사슬에 매인 채 채찍질당하는 모습을 말이야……. 하지만 그것에 대해선 파울헨 너조차도 말하려고 하지 않지. 사진을 현상할 때 들여다보도록 허락받았는데도 말이야. 나한텐 허락되지 않은 혜택이었지. 다른 건 모두 원하는 대로 들어주었지만…….

스냅 사진들

여덟 아이들 중 이제 막내 차례다. "마침내 네 차례군." 레나가 나나에게 말한다. 나나는 형제자매를 모두 함부르크의 시 구역인 성(聖) 파울리에 있는 공동 주택의 비좁은 방으로 급히 초대했다. 오랫동안 조용히 듣기만 했는데, 이제 그녀 차례가 온 것이다. 나나는 의자를 빌려야 했다. 접시도 유리잔도.

모두들 참석하여 식탁 주위로 옹기종기 모였다. 식탁엔 접시마다 채소가 담겨 있다. 올리브유를 섞은 잠두콩 잼, 크라우트 잎으로 양념한 끈적끈적한 가지 죽, 포도나무 잎에 둥글게 싼 쌀밥, 잼과 죽에 살짝 담근 꽃상추, 올리브 열매와 둥글납작한 터키 빵. 거기에다 묽은 사과 주스. 그리고 그 모든 것들 사이에, 물컵에 담긴 꽃꽂이 꽃 옆에, 아버지가 아들 요르쉬에게 조절을 맡긴 음향 기기가 기다리고 있다.

바깥에는 보슬비가 내린다. 여름이 분명하다. 모두들 비가 너무 내린다고 상당히 혹은 아주 노골적으로 투덜거린다. 하지만 나나는 아직도 머뭇거리며, 레나의 제안처럼 나서서 "속 시원하게 이야기를 털어놓으려" 하지 않는다. 마침내 그녀가 숨을 가쁘게 내쉬면서 지나치게 빠른 목소리로 이야기를 시작한다. 그래서 타델(아니, 요르쉬였던가?)은 '말하는 속도를 좀 늦추라고' 조언해야겠다고 생각한다. 나나는 성공적인 출산에 대해 말하고, 덧붙여 어디에서나 마찬가지지만 간병인 없는 병원에서의 스트레스를 이야기한다. 그리고 조산원의 일상에 대해 말하고 이어서 안트베르펜에서의 너무 짧았던 휴가를 지나가는 말처럼 흘린다. "그래, 거기에서 둘이 있을 때 너무 좋았어."

여동생을 염려하면서, 그리고 팻과 요르쉬가 다시 말문을 열기 전에 혹은 야스퍼가 요즈음 영화 제작의 어려움에 대해 자세히 토로하기 전에 라라가 먼저 입을 연다. 그러자 모두들 거기에 귀를 기울인다. "어쨌든 넌 잘 지내는 편이라고 생각해. 너의 플랑드르 애인이 잘해 주잖아. 느낌만으로도 알 수 있어. 넌 전보다 훨씬 활발해. 자, 시작해!" 그랬더니 이런 기적이, 이제 나나가 말을 하기 위해 헛기침을 한다.

다들 알다시피, 난 원래 듣는 게 익숙한 편이야. 언니 오빠 들이 지금까지 체험하거나 견뎌야 했던 게 나한텐 모두 생소했거든. 레나도 내가, 꼬마 나나가 이 세상에 존재한다는 걸 감쪽같이 몰랐어. 우리의 아빠가 더 이상 비밀을 혼자만 간직할 수 없어 레나에게(언니는 벌써 열두 살이나 열세 살이었고 나는 막 일곱 아니면 여덟 살이었어.) 이렇게 말할 때까지는 말이야. "그런데 너한테 여동생이 있단다. 정말 귀엽지." 아니면 비슷한 말이었겠지. 아빠가 속을 털어놓을 때까지 꽤나 시간이 걸렸던 거야. 그래서 나는 많은 형제자매들이 있다는 걸 알면서도 외동으로 자란 셈이야. 그 후 가끔씩 만날 때마다 다들 내게 정말 잘 주었어, 정말로. 그러다가 팻과 요르쉬는 일을 배우러 멀리 떠났고, 라라도 도공이 되겠다고 했어. 난 정말 좋았어. 나 역시 손으로 하는 일을 좋아했고……. 그리고 타델은 나하고 알자마자 시골에 살게 되었어. 그곳엔 타델 말고도 야스퍼와 파울헨이 있었어. 뭐, 피를 나눈 형제자매는 아니었지. 형제라는 점에선 원칙적으로 아무런 차이가 없다고 아빠는 늘 말했지만. 그러나 유감스럽게도 나만은 외톨이였어. 난 대부분 혼자였어. 마음속으론 우리가 제대로 된, 정말 포근한 가족이었으면 하고 바랐지만. 특히 아빠가 잠시 찾아와 대개는 엄마와 함께 오직 책과 책 만드는 일에 대해서만, 그리고 또 잊힌 책들과 금지된 책들에 대해서만 이야기를 할 때면 나는 참다 못해 이렇게 말했어. "나도 여기 있어요!" 우리는 종종 셋이서 어디론가 가곤 했지. 대개는 정말 좋았어. 아이스크림을 먹으러 가거나 나를 위해 무언가를 사러 갔지. 하지만 난 별로 가지고 싶지 않았어. 나는 입는 것이나 바비 인형 같은 장난감이 아니라, 전혀 다른, 돈으로 살 수 없는 그런 걸 갖고 싶었어. 그러다가 학교에 들어가게 되었을 때, 나는 우리 반 다른 아이들처럼, 젊지 않고 상당히 나이가 든, 서로 할 말이 그렇게 많은 부모를 둔 게 처음에는 재미있다고 생각했어. 그들은 언제나 같은 이야기를 했어. 마치 오래전부터 영원히 서로를 믿었던 것처럼. 대개는 책을 만들거나 이전에 만든 적이 있는 사람 혹은 다른 사람 책에 대해서만 글을 쓰는 사람에 관한 이야기들이었지. 아직도 기억나지만, 한번은 엄마를 포함하여 우리 셋이 함께 동베를린으로 차를 몰고 넘어갔고, 거기 누군가에게서 금지된 무언가를 비밀리에 가져왔어. 성공이 예상되는 그 무엇이었고, 나중에 서쪽에서 책으로 나왔어. 정말 자극적이었던 건, 우리가 국경 검문소를 넘자마자 누군가가 차를 타고 우리 뒤를 따라왔고, 돌아올 때도 마찬가지였다는 거지. 아빠가 말했어. "저건 첩자야. 그 대가로 기관으로부터 돈을 받는 거지." 하지만 가끔은 아무런 목적도 없이 가게도 많고 회전목마도 많은 대목장에 놀러 갔어. 아빠가 대목장을 특별히 좋아했거든. 우리는 독일인과 프랑스인이 뒤섞여 노는 민중 축제인 성대한 대목장에도 갔지. 테겔에 있었는데, 아빠와 회전목마를 타고 또 탔어. 그래, 정말 좋은 시절이었지! 아무리 타도 질리지 않았다니까. 바람을 가르고 또 갈랐지. 다들 알잖아. 아빠는 특히나 회전목마 타는 걸 좋아했어, 나처럼. 엄마는 완전히 겁을 먹고 타려 하지 않았지. 엄마가 그랬어. "아무리 뭐라 해도 난 절대 안 탈 거야." 그리고 아빠가 민중 축제에 데려와 처음으로 보게 된 마리헨 아줌마도 "백만금을 줘도 안 타요."라고 소리치면서 절대 회전목마를 타려 하지 않았어. 사실, 레나처럼 나도 아줌마가 조금 무서웠어. 언제나 한옆에 서서 바라보기만 했으니까. 하지만 그녀는 나와 아빠를 사진기로 몰래 찍어 주었어. 찍고 또 찍었지. 순전히 스냅 사진들을…… 그 사진기에 대해서는 나중에 나의 큰언니가 (안 그래, 라라?) 아주 놀랍고도 비밀스러운 일들을 많이 이야기해 주었지. 우리 둘은 주변 하늘 높이 날아올랐어. 정말로 행복했어. 아빠는 내 뒤에, 위에, 밑에 있었어. 그리고 종종 내 곁에 있기도 해서 우리는 각각 안락의자에 앉은 채로 나란히 손을 맞잡을 수도 있었어. 심지어 우리는 상대를 기준으로 왼편으로 돌다가 또 오른편으로 돌기를 반복했어. 나는 하나도 겁이 안 났어. 조금도. 믿어도 좋아. 왜냐하면 아빠가 내 곁에서 나만을 위해 주었으니까. 그래, 난 행복했어! 하지만 아빠가 나중에 다시 집으로 잠시 와서, 엄마와 내가 그 사진기의 스냅 사진들을 보게 되었을 때, 우리 둘은 놀라 어안이 벙벙했어. 처음에는 믿을 수가 없었어. 왜냐하면 그 모든 스냅 사진들에는 나의 엄마까지도, 간단한 마법으로, 회전목마에 동승해서 공중을 날고 있었던 거야. 내가 남몰래 늘 바라던 그대로였지. 우리 셋이서 제대로 된 가정을 이루는 것. 아빠가 내 뒤에, 엄마가 내 앞에 그리고 내가 한가운데, 그러고 나서는 다시 거꾸로. 그래, 정말 괜찮았어. 뭔가 오붓했어. 우리는 아주 가까이 나란히 있었으니까. 게다가 손도 꼭 잡은 채로. 하지만 모든 스냅 사진 속에서 진심으로 크게 웃었고, 또 기쁜 나머지 약간은 두려워하며 비명을 지르기도 했던 나의 엄마는 갑자기 너무도 진지해지고 냉정해졌어. 엄마는 '시각상의 기만'이라는 말과 '위조된 현실'이라는 말을 했어. 그러고는 마지못해 웃었어. "회전목마를 너무 많이 탔고 그러면서도 실컷 탔다는 느낌이 아니기 때문에 그런 거야……." 하지만 레나라고 불렸고 나보다 몇 살 많았던 언니에 대해서는 마리헨 아줌마도 말해 주지 않았어. 왜 그랬는지는 모르겠지만. 그리고 엄마도 겨우 암시만 주었지. 그리고 나중에, 아주 나중에 마리헨 아주머니도 더 이상 이 세상 사람이 아니고, 내가 열네 살이나 열다섯 살로, 레나와 내가 이미 서로를 잘 알게 되었을 때, (지금 우리는 진정한 친구야, 안 그래?) 아빠는 나와 함께 처음으로 동물원에 갔고, 거기서 우리는 한 시간 동안이나 계속 원을 그리며 노를 젓지. 나는 노를 저었고, 아빠는 이야기를 했어. 내 기억에는 이런 얘기들이었던 것 같아. 위그노에 대한 박해, 유혈이 낭자했던 성(聖) 바르톨로메오 축제의 밤, 그리고 그 밖의 아주 무시무시한 사건들에 관한 얘기. 그러고 나서 우리는 동베를린으로 넘어갔어. 장벽이 무너진 후라 가능한 일이 었지. 우리는 거기 트렙토베어 공원에서 그의 표현대로라면 모티프를 찾으려 했던 거야. 그래, 우리는 정말 재미있는 시간을 보냈어! 다들 그 장면을 보았어야 하는데. 가게들도 열리고 회전목마들도 돌아가는 일종의 대목장이 들어서 있었기 때문에 우리는 연달아 세 번이나 팔팔열차*를 탔어. 아빠가 회전목마만큼이나 팔팔열차 타는 걸 좋아했던 데다 아빠 말대로 그 모티프가 절실히 필요했기 때문이었지. 오랫동안 끝내지 못하던 책을 위해서 말이야. 그 책에는 폰타라고 불리는 노인이 주인공으로 내정되어 있었지. 동물원에서 프랑스인 손녀딸과 함께 팔팔열차를 타고, 노를 젓고, 그 밖의 무언가를 이것저것 해야 하는 노인이었어. 그래서 우리는 트렙토베어 공원으로 가게 된 거고, 아빠는 즉시 두 사람 분 승차권을 연달아 구입했던 거지. 하지만 팔팔열차는 너무나 낡고 약했어. 동독 시절 것이었거든. 커브를 돌 때마다 신음 소리를 내며 삐걱거렸기 때문에, 우리는 곧 그 열차가 수명을 다할 거라고 생각했지. 마리헨 아주머니가 당시에 이미 돌아가셔서 현장에 없었기에 망정이지, 그렇지 않고 거기에 있었더라면, 그렇게 설명하기 어려운 방식으로 돌아가시지만 않았더라면……. 내가 무슨 생각을 하는지 다들 알 거야. 그때 아빠가 말했어. "우리의 마리헨이 그 박스를 가지고 아직도 보고 있을지 누가 알아……." 아빠의 생각은 이랬어. 마음속으로 간절하게 무언가를 바라면, 종종 이루어지기도 한다고. 나의 엄마, 나 그리고 나의 아빠가 회전목마를 탄 채 공중 높이 날

---

* 8자형 궤도 열차.

아다닌 것처럼 말이야…….

우리도 그런 경험이 있어! 그 노인네는 너와 파울헨, 레나, 그리고 나와도 함께 팔팔열차를 타려고 했어. 우리 모두가 (하지만 타델은 빠졌지.) 뮌 섬에서 다시 휴가를 보내게 되고, 매번 그랬던 것처럼 코펜하겐에서의 계획이 잡혀 있을 때였어. 나도 찬성이었어. 좋은 계획이라고 생각했으니까. 당시에 우리는 카밀레와 함께 티볼리로 갔는데, 그곳은 꽤나 붐볐고 회전목마도 여기저기 어지럽게 돌고 있었지. 하지만 우리 중 팔팔열차를 타려 하는 사람은 아무도 없었어.

오로지 아빠만 타려고 했지.

그래서 우리한테 조금은 실망도 했을 거야.

그래, 말하지만 나는 무조건 팔팔열차를 타려고 했어. 초현대적이고, 어지럽게 돌고, 가파르게 출발했거든. 그래, 지금 말하지만 상당히 위험해 보였어. 천천히 굴러가는 거대한 바퀴와 그 밖의 것들을 보면 타도 괜찮았을 것 같은데 말이야. 아빠가 카밀레까지 잘 달래어 타게 했으니 회전목마는 타겠지만, 우리 중 그 누구도, 지금까지 아빠의 귀여움을 받는 파울헨까지도 타려 하지 않는다고 나는 핑계를 댔어. 결국 나는 설득을 당했고, 아빠는 우리 모두와 함께 팔팔열차를 타게 됐지. 그 직후 나는 숲 속 가게 뒤편에 구토를 해야만 했고. 박스 사진기를 가진 마리 아주머니가 현장에 없었던 게 다행이야. 내가 너무 오랫동안 구역질을 해 댔으니 틀림없이 예상치 못한 그 어떤 장면을 만들어 냈을 거야.

그러나 어쨌든 우리가 아주머니 없이 티볼리로 간 건 완전히 잘못이었어. 아주머니가 본래 내 것이었던 그 개를 살펴 주었으니까 말이야.

그리고 마리 아주머니는 우리 마을 조선소에서 배가 도크를 떠날 때면 언제나 저 위 제방에서 서거나 쪼그린 자세로 진수식 순간을 정확하게 포착했어.

대개는 아주머니가 남몰래(카밀레는 좋지 않게 보았지만) 달걀노른자를 먹여 키웠던 우리의 파울라가 함께 있었지.

나는 언제나 롤필름이 든 아주머니의 가방을 들도록 허락을 받았어. "넌 나의 조수야, 파울헨." 하고 그녀가 말했지.

연안 동력선들이었어. (그래, 타델, 퀴모스라고 불렸지.) 그것들은 우리 마을 조선소에서 진수식을 했어.

언제나 거창한 축제가 열렸어. 많은 사람들이 몰려들었는데, 대개는 마을 어중이떠중이들이었어. 정계 손님들을 제외하면. 작세라고 불리는 시장(市長)이 높은 연단 위에 있었던 건 분명해. 연설이 이어졌고, 심지어는 비가 올 때도 강행됐어. 진수식에서는 대개 그렇듯이, 테두리 모자를 쓴 한 여자가 연단에서 뱃머리를 향해 샴페인 병을 던졌지. 그리고 그동안 마을의 북 치는 사람과 관악기 연주자 들은 정신없이 바빴어. 하지만 마리헨은 그런 것에는 전혀 관심이 없었어. 오로지 배만을 응시했지. 배가 처음에는 느리게, 그러다가 재빨리 슈퇴르 강으로 미끄러져 들어가면서 거대한 파도를 일으키고, 이윽고 갈대들이 빽빽하게 자란 반대쪽 강변 바로 앞에서 아주 조용히 물에 떠 있는 것을 뚫어지게 바라보았어. 그러고는 서둘러서 카메라를 배에다 대거나 쪼그리고 앉은 자세로, 비가 오거나 해가 비치거나 상관없이 필름 두 통을, 때로는 세 통을 내리 찍었지. 언제나 배만 찍었어. 나는 필름을 교체할 때 마리헨을 도울 수 있었어. "스냅 사진을 찍어야 해." 그녀는 그렇게 말했어. 그러고 나서는 암실로 들어갔어. 제방 뒤쪽에서 바로……

그래서 '제방 뒤의 집'이라는 이름이 붙었구나.

아빠는 두꺼운 책을 낸 후 얇은 책이 완성되자 곧 그 집을 구입했어. 대개는 그런 식이었지. 새 책이 나와 독자들에게로 가면 말이야.

난 정말 모르겠어. 우리도 모두 모르잖아. 왜 아빠 책이 매번 베스트셀러에 베스트셀러를 거듭했는지. 신문 글쟁이들이 뭐라고 흠을 잡든 상관없이 말이야.

마리헨은 이렇게 말하곤 했어. "너희 아버지에게 돈은, 그 누구에게도 의존하지 않기 위해서만 필요할 뿐이야. 그에게 필요한 건 담배, 완두콩, 종이, 그리고 이따금 새 바지…… 이런 게 다야."

아버지가 제방 뒤 집을 사들이고는 내게 말했어. "안 그러면 조선소가 사들여서 집을 헐고, 바로 그 자리에 골함석으로 지붕을 올린 콘크리트 창고를 지을 거야."

시장인 작세로부터 들은 계획이래. 마을의 아름다운 풍광이 망가졌다고 근심하는 시장한테서 말이야.

그래서 아빠는 조선소보다 비싼 값을 불러야 했어. 아빠는 이렇게 말했어. "보존할 가치가 있어. 이백 년은 된 건물이야. 사들이지 않으면 정말 딱하게 될 거야."

아빠가 제방 뒤 집을 사들인 것은 아마도 교구(敎區) 관사가 너무 소란스러워서였을 거야. 계단을 오르내리는 소리가 너무 시끄러웠거든. 우리 친구들이 언제나 들락날락했잖아. 틀림없이 그 때문에 노인네가 제방 뒤 집에다가 입식 책상, 진흙 상자, 회전 선반

등의 잡동사니를 갖춘 자기 작업실을 차렸던 거야.

아침에 작업을 하러 가고, 커피를 마시기 위해 돌아오고, 다시 사라졌지.

새장에다 생쥐라도 키우듯 말이야.

생쥐와 함께 혼자 있고 싶어 했어.

카밀레도 아주 가끔씩만 그를 방문했어.

그렇지 않아. 생쥐*는 나중에 나왔어, 아주 나중에……

하지만 아빠는 언제나 혼자 있고 싶어 했어, 어디서나, 예전 벽돌집에서도…….

어쨌든 아빠는 오랫동안 생쥐를 원했어. 그것만 붙들고…….

하지만 나는 가끔 제방 뒤 집에 갔어. 우리의 마리헨이 집 뒤쪽 한구석에 암실을 차려 놓았는데, 카밀레가 오래된 집 한쪽에다 정말 아늑한 보금자리를 그녀에게 마련해 주었던 셈이야. 그리고 오로지 나만 가끔씩, 미리 두 손을 비누로 깨끗이 씻은 다음에, 그 '신성하고 신성한 곳'(그녀는 자신의 암실을 그렇게 불렀어.)에 들어갈 수 있었어. 어쨌든 머리가 어지러울 정도로 긴장감이 돌았지. 마침내 나는 속임수 없이, 내 말을 믿어도 좋아. 정말이지 아무런 속임수도 없이 마리헨이 롤필름들로 만든 것을 직접 보았어. 이전에 연안 동력선이 다시 진수대를 떠났을 때 마리헨이 아그파 박스로 제방에서 내려다보며 찍었던 것들이지……. 어쨌든 마리헨이 사용한 것은 완전히 평범한 현상액이었어. 마리헨은 진수식이 있을 때마다 현장에 있었기 때문에, 그 연안 동력선들이 건조

---

* 귄터 그라스의 작품 『고양이와 생쥐』를 가리킨다.

되자마자 바다를 그리워하며 어디로 항해를 떠났는지, 심지어는 높은 파도에도 불구하고 로테르담으로 혹은 유틀란트 반도를 빙 돌아다녔다는 것까지 매번 알아차릴 수 있었던 거야. 그리고 그 아그파 사진기는 이름 모를 어떤 연안 동력선 한 척이 고틀란트 섬 앞에서 전복되어 가라앉게 된다는 것도 미리 알았어. 여덟 장이나 아홉 장쯤 되는 사진에서는 거친 파도에 갑판에 있던 컨테이너들이 미끄러지고, 계속해서 미끄러지다 배가 한쪽으로 기울면서 모든 컨테이너들과(그중에서 최소한 두 개는 이미 갑판에 나동그라져 있었어.) 함께 전복되어, 우현 쪽으로 뒤집어져 한동안 밑바닥을 드러낸 채 떠 있다가 갑자기 침몰하면서 사라져 버리고, 이런저런 잡동사니들, 술통 그리고 그 밖의 것들만 떠 있는 모습도 볼 수 있었어⋯⋯. 믿기지 않는다고? 하지만 사실이야. 보다시피 총체적인 손실이었어! 나중에 《빌스터》에도 그렇게 보도되었지. 그래, 카밀레가 우리에게 읽어 주었어. 내가 암실에 있는 사진 한 무더기에서 이미 보았고, 아그파 사진기가 스냅 사진들을 찍어 진수식 때부터 미리 알았던 사실들을 말이야. 심지어는 죽은 사람도 둘이나 있었어. 나중에 스웨덴 해변으로 떠밀려 갔지⋯⋯. "저런! 맙소사!" 그녀는 필름들을 현상하면서 그 배에 장차 불길한 일이 일어날 것을 분명히 알아보고는 소리를 질렀어. "마을에 내려가도 그 일에 대해선 아무 말도 하지 마." 하고 속삭였지. "안 그러면 사람들이 나를 마녀 취급할 거야. 사람들이 내 보잘것없는 물건들을 태워 버린 게 불과 얼마 전이거든. 핑계야 얼마든지 있지. 언제나 그랬어. 그럴 땐 빌어도 소용없어. 가차 없이 진행되어 버리면 끝인 거야." 그러고 나서 잠시 있다가 다시 말했어. "옛날이나 지금이나 변한 건 별로 없어."

그녀가 나의 아빠를 위해, 아빠 말대로 '역사적인 스냅 사진들'을 찍을 때면 나는 매번 그런 소리를 들었어. "옛날이나 지금이나 별로 달라진 건 없어. 껍데기만 바뀌는 거야."

그녀가 교구 관사의, 녹회색 타일들만 보이고 단 한 사람도 살지 않던 커다란 방에서 그를 위해 일련의 사진들을 찍었을 때도 그랬어. 나중에 (안 그래, 파울헨?) 그녀는 암실에서 막 뽑은 사진들을 혼자서 부엌에다 걸어 놓았는데, 그 사진들을 보면 방 한가운데에 기다란 탁자가 놓여 있고, 그 주변으로 턱수염을 기른 무뚝뚝한 노인네들이 앉아 있었어. 틀림없어. 우스꽝스러운 옷들을 걸친 노인 십여 명이었지.

모두들 기다란 점토 파이프를 물고서.

그리고 탁자 끝 부분에 교구 행정관인 아빠가 앉아 있었는데, 헐렁헐렁한 셔츠에다 순전히 곱슬머리로 만든 가발을 쓰고 있었어.

그녀가 오늘날에는 꼭 필요한 것으로 여겨지는 기술적 장치도 전혀 없이 어떻게 그렇게 실제 같은 장면들을 얻을 수 있었는지 알고 싶어. 박스 사진기만으로……

그래, 야스퍼, 아그파 사진기만을 사용했어. 우리의 마리가 교회 앞에서 나선형 장식 무늬 묘석들을 찍었을 때도, 나중에 사진을 보니까 타델의 아버지가 이번에는 크고 하얀 옷깃에다 검정 가운을 걸친 성직자 모습으로 관 뒤를 걸어가고 있었지. 알겠어? 마치 과부처럼 보였던 카밀레를 포함하여 우리 셋이 슬픔에 잠긴 유가족으로서 그 뒤를 느릿느릿 따라가고 있었다고……

우리는 검정 반바지를 입고, 포복절도할 만큼 우스꽝스러운 헤어스타일을 하고 있었지.

무시무시한 장면은 전혀 아니었어. 가장무도회 영화의 한 장면 같았지.

관 안에 누워 있는 사람이 누구인지는 추측만 할 뿐이고.

그 사람 자신은 박스를 알지 못했지.

아마도 그가 생쥐 소설을 마침내 끝냈을 때, 뒈져 버린 생쥐일지도 몰라.

그가 마리 아주머니 냉장고에 오래 보관해 놓았던 생쥐였어.

냉동실에 꽁꽁 얼어붙은 채로 들어 있었지. 언젠가는 그것을 녹여서 박스한테 찍게 하려고……

다들 지금 거짓말을 하는 거야. 아빠만 하던 거짓말을……

맞아!

난 정말 말도 안 되는 또 다른 이야기들을 해 줄 수도 있어. 마리헨이 스냅 사진들을(그중 몇몇은 정말 익살스러운 것들이었어.) 현상할 때 난 거의 언제나 그 자리에 함께 있었잖아. 심지어는 조선소조차도 역사적으로 만들어진 것이었어. 왜냐하면 마을의 우리 집도 언제나 융에의 집이라 불렸는데, 그 조선소가 이전에, 페터스 조선소라고 불리기 전에, 그 소유주인 조선 기능장 융에의 이름으로 불렸기 때문이야. 그리고 융에의 조선소에서는 소형 포경선들이 다수 진수되었지. 그것들은 마을 출신 선원들과 함께 그린란드까지 항해했다가 다시 돌아오곤 했어. 그리고 오랜 항해 후 밀물과 함께 슈퇴르 강을 따라 집으로 다시 돌아오는 그런 소형 포경선 한 척을 우리의 마리가 제방에서 파인더로 포착해서 (어떻게 그게 가능했느냐고는 묻지 마.) 아주 선명한 사진들을 만들었는데, 글쎄 그 선상에서 타델의 모습을 정확하게 알아볼 수 있었어. 언제나 말하려고 했던 거니, 내 말 믿어도 좋아. 머리에 털모자를 쓴 소년 선원의 모습으로 말이야. 세상에, 형은 거친 바다에서 오줌을 누고 있었던 게 분명해. 그렇게 폭풍우가 일고 파도도 거센데. 형은 완전히 녹초가 된 듯 보였어. 토하는 것 같기도 하고. 정말 안돼 보였지. 게다가 작은 포경선의 선장은 형의 아빠였어. 다른 누구도 아닌!

그래? 조금도 이상하게 생각되지 않아. 나는 아주 어렸을 때부터 아빠가 작살을 들고 고래와 싸웠다는 이야기를 철석같이 믿었어. 아빠가 이곳저곳으로 선거 유세 여행을 다닐 때 일이었지. 그리고 그가 어떻게 했는지…….

네 아빠는 우습게도 다른 사진들에서는, 역사적 스냅 사진들에서와 달리, 조선 기능장 융에의 모습으로 나타났어.

아니, 오히려 논리적이야. 아빠는 자신의 모든 책들에서 때로는 주모자로, 때로는 보조역으로, 때로는 그저 그렇게 분장을 하고, 때로는 거의 알아볼 수 없게 등장했으니까. 하지만 주도적으로든 보조역으로든 그가 등장해서 역할을 한 건 분명해.

그래서 아빠는 (이전에는 절대로 그런 적이 없지만 이번에는 마리헨이 확대하여 현상한) 한 사진에서 교구 관사의 타일로 장식한 커다란 방에서 기능장 융에가 되어 우리와 함께 앉아 있기도 했지. 그의 앞에는 그 유명한 포경선 모형이 놓여 있었어. 탁자 위에 있었는데, 오늘날까지 우리가 알토나의 선박 박물관에서 관람할 수 있는 융에의 여러 모형 중 하나처럼 보였지. 그는 텁수룩한 콧수염에다가, 머리에는 산타클로스 모자를 쓰고 앉아 있었어.

물론 파이프도 물고 있었겠지.

아마 그랬을 거야. 하지만 우리 셋은 그를 둘러싸고 앉아 있었어. 이번에는 조선소 도제들이 되어서 말이야. 그리고 우리 뒤에 있는 타일들도 알아볼 수 있었어. 모두 네덜란드에서 수입되었다는…….

델프트*산 밝은 청색 타일이었지. 박스 사진기로 찍은 사진에서는 얻을 수 없는 것이었어. 파울헨, 하지만 넌 당시에 몰랐을 거야, 이전에는 작은 포경선의 선장들이 델프트 타일로 급료를 받았다는 걸. 그리고 그들도 새 배를 마련할 때는 타일로 돈을 지불했어. 그러니까 타일이 일종의 화폐였던 거야. 고래잡이를 다룬 어떤 책에서 읽은 적이 있지. 그래서 그 타일들이 우리 집으로 오게 된 거야. 나는 그렇게 생각해.

지금도 사방 벽에 붙어 있잖아.

물레방앗간이나, 거위를 키우는 소녀가 그려진 타일들이지.

성경에 나오는 인물들의 그림이 있는 것도.

다들 알다시피, 카밀레가 그 모든 것을 설명해 줬어. 카밀레는 성경에 나오는 이야기라면 모르는 게 없으니까…….

그리고 마리 아주머니도 나의 아빠를 위해 성경 이야기들이 나오는 타일들 하나하나를 찍어야 했어. 그가 그 소재들을 잊어버리지 않도록 하려고 말이야.

가나**의 혼례 장면이 있었어. 야곱이 천사와 싸우는 장면도 있었고, 그 밖에 카인과 아벨, 불타오르는 가시덤불 같은 것도 있

---

* 네덜란드 남서부의 도시.
** 이스라엘 북부에 위치한 갈릴리의 작은 도시.

었지. 물론 홍수 장면도 나와. 그 노인네는 그런 무시무시한 이야기들을 요긴하게 사용했어. 생쥐가 등장하는 책에서 말이야, 거기에서…….

놀라울 뿐이야, 아체. 저 셋이 시골에서 온갖 것들을 다 경험했다니. 반면에 나는 시골 농장에서 소나 키웠지. 아침이나 저녁이나 소를 붙들고…….

나는 쾰른에서 직업 학교에 다니며…….

하지만 나는 그 생활이 조금도 만족스럽지 않았어. 오히려 삭막하기만 했지. 촌구석에서 일어나는 일이라곤…….

하지만 타델과 파울헨은 시골 생활에 아주 잘 적응했어. 드문 일이지만 나의 장인(匠人)이 예외적으로 휴가를 주어 내가 주말에 와서 보았을 땐 어쨌든 그런 생각이 들었어.

우린 시골 축제에도 갔지.

빌스터에서는 심지어 큰 장이 열리기도 했어.

디스코 파티도 있었지. 나중엔 내가 거기에…….

너도 거기에 있어야 했어. 나나. 대목장에는 심지어 아주 옛날식 회전목마도 있었어…….

그래, 그런데 넌 왜 한 번도 안 왔니…….

왜냐하면…….

그랬더라면 너의 아빠와 함께 열 번은 넘게 탔을 텐데…….

왜냐하면 난…….

그리고 우리의 마리헨이 두 사람을 틀림없이 박스 사진기로…….

유감스럽게도 갈 수가 없었어, 왜냐하면…….

손을 내밀어 잡을 수도 있었을 텐데…….

아니야, 왜냐하면 카밀레가…….

아니면 너의 아빠가…….

그만둬! 제발 그만!

하지만 나는 엄마와도 잘 지냈어. 이따금 남몰래, 유감스럽게도 이루어질 수 없는 무언가를 원하기는 했지만 말이야. 그럼에도 모두의 말을 귀담아들을게. 마리헨, 아니면 타델이 부르듯이 마리 아주머니가 자신의 사진기로 어떤 놀라운 일들을 찍었는지 혹은 어떤 마법을 일으켰는지 들어 볼게. 지나간 일들을 다시 생생하게 살리는 그 스냅 사진들 말이야…….

무슨 말을 하는 거야, 야체? 우리는 이미 알고 있어! 아주머니는 우리 둘이 어렸을 때부터 사진을 찍었어. 그리고 타델이 태어나고, 또 라라가 강아지 요기를 얻기 오래전부터.

그때는 너희들, 레나와 나나만 생각했어, 그것 말고는 아무것도 생각하지 않았지…….

혼란스러울 것 없어. 그리고 누가 누구와 함께 처음에…….

마리 아주머니는 우리 벽돌집을 아그파 사진기로 안팎에서 찍었어. 이전에 누가 거기서 살았고, 지금 앉아 있는 지붕 아래에서 누가 그림을 그렸는지 아버지가 알아볼 수 있도록. 알고 보니 나중에 유명해진 사람이었어. 그것도 어떤 특별한 그림으로. 바다를 주로 그리는 화가였어. 소위 해양화들을 그렸지. 돛이 세 개인 범선, 그리고 대양을 횡단하는 대형선. 나중에 소위 1차 세계 대전이 터졌을 땐 대개 전함들, 장갑 순양함 그리고 그와 비슷한 낡은 배들을. 그러고 나서 우리 함대와 영국 함대가 북해에서 서로를 침몰시켰지. 도거* 대륙붕 그리고 많은 생명이 사라졌던 스카게라크 해협** 전투를 그린 그림도 있었어. 저 멀리 아르헨티나 아래쪽에 있는 포클랜드 제도에서의 해전을 소재로 한 그림도 있었고. 그 그림에는 '라이프치히'라고 불리는 독일 순양함의 잔해도 보였어. 배경에서는 낡은 영국 배들이 증기를 내뿜고 있었고, 전경에는 파도 속에서 배 밑바닥인가 널빤지 위에 서 있는, 순양함에서 살아남은 수병 한 사람이 보였어. 그는 한 손인가 두 손인가로 깃발을 들고 있었지. 오늘날 머리가 완전히 벗어진 사람들이 텔레비전 프로그램에 나오려고 할 때 들고 오는 깃발들과 비슷해 보였어. '마지막 남자'라는 이름의……

그리고 마리헨의 아그파 스페셜은 바로 그 그림을 기억해 냈지…….

그래! 그 박스는 늘 과거를 돌아보았으니까.

아주머니가 커다란 창가에서 몸을 앞으로 기울여 사진을 찍던 모습이 기억나. 그러면서 어깨 너머로 뒤를 힐끗 쳐다보았지…….

아주머니는 가끔 우리 마을에서도 제방 위에서 비슷한 자세로 몸을 꼰 채로 서 있었어. 사진기를 배 앞쪽으로 하고, 시선은 뒤쪽을 바라보았지. 마치 거기에 과거가 있고 앞쪽으로는 바람만 있다는 듯이. 아주 기우뚱한 자세였어.

어쨌든 우리 아버지는 나중에 사진들에서, 아직 미완성이라 화가(畵架)에 걸려 있던 그림을 볼 수 있었어. 그 화가(畵家)가 손에 팔레트와 붓을 든 채 그림 앞에 서 있었지. 그 뒤로는 작업실의 커

* 영국과 네덜란드 사이에 있는 얕은 바다.
** 노르웨이와 유틀란트 반도 사이에 있는 해협.

다란 창이 보였고. 믿든 말든 그 옆에는 누군가 서 있었어. 수많은 금속 실이 달린 제복을 입고, 비비 꼬인 콧수염을 기른 누군가가 말이야……

우리가 "저 사람은 누구예요?" 하고 묻자, 마리헨은 이렇게 대답했어. "늙은 빌헬름이야, 당시의 황제 말이야."

내 물음에 아버지가 이렇게 대답한 게 기억나. "마리 말이 맞아. 이전엔 황제가 여기를 드나들었지. 비슷한 기록이 프리데나우의 시(市) 연대기에도 있어. 저 위 꼭대기 내 방에도 빌헬름 2세가 해양 화가인 한스 보르트를 방문했지. 그리고 집 앞에는 초병으로 프로이센 헬멧을 쓴 경관 한 사람만 서 있었고."

심지어 그 경관마저도 마리헨은 특수 렌즈로 다시 생생하게 살려 냈던 거야. 황제 폐하께서 친히 우리 집을 떠나실 때 그 경관이 취했던 부동자세도 볼 수 있었지.

그 화가는 훨씬 나중에, 다시 말해 다음 세계 대전 때, 교외 달렘에 소유하고 있던 자신의 다른 아틀리에가 불에 타 버리자, 아주 의기소침해졌다고 해. 그리고 그 후 곧 죽었어. 양로원에서 가난하고 잊힌 채로.

그런데 늙은 황제는 화가에게 이런저런 조언을 했다는군. "파도 꼭대기에 거품이 좀 있어야겠군." 이나 뭐 그 밖의 비슷한 말을 했다지. 그래서 화가는 (이름이 뭐였더라?) 자신의 그림을 조금 수정했다더군. 먼저 것과 비교를 하면 알 수 있지.

마리의 박스는 그처럼 정확하게 기억을 하는 거야.

특이한 것은, 마리헨이 소원들을 충족해 줄 뿐만 아니라, 컴퓨터처럼 정확하게 모든 과거를 저장했다는 거야. 당시에는 하드 디스크도 디스켓도 없었는데 말이야.

그래서 나는 마리헨에게 끈질기게 물었어. "그 상자 속엔 뭔가 특별한 게 들어 있죠?" 하지만 마리헨은 아무 대답도 하지 않았어. 그리고 이렇게 말했어. "난 알고 싶지 않아, 팟. 그건 수수께끼야. 그걸로 충분해! 중요한 건, 나의 박스가 옛날에 있었던 일 그리고 앞으로 있을 일을 본다는 거야."

그 후 우리 집에서 일어났던 모든 일을 아그파 스페셜이 정확하게 알아냈어. 다음 전쟁에서 지붕 위로 영국군인가 미군의 소이탄들이 떨어진 일도 정확히 알아냈지. 그들이 공중 투하탄과 고성능 폭탄으로 모든 것을 초토화하기도 전에.

하지만 화재는 빨리 진화되었어. 그래서 아버지가 벽돌집을 사들였을 때, 우리는 아버지 작업실 한가운데 바닥만 약간 그을린 것을 볼 수 있었던 거야.

하지만 아그파 스페셜은 다시 한 번 회상 장면을 멋지게 만들어 냈어⋯⋯.

그래, 맞아. 소이탄 탄두 부분이 어떻게 됐는지 볼 수 있었지⋯⋯.

막대 모양 소이탄들이었어.

⋯⋯ 그래, 맞아. 여전히 불타오르고 있었어. 그리고 누군가가 (해양 화가 다음에 들어와 살며 저 위층에서 그림을 그리던 다른 화가였어.) 양동이에 든 모래로 불을⋯⋯.

사방에 연기가 자욱했어. 그 때문에 모래 양동이를 든 남자의 모습을 알아볼 수가 없었지. 하지만 내가 알기로는 그 후에 아버지가 그 이야기를 백번은 반복했어. "요르쉬, 일어난 일을 박스가 보여 주더라도 이상하게 생각할 것 없어. 여하튼 박스는 다른 것보다 오래 살아남았어. 마리가 사진 작업실을 진화했을 땐 거의 모든 게 사라지고 없었지. 그녀의 암실뿐 아니라, 그녀와 그녀의 한스에게 속하는 모든 것이……."

이야기는 이렇게 이어졌어. "한스는 당시에 전선에서 자신의 라이카 사진기를 들고 이곳저곳 사건 현장을 찍고 다녔어. 처음에는 전격전과 진군을, 나중에는 후퇴를……."

그 라이카는 그때까지 있었어. 그리고 하셀블라트와 마찬가지로 정확하게…….

하지만 그것들은 마리헨의 박스처럼 과거나 미래를 들여다보지 못했지. 다들 내 이야기 계속 들었잖아. 처음엔 나의 모르모트에게 그리고 다음엔 나의 요기에게 일어난 일을. 마리 아주머니가 레나를 무대 위 인물로 만들었던 이야기도. 그때 넌 훨씬 비극적인 연기를 하고 싶어 했어. 눈물과 절망과 그리고…….

야스퍼와 파울헨은 틀림없이 놀랐겠지. 마리헨이 그 배를 찍었으니까 말이야. 나중에 높은 파도에…….

……내가 공포스럽게 여겼던 것은, 그녀가 무대에서의 내 미래를 희극적인 노파로 보았을 때……. 그래! 내 미래를 정말 엉뚱하게 보았어……. 예를 들면…….

하지만 엄마와 나는, 언니, 오빠들이 가라앉은 배를 보았듯이, 미래의 일을, 너무도 아름다운 미래의 일을 체험했어. 소망의 차원에서만 볼 수 있는 것이었지. 우리는 여러분의 마리헨 아주머니를 마지막 무렵에만, 그러니까 너무 짧긴 했지만 아빠가 자주 방문하면서 데려온 그녀를 만날 수 있었어. 그때 그녀는 우리 눈앞에 과거는 물론이고 모든 것을 내다보는 사진기로 모든 것을 보여 주었지. 그래, 한번은 우리 넷이 너무도 따스한 햇볕을 받으며 장벽을 따라 산보를 갔어. 당시에도 이미 우리 쪽 담벼락에는 온통 비뚤거리는 글씨체로 눈에 띄는 기호들과 부조리한 형상들이 그려져 있었어. 우리는 베를린 장벽 뒤편으로 브란덴부르크 대문 윗부분이 솟아 있는 것을 볼 수 있는 바로 그 지점까지 걸어갔지. 우리가 더 걸어가려고 하는데, 마리헨 아주머니가 우리 셋을, 나의 엄마, 나의 아빠, 그리고 나를, 내가 늘 원했던 것처럼 나를 한가운데에 두고서, 알록달록하게 칠해진 담장 바로 앞에 세웠어. 그러고는 사진기를 최대한 앞으로 뻗어 우리 사진을 찍고 또 찍었어. 엄마는 웃고 또 웃어야 했어. 그런 다음에 어떻게 됐는지 알아? 정말 놀라운 일이 일어났어! 그가 바로 다음번 짧은 방문 때, 박스 사진기 때문에 가능했던 것을 우리에게 보여 주었는데, 그 모든 스냅 사진들에서 (정말 믿기 어려워!) 장벽이 무너져 있었던 거야. 그리고 모든 사진들에서 우리 셋은 마지막 사진에 이르기까지 (내가 한가운데에 위치한) 옷장 너비만큼 벌어진 틈새 앞에 서 있었어. 그 틈새 양면은 톱니처럼 울퉁불퉁했고, 휘어진 철근들이 어지럽게 튀어나와 있었지. 그리고 그 틈새를 통해서 그리고 우리 옆으로, 죽음의 띠*를 넘어, 망가진 장벽 바로 뒤로 동쪽이 깊숙이 들여다보였어. 놀랍지, 안 그래! 하지만 타델은 망설이면서 "과장이 심해."라고 덧붙였어. 야스퍼도 마찬가지고. 우리도 스냅 사진들에서 정말 기뻐하는 모습이긴 했지만 믿으려 하지 않았어. 왜냐하면 그건 정치적으로도,

---

* 베를린 장벽을 가리킨다.

아니면 라라의 평소 표현대로 순전히 역학 관계에서든, 아직 먼 미래의 일이었거든. "현실이 되기에는 너무 아름다워."라는 엄마의 목소리가 아직도 들려. 하지만 유감스럽게도 아빠가 모든 사진들을 다시 가져가 버렸어. "문서실에 넣어 둬야 해."라고 주장하면서. "나중에 필요해질 거야. 그게 마침내 이루어진다면 말이야." 하지만 몇 년 뒤 장벽이 실제로 무너지고 (장벽과 더불어 다른 많은 것도) 사라졌을 때, 그리고 사진기를 든 너희들의 마리헨 아주머니가 더 이상 이 세상에 없게 되었을 때, 나의 아빠, 이미 당시에 무너진 장벽과 그 뒤 아득한 들판을 다루게 될 책을 구상하고 있던 아빠가 내게 말했어. "바로 그거였어, 꼬맹이 나나야. 우리의 마리헨은 자신의 박스를 믿었던 거야. 왜냐하면 그 박스는 일어났던 일, 앞으로 일어날 일, 그리고 그 밖에 사람들이 소망하는 일, 예를 들면 장벽이 무너지는 일 같은 걸 알았으니까……."

마리헨은 술에 취해 찍었던 게 분명해.

그랬을지도 몰라, 아주머니의 인생이 기울기 시작했을 때.

마리헨은 언제부터 술을 마시기 시작했던 걸까?

이미 오래전부터 남몰래 화주를 홀짝거렸어…….

아마도 암실에 화주 병들을 숨겨 놓았을 테지.

카밀레는 절대로 아니라고 하던데.

나도 믿을 수가 없어. 우리의 마리 아주머니가 중독이라니, 그 것도 알코올에…….

하지만 사실이었어.

하지만 타델이 용기를 내어 "그런데 마리헨? 갈증이 나면 한 잔 더 하실래요?" 하고 물으면 이렇게 대답했대. "아니! 한 방울도

안 마셔. 너 무슨 생각을 하는 거니, 이 음흉한 녀석!"

아버지는 그것을 완전히 다르게 본단다. 마리헨은 너희들을 사랑했어. 파울헨뿐 아니라. 타델의 고통을 해결하기 위해 그녀는 작은 사진판으로 해결책을 구했어. 그리고 레나가 장래에 크고 작은 무대에서 주역으로 빛나는 장면들도 찍어 놓았지. 그리고 거의 다 컸을 무렵에 팟은 한 무리 사진들에서 거듭 동쪽 너머로 복사기 부속품들을(그곳에서는 법에 따라 금지된 일이었어.) 운송해 갔지. 그래, 선전 전단들을 위해서였어! 마리헨은 그를, 너희들 모두를 염려했단다. 심지어는 나나의 다리에 박힌, 거듭해서 수술을 했지만 빼내지 못했던, 심술궂은 바늘을 찾으려고 애쓰기도 했지. 하지만 유감스럽게도……. 그리고 요르쉬가 손톱을 갉아 먹기 시작했을 때도…….

하지만 나는, 마리헨이 섬뜩한 사진 중 단 하나라도 너희에게 보여 주는 것을 막았어. 너희를 보호하기 위해서였지. 내 요구에 따라 마리헨이 두 벽물림 칸, 즉 알코브들을 찍은 적이 있단다. 그녀의 박스는 17세기까지 되돌아가, 곰팡내 나는 네모진 감옥 같은 공간에서 잠자던 사람들 모습을 담았던 거야. 그들은 때로는 다리를 구부린 채로, 때로는 앉은 자세로 잠을 잤고, 몇몇은 두건과 나이트캡을 쓴 채로, 깨어나지 않고 얼어 죽기도 했어. 주름이 자글자글한 왜소한 노파들, 이가 없는 노인들, 그리고 처음에는 결핵으로, 나중에는 스페인 독감 때문에 일찌감치 기력이 쇠해 버린 아이들의 모습을 말이야. "안 돼." 하고 내가 마리헨에게 말했단다. "이 스냅 사진들은 은밀한 용도로만 쓰여야 해. 수많은 시신들은."

그리고 지금 인정하는 것보다 더 많은 것을 알았던 암실 조수 파울헨도 현상액에 잠겨 있던 그 일련의 사진들은 보지 못했지. 죽어서 잠든 그 모든 사람들. 교구 행정관들과 그 아내들, 선박 기능장 융게, 그리고 마지막으로 그의 딸 알마. 그녀의 가게에서는 레나, 미케와 리케뿐 아니라 마을 모든 아이들이 몇 푼을 내고 감초 알약과 감초 막대 과자를 사 먹었는데 말이야…….

너희에게 이 정도는 모자랄 수도 있고 과할 수도 있겠지. 그래, 얘들아, 내 생각은 이렇다. 아버지가 된다는 것은 지속적으로 자신에게 자신을 확인시켜야 한다는 하나의 주장일 뿐이란다. 그래서 나는 거짓말을 해야 하는 거야. 너희가 나를 믿도록 하기 위해서 말이다.

금지된 것

아이들도 한때는 어렸다. 하지만 이제는 그들도 어쩔 수 없이 어른이 되었고 세금도 낸다. 팟과 요르쉬는 드문드문 흰머리가 보이고, 라라는 그렇게 빠른 편도 아니지만 얼마 안 있어 할머니가 된다. 야스퍼의 경우는 일정이 많이 빠듯하지만, 어쨌든 지금은 여덟 명 모두가 지금 레나 집에 앉아 있다. 이번엔 레나가 (연극 두 편에 출현 중이지만) 모두를 초대했다. "그렇게 여유가 있는 건 아니야. 8월 중순 전에 준비를 모두 마치려고 하거든."

"모든 게 아빠의 감독 아래 되어 가고 있어. 아빠는 우리를 너무 쉽게 생각해!" 나나가 소리친다.

"아빠는 나한테 전혀 안 어울리는 대사들을 맡겼어." 타델이 불평한다. 형제자매 중 몇몇은 거의 거부할 태세다. 팟은 보이콧이라는 말까지 꺼낸다. 하지만 요르쉬가 말한다. "노인네가 하도록 내버려 두는 게……." 그리고 파울헨은 '완전히 헷갈리게 하는 암실 이야기'를 전망에 올리기도 한다.

크로이츠베르크에 있는 레나의 임대 주택은 개축한 옛 건물의 4층이다. 처음에는 야스퍼, 파울헨 그리고 타델 정도가 참석할 것으로 예상되었다. 그러나 라라와 팟이 멀리서 찾아왔다. 나나도 참석했는데, 그 이유를 이렇게 말했다. "아주 오래전 이야기들은 아무리 반복해서 들어도 좋아. 내가 바로 그 현장에 있었으면 좋았을걸 하는 생각마저 들거든." 요르쉬는 새로운 아이디어를 갖고 현장에 도착했다. 기술상 세부적인 증거들을 거론하면서 그는 박스의 존재에 의문을 제기한다. "마리 아주머니가 훨씬 값비싼 아그파 스페셜이 아니라 (나는 확신해.) 모든 사진기 중에서도 가장 간단한 것, 그러니까 소위 말하는 보급형 박스로 그 모든 걸 찍었다는 건 말이 안 돼. 겨우 4제국마르크를 주고 구입했다잖아. 세계 공황이 시장을 강타했던 1932년에 나왔던 거지. 하지만 그럼에도 대략 90만 대가 팔렸어."

그는 다소 장황하게 아그파 회사의 광고에 대해 설명한다. 그 광고 문안에 따르면, 장차 싼값으로 사진기를 구입하고자 하는 사람들은 화폐 주조 장소의 약자인 A-G-F-A가 들어 있는 마르크화 동전들을 모아야 한다는 것이었다.

"사람들이 끝도 없이 줄을 섰어!"

그에 대해 타델은 근본적으로 의문을 제기한다. "마리 아주머니가 어떤 사진기로 찍었는지는 문제가 안 돼. 나중에 교묘하게 속임수를 썼다는 게 중요하지. 우리가 믿을 때까지, 아니 믿어야 했을 때까지."

그러고 나서 잠시 침묵. 이윽고 팟이, 장벽이 무너진 후 나나가 왜 학교를 바꾸었는지를 물음으로써 침묵을 깬다. "너는 왜 하필 서베를린에서 동베를린으로 넘어간 거니? 그러고 나서는 조산원이 되기 위해 작센 주 드레스덴으로 갔지." 아들 중 하나가 (타델이었던가, 아니면 야스퍼였던가?) 거기서 결론을 얻으려고 안달한다. "넌 진

짜 동쪽 여자가 되어 버렸어." 그러자 나나가 대답한다. "원래부터
그랬어."

가득 채워진 치즈 접시, 올리브유와 호두, 그리고 다양한 빵으
로 레나는 식탁을 풍성하게 차렸다. 파울헨이 백포도주 병들의 마
개를 딴다. 모두 여덟 명, 지금부터는 더 이상 성인일 수 없는 아이
들이 동시에 이야기를 시작한다.

아버지는 쥐를 언제 선물받았던 거야?

생일 때였나?

오래전부터 하나 가지고 싶었대.

나 참 기가 막혀서! 크리스마스트리 아래 우리에 그 쥐가 앉
아 있었잖아.

아빠가 내게 "확실해. 쥐들이 우리 인간 종족보다 더 오래 살
아남을 거야……."라고 강조했어.

"……이 설치류는 방사능으로 오염된 비키니 섬에서도 생명력
을 발휘했으니까……."

우리는 잘 알고 있어, 그의 금언들을!

하지만 결국 그에게 쥐를 가져다준 사람은 마리가 아니라 카
밀레였어.

그리고 나서 그 아그파 사진기로, 쥐 우리가 작업실에 설치되
자마자…….

좋아, 파울헨! 쥐에겐 인내심이 있어. 아주 예민한 동물이지만.
우선 야스퍼가 이야기하게 해. 아주 교묘한 방식으로 마리 아주머
니가 어떻게 그의 생각을 알아차렸는지를 말이야.

그것에 대해선 별로 말하고 싶지 않아. 나는 시골 생활에 잘 적응하지 못했어. 책이나 영화 등에 대해 이런저런 이야기를 나눌 만한 친구가 아무도 없었거든. 너희하고도 전혀 교감이 없었지. 학교에서는 이럭저럭 해 나갔지만, 그 외에는 완전히 꽝이었어. 너희는 친구들도 많고, 그중에는 죽이 잘 맞는 친구들도 있었지. 심지어는 마을 축제에서도 신나게 놀았잖아.

그리고 타델에겐 아가씨도 있었지, 정말 귀여웠어……

아니야, 우리 집 바로 맞은편 버스 정류장에서 귀여운 여자애들이 파울헨을 기다리곤 했어. 정말 귀여운 애들도 있었어.

너를 보며 닭처럼 마구 조잘댔어.

하지만 파울헨은 아주 쌀쌀맞게 그 애들 곁을 지나갔지.

어쨌든 넌 언제나 너의 개와 함께 제방을 넘어 걸어갔어. 파울헨과 파울라가 슈퇴르 강을 따라, 우렌도르프, 바이덴플레트 방향으로……

파울헨은 갈대 속대를 꺾어, 나룻배 선착장에서 승객들에게 개당 10페니히에 팔았어.

아니면 제방 뒤 집에서 마리헨 곁에 죽치고 있던가. 그 애라면 암실에 들어와 있어도 불평하지 않았으니까.

그러다가 그 늙은 할머니가 우리를 돌보아야 하는 안 좋은 상황이 온 거야. 아빠가 다시 또 긴 여행을 떠나려 했거든. 중국, 태국, 인도네시아, 필리핀으로, 그리고 다른 여러 곳을 들렀다가 마지막에 싱가포르로 가는 여행이었지……

게다가 그는 카밀레까지 설득하여 데려갔어.

틀림없이 아빠가 쥐를 얻기 전 일이었을 거야.

몇 달 동안 그 둘이 우리를 떠나 있었지…….

그래, 쥐가 나타나기 한참 전 일이었어. 기껏해야 아빠의 머릿속에 소망으로만 자리 잡고 있을 때였어.

그들이 떠나기 전에 한바탕 소란이 벌어졌지.

그래, 기억이 나. 우리 집에서 청소를 해 주던 엥겔 부인이 전화기를 들고는 소리를 질러 댔지. "중국에서요! 어쩌나, 중국에서 직접 온 전화예요!"

그러고는 잔뜩 흥분해서 집 안을 돌아다녔어.

카밀레를 향해 소리쳤어. "빨리요, 제발, 빨리 받아요. 누군가 중요한 사람이 중국에서 전화를 했어요."

하지만 그 사람은 작가 일을 부업으로 하는 대사일 뿐이었어. 아빠에게 하여튼 간(肝) 소시지를 가져오라고 부탁하는 전화였지. 중국에는 물론 그 어디에도 진짜 간 소시지가 없다면서 말이야.

그래서 마을 푸줏간 주인이 땀깨나 흘려야 했지. 간 소시지로 유명한 사람이었대. 그래서 훈제 소시지 두 개를, 상당히 기다란 것을…….

그러면 그것들도 함께 여행을 떠난 거야?

양말과 내의 사이에 꾸려서?

그랬지. 그리고 그 푸줏간 주인은 나중에 베이징 대사로부터 감사의 뜻을 전하는, 편지지 윗부분에 발신인 주소와 성명이 고급스럽게 새겨진 편지를 받았어.

그러고는 그것을 유리 액자에 넣어 가게에 걸어 놓았지. 장인(匠人) 자격증 바로 옆에.

그리고 우리의 마리헨은 그 소시지들이 여행을 떠나기 바로 직전에 여러 차례 아그파 사진기로 찍어 놓았지. 왜냐하면 노인네가……

파울헨은 소시지들을 이런저런 식으로 배열했어. 나란히 놓기도 하고, 교차시키기도 하고. 마리헨은 렌즈를 아주 가까이 가져가기도 했고, 식탁 위에서 기어가는 자세를 취하기도 했어……

아빠는 이렇게 말했어. "그 소시지들이 우리에게 해 줄 이야기들을 생각하니 벌써부터 긴장이 되는군."

사진을 찍으면서 그녀는 무언가 알아듣지 못할 말을 중얼거렸어. 마치 중국어처럼 들렸는데.

하지만 마리 아주머니는 우리 셋을 돌봐 주지는 않았어.

한번은 타델을 향해 신발을 집어 던지기도 했지. 무례하다면서 말이야. "음흉한 놈! 이 음흉한 놈!"이라고 소리를 질러 댔어.

늘상 있는 일이었어. 너와 다툴 때면 늘 그랬지. 넌 다시 너무 늦게……

주변 사람들과 완전히 등을 돌렸지.

마리헨은 남몰래 술을 마시기 시작했어.

우리는 아무도 눈치채지 못했어. 그녀가 석 잔이나 마셨는데도 말이야.

나는 어쨌든 가게에서 닥치는 대로 무언가를 읽어 댔어. 아니면 친한 친구가 사는 글뤼크 시로 가거나. 그 애는 잘못된 일을 하고 있었지만, 다른 점에서는 정말 좋은 애였어……

이름이 뭐였더라?

나보다 나이가 많았어. 이름은 중요하지 않아. 감탄스러운 애였지. 아무것도 두려워하지 않았으니까. 아니야, 팟! 이름은 아무것도 아니라니까. 어쨌든 그 일은 나중에 영향을 미쳤지. 왜냐하면 내 친구와 나는…….

결국 아빠는 카밀레와 함께 여행에서 돌아왔어. 모두에게 줄 선물과 함께. 뭐였는지는 기억이 안 나지만.

하지만 마리헨은 고자질하지 않았어. 너희들도 인정할 거야. 그래, 그동안의 안 좋았던 일들을 일러바치지 않았어. 특히 타델과 나와의 일, 그리고 학교 일도.

맞아, 입이 무거웠어, 그 늙은 아주머니는.

그래, 그 점이 좋았어.

마을의 내 여자 친구에 대해서도 아무 말 하지 않았지. 그녀 부모는 절대 여행 같은 건 떠나지 않는, 너무도 정상적인 사람들이었어……. 아빠와는 완전히 달랐지. 아빠는 중국에서 자신이 고안해 낸 유별난 아이디어를 가지고 돌아왔어. 『두산(頭産)』이라는 새 책에 대한 아이디어였는데, 곧장 책을 쓰기 시작했지. 우리 독일인은 더 이상 아이들을 낳으려고 하지 않기 때문에 차츰차츰 소멸할 게 뻔한 반면, 중국이나 세계 그 밖의 곳에서는 아이들이 많다는, 아니, 너무 많고 많다는 그런 이야기야. 나중에 얇은 책으로 나왔지.

어쨌든 이번 경우에는 아버지가 우리의 마리를 거의 필요로 하지 않았어.

스스로 생각해 낸 것이었기 때문에, 마리도 한동안 아무것도 찍을 필요가 없었던 거야.

하지만 그녀가 중국 여행을 위해 완성해 두었던 게 분명한 간소시지 사진들은 아빠의 새 책을 위해 충분한 소재를 마련해 주었을 거야. 왜냐하면 소시지들로부터 아빠는……

어쨌든 마리헨에겐 한동안 일감이 없었어. 그저 제방 위를 돌아다니곤 했지. 아그파를 목에 걸고 다니며 가끔 사진을 찍기는 했어. 하지만 단순히 구름만을 찍거나 맑은 날엔 전혀 아무것도 없는 푸른 하늘을 향해 셔터를 눌렀어.

마리헨은 한동안 그렇게 지냈어. 아빠는 사진으로 찍힌 간 소시지들이 절대적으로 중요한 조역을 맡은 책을 곧 끝낼 예정이었으니까. 그리고 나서는 처음으로 긴 휴가에 들어갔고……

우리는 그런 상황에 익숙하지 않았어, 카밀레도 그렇고……

우린 정말 이상하다고 생각했어. 제방 뒤 집에 쪼그리고 들어앉아 진흙 형상들만 주물럭거리고……

골똘히 생각에만 잠겨 있었어.

아마도 그 무렵에 이미 우리한테 닥칠 일들을 예감하고 있었는지도 몰라. 기후 변화라든지, 핵 관련 혹은 그 밖에 미래의 일들을 말이야. 나는 그렇게 생각해……

어쨌든 휴식은 길어졌어. 해가 가고 또 더 길어지고. 그동안 학교와 관련된 나의 모든 일은 다시 엉망이 됐어. 낙제를 했고, 빌스터의 실업학교로 가야 했어. 거기서 내가……

그런데도 넌 교사가 됐잖아. 필름 일을 하기 전에 말이야. 왜냐하면 고등학교 시절에……

……그리고 타델은 우리에게 증명하고 싶어 했어……

넌 교사로서도 그런대로 인기가 있었을 거야. 엄하면서도 올곧은!

한동안 넌 (시골 농가에 있는 내게까지 들려왔던 대로) 경관이 되려고 했어. 그래서 너희들의 카밀레가 이렇게 말했다지. "타델, 마을 아주 가까운 곳에 원자력 발전소를 짓고 있어. 여기서 우리 모두가 밭을 돌아다니며 항의를 한다면, 넌 어떻게 할 거니? 그래, 너의 모든 형제들을, 야스퍼, 파울헨, 그리고 물론 팟과 요르쉬를? 우리한테 와서 고무 곤봉으로 마구 때릴 거니?"

내가 그럴 리가 없지. 절대로 아니야. 물론 나는 당시에 원자력에 반대하지는 않았지만 말이야……. 그래서 난 호텔 지배인이 되려는 생각을 하게 되었지. 실제로 시도하기도 했어.

타델이 뮌헨을 향해 출발했을 땐 소동이 벌어졌지.

글뤼크 시의 역에서도 그는 모든 게 문제없다는 듯이 행동했어. 우리의 마리도 특별히 그 자리에 있었어. 지금까지 그런 일이 거의 없었는데도 그날따라 박스를 들고 와서는, 네가 기차에 올라타는 순간 너의 사진을 몇 장 찍었지. 쪼그리고 앉은 자세로.

기차가 출발하자 마리는 뒤따라 달렸고, 달리면서 계속해서 찍었어…….

그러면서 너를 향해 소리쳤지. "넌 음흉해. 하지만 네가 그리울 거야, 나의 타델헨!"

말 그대로 이별의 사진이었어!

하지만 우린 아무것도 볼 수 없었어.

나도 못 봤어. 아마도 안 좋은 게 있었을 거야. 아그파가 미리 보여 준 사진들에 커다란 파국의 순간들이 연달아 닥쳐서 그랬을 거야.

그래, 우리의 타델은 집을 떠나자마자 며칠도 안 돼 편지를 보내기 시작했어. 이틀에 한 번꼴로, 그것도 카밀레에게만. 아빠한테는 한 번도 보내지 않았어.

편지들은 정말 눈물로 얼룩져 있었어. 넌 정말 집이 그리웠던 거야…….

저런, 가련한 녀석!

적응하기가 극단적으로 어려웠던 거지.

어, 이런. 나나가 울고 있잖아, 듣기만 하고도. 왜냐하면 우리 의 타델은…….

"집으로, 집으로 가고 싶어."라며 넌 슬퍼했어. 훗날 영화관에 서 E. T.가 그랬듯이 말이야. 그래, 그 쪼글쪼글한 난쟁이는 언제나 전화를 하고 싶어 했지.

우리 노인네는 이렇게 말했어. "가라앉을 거야. 그 애가 이겨 내야 해." 하지만 나중에는 자신이 그 사태를 받아들였어. 카밀레 가 이미 오래전에 이렇게 결단을 내렸으니까. "우리의 타델은 돌아 와야 해요. 집을 그리워하는 마음은 꾸며 낸 게 아니에요. 가족이 필요한 거예요." 그리고 너와 종종 부딪혔던 마리조차도 그러는 게 옳다고 했어.

타델이 돌아왔을 때 우린 잔치를 벌였지.

그래, 아름다운 장면이었어.

하지만 터벅터벅 돌아온 나는 상당히 기가 죽어 있었어…….

뭐라고! 넌 정말 좋아했어. 다시 학교에 다닐 수 있게 되었을 때…….

……곧 다시 싫증을 내기는 했지만 말이야…….

나처럼 말이지. 그 점에서 우리는 닮은 데가 있어.

야스퍼만 학교에서 아무런 문제가 없었지.

하지만 넌 그래도 화를 내곤 했어.

뭐라고? 누구 때문에?

이제 드디어 글뤼크 시의 친구에 대한 이야기로 넘어가는군.

우선 쥐 이야기부터 하고. 왜냐하면 나와 내 친구 사이의 따분한 이야기는 크리스마스가 일주일 지나고 나서의 일이었으니까. 그전까지는 모든 게 순조로웠어. 타델은 다시 왔고, 파울헨은 마을을 여기저기 쏘다니거나 마리 곁에 있었지. 카밀레는 선물을 나누느라 바빴고. 그러다가 갑자기 놀라운, 그야말로 예상치 못한 일이 벌어진 거야. 크리스마스트리 아래에, 우리 노인네가 오랫동안 바라 왔던, 그리고 그의 전형적인 기발한 생각의 결과라고 할 수 있는, 하지만 막상 벌어지고 나니 가볍게 미소 지을 수밖에 없게 된 그런 일이 벌어졌던 거지. 그래, 트리 아래에 다 자란 쥐 한 마리가 들어 있는 우리가 놓여 있었던 거야.

그런데 도대체 너희들의 카밀레는 그 쥐를 어디서 가져왔던 거니?

햄스터, 꾀꼬리, 금붕어 그리고 물론 라라의 모르모트, 심지어는 눈이 붉은 하얀색 생쥐들을 파는 평범한 가게에서는 거의 구할 수 없는 것이었어, 결코 그런 곳에서는…….

기센에 있는 뱀 사육인한테서 가져왔다던데. 그 사육인은 뱀 먹이를 마련하기 위해 쥐들을 키웠대.

운반하는 데 좀 문제가 있었을 텐데.

어쨌든 우리 안에 아주 얌전하게 앉아 있던 그 쥐는 노인네가 다시 글을 쓰도록 만들었어. 휴식 시간 그리고 혼자만의 골똘한 생각은 이제 끝이 난 거지.

그리고 그 직후에 우리의 마리헨은 아그파를 들고 모티프를 찾으러 다녔어.

하지만 이전처럼 계속해서 암실에 들어갈 수 있었던 파울헨은 왜 한마디도 안 해? 마리 아주머니가 그 쥐를 찍으면 사진엔 언제나 더 많은 쥐들이 여기저기 돌아다녔잖아.

타델의 아빠가 일체의 정보를 누설하지 말라고 엄명을 내렸던 거야. 하지만 이제는 말할 수 있어. 모든 사진들에는 (엄청난 수였어.) 쥐들이 바글거렸어. 심지어 공포 영화에 나오는 동물들도 있었어. 반은 쥐고, 반은 인간인······.

노인네는 그 쥐를 세밀하게 스케치하거나 끌로 동판에 새기기도 했어. 그것들이 달리고, 구멍을 파고, 뒷다리로 일어서고, 그러면서 점점 더, 반은 쥐고, 반은 인간인 상태로 되어 가는 모습들을 말이야. 그것들은 전부 책에 묘사되었고, 그래서 그 책은 다시 상당히 두꺼워졌지······.

하지만 우리는 거기에 대해 아무 말도 할 수 없었어.

"그건 비밀이야." 하고 파울헨이 말했으니까.

거기에 쥐들만 등장한 건 아니야. 마리가 특별히 그를 위해 낡고 작은 범선 한 척을 사진으로 찍었어. 우리 마을 조선소 일꾼들이 수리를 위해 정비대 위에 올려놓은 것이지. 완전히 낡은 배였어. 금방이라도 해체될 듯한.

하지만 암실 여기저기에 놓여 있던 사진들에서 (파울헨이 내게 속삭여 주었던 거야.) 그 작은 배는 완전히 새 배처럼 보였어. 그리고 뱃전에 네 명의 여자들을 태우고 온 바다를 돌아다녔지. 마지막엔 우제돔 섬 앞바다로 갔는데, 그 섬엔 수많은 해파리들이 살았어,

심지어 노래까지 하는…….

그리고 뱃전에 있는 네 여자 중 하나는 카밀레와 상당히 닮아 보였는데, 분명히 작은 배의 선장이었어. 또 다른 여자는 타델의 엄마인 걸 알아볼 수 있었지. 그리고 (나는 확신해, 레나와 나나.) 세 번째와 네 번째 여자는 너희들의 어머니들과 닮아 보였어. 누군지는 모르겠지만 그들 중 하나는 작은 범선의 기관을 담당했고, 다른 여자는 해파리를 연구했어, 왜냐하면…….

내 생각이 맞다면 여성들의 배와 관련된 거야. 마리 아주머니의 보급형 박스가 찍었던 배였지…….

말하자면, 파울헨, 그 배에 탔던 승무원들은 그러니까 여자들뿐이었어. 우리 아빠와 관련이 있었거나 아직도 관계를 맺고 있는…….

……우리 어머니도 그 가운데 섞여서!

나는 믿을 수 없어. 나의 엄마가 배에 타고 있고, 게다가 너희들의 카밀레의 지휘를 받다니…….

아빠의 쥐 책을 읽어 보면, 이야기가 결말 부분에서 유감스럽게도 안 좋게 끝난다는 걸 확인할 수가 있어. 네 여자는 다시 한번 화려하게 차려입고 장신구를 달았어. 바다 밑바닥에서 전설의 도시 비네타를 마지막 도피처로…….

나는 아무것도 몰랐어. 크리스마스트리 아래의 쥐 이야기도. 작은 배 혹은 작은 범선에 올라탄, 아버지의 네 여자에 대해서도. 난 멀리 있었어. 스위스 농가에서 배우기도 하고, 셸에서 농업학교를 다니기도 했지. 그리고 그동안 니더작센의 한 유기농 농가에서 우유 생산 일을 맡기도 했고, 또 나름대로 정치적인 견해를 가지기도 했어. 하지만 너희들을 위해, 쥐라든가 그 밖의 프로그램이 어떤 식으로 마련되어 있었는지는 조금도 몰랐어. 그래, 요르쉬, 너도 복제를 해 줘 인간이 된 쥐들에 대해서는 단 한마디도 하지 않았어…… . 넌 쾰른에서의 인턴 수업을 마친 후 오랫동안 저 위의 평평한 지역에 있었어, 우리 아버지가 그의 카밀레와 세 아이들을 데리고 있었던…… .

이해해야 돼, 형! 일이 이렇게 된 거야. 내가 WDR*에서 인턴 수업을 마쳤을 때, 그들은 나를 받아 주지 않았어. 방송국에 고용 중지 조치가 내려졌던 거야. 사실이야, 변할 수 없는. 한동안 여기 저기를 전전했지. 그러자 우리 아버지가 너희들이 있는 시골로 오라고 내게 제안을 했어. 이렇게 편지를 했어. "네 동생들을 위해서 좋은 일이야. 타델은 너를 필요로 한단다." 그리고 아버지가 다시 집을, 이번에는 저지대 자투리땅에 있는 집을 샀기 때문에, 나는 생각했어. 난 다른 지역으로 가야겠다고, 그래서 슈퇴르 강 다른 편에 있는 엘스코프의 도로변 마을로 이사를 하게 되었던 거야. 그리고 형처럼 제대로 된 시골뜨기가 되었지. 버려진 땅 앞에는 커다란 잎이 빨간 너도밤나무 한 그루가 서 있었어. 그리고 텅 빈 마구간과 헛간들이 있었어. 나는 바로 그곳 공동주택에 살게 되었던 거야. 나를 지도해 준 보스 같은 여자가 있었는데, 무엇이 핵심인지 또는 핵심이어야 하는지를 언제나 가르쳐 주었어. 나한테는 오랫동안 없었던 가족 같은 여자였어. 그리고 내가 나룻배를 타고 슈퇴르 강을 건너 너희들을 보러 왔을 때, 나는 너 타델만을

---

* 서부 독일의 방송사.

본 게 아니라, 아버지 작업실에 있는 우리 속 쥐도 쳐다보았어. 그래, 마리 아주머니도 보았어. 왠지 작고 쪼그라져 보였어. 내 생각에 아주머니는 기뻐하며 소리쳤어. "그래, 요르쉬, 아주 씩씩해졌구나." 그러고는 나를, 어깨까지 머리카락이 치렁치렁했던 나를 쥐와 함께 사진으로 찍었어. 나는 99퍼센트 확신해. 1932년에 나온 4제국마르크짜리 보급형 박스였어. 아주머니는 그걸로…… 그리고 그 쥐는 갈색이었어, 실험실에서 쓰이는 흰색이 아니라. 나는 거기서 어떤 결과가 나올지를 어느 정도 예상할 수 있었어. 우리는 어릴 때부터 그런 거에 익숙했잖아, 안 그래, 형? 하지만 아주머니는 우리 중 누구에게도 무엇이 핵심인지를 말해 주지 않았어.

내게도 말해 주지 않았어. 도버스도르프 호숫가 장인 밑에서 내가 도자기 수업을 마친 직후 너희들을 방문했을 때 말이야. 그는 자기 도제들에게 어떤 비밀도 가져서는 안 된다고 요구했지. 그래서 내게 일기를 큰 소리로 낭송하라고 강요했어. 모두들 식탁에 모여 있는 아침 식사 시간에 말이야. 나는 거절했지만, 그 일에 대해선 누구에게도, 카밀레에게도 아빠에게도 말하지 않았어. 그래서 난 슐라이 강변의 카펠른으로 갔고, 거기서 다른 선생을 찾아 아주 정상적으로 수업을 마치게 되었던 거야. 심지어 거기 헤센 주 촌구석에서 일자리를 얻기도 했지. 하지만 그곳은 너무 공장식이어서…… 오직 대량 생산품만을 돌려서 만들었어. 그 때문에 나는 다시 베를린으로 갔는데, 거기서 이사를 하다가 한 대학생을 좋아하게 되었어. 그가 이삿짐 꾸리는 일을 도와주었거든. 하지만 거기에 대해서는 (결과가 어떻게 되었는지) 더 이상 말하고 싶지 않아. 나중에 내 아이들이 듣고 싶어 하면 이야기해 줄 수도 있겠지.

처음에는 결혼 생활답게 모든 게 아주 즐거웠어. 하지만 나중엔 기울어졌어.(아니야, 레나, 거기에 대해선 정말이지 말하고 싶지 않아.) 그리고 훨씬 나중에 다시 한 번 결혼하게 됐고, 그제야 모든 게 나아졌지. 하지만 그 쥐에 대해서는, 그리고 아빠가 그걸로 무엇을 의도했는지에 대해서는 아는 게 거의 없어. 심지어 프리데나우로 나를 찾아왔을 때도 아빠는 거기에 대해선 한마디도 하지 않았어. 벽돌집엔 그때 부부 한 쌍이 살았어. 그 부부와 함께 아빠는 사회주의를 지향하는, 하지만 민주주의적으로 정당한 사회주의를 지향하는 잡지를 만들었어. 그러고 나서 그 부부는 아이들을 얻었지. 그들은 우리 낡은 벽돌집에 누워 있었어. 출산을 했다 이 말이지. 그리고 시내에서 나는 다른 도자기 수업생들과 함께 작업실에서 일을 했어. 이따금 내 여동생들과 함께…….

그래, 라라가 방문했을 때 나는 정말 좋았어. 나는 아직 어린 아이였지만, 언니를 보고 입을 다물지 못했지. 언니가 프리데나우 주일 시장에서 나의 엄마 말대로 예쁘면서도 너무나 값이 싼 도자기 제품들을 팔았거든. 하지만 그 밖에는 언니 오빠 들이 시골에서 무엇을 했는지 거의 알지 못했어. 그래서 쥐 이야기는, 아빠가 비밀리에 늘 쥐 한 마리를 가지고 싶어 했고, 또 내게 그걸 말했다는 정도밖에 몰라. 그러나 아빠의 아내인 여자들이 가득 탔던 배에 대해서는 아무것도 몰랐어. 한때 아빠의 아내였거나, 카밀레처럼 여전히 아빠의 아내인 여자들이…….

너만 몰랐던 건 아니야, 나나, 모두들 예상하지 못했어.

심지어는 마리 아주머니조차도 쉬쉬했으니까.

아빠는 언제나 무언가를 감추었어.

그래서 아무도 모르는 거야, 그 안에서 무엇이 재깍거리고 있는지를…….

말도 안 되는 소리들을 주절대는군! 아빠는 누가 물으면 이렇게 대답했어. "알려고 하는 사람은, 짧고 긴 문장들 속에 감추어진 나를 발견하게 될 거야…….."

모든 책에서 아빠 자아의 흔적을 찾을 수 있다는 것은 사실일 거야…….

그 때문에 그렇게 두꺼워진 거고…….

……쥐 이야기가 나오는 책처럼.

정말 두꺼운 책이 되리라는 것은 처음부터 분명했어. 왜냐하면 마리헨이 수도 없이 암실로 들어갔고, 나도 비누로 손을 씻은 다음에 들어가 볼 수 있었거든. 그때 내가 본 것은 정말 황당했어. 아무것도 없었어. 쥐들의 끝없는 행렬, 쥐들의 행진, 정말 끔찍한 쥐들의 행군 장면뿐이었어. 어쨌든 사람은 하나도 없고, 현상액에서 사진들을 꺼내면서 마리가 말했듯이 "쥐들만 있어…….." 마리 자신도 충격을 받았지. 다들 내가 왜 타델이나 야스퍼에게 그 얘기를 하지 않았나 하는 표정들이군. 하지만 아무도 그 아그파 사진기가 토해 낸 것을 믿으려 하지 않았어. 야스퍼도 물론이었고. 야스퍼는 몰래 보는 책에서 본 것들만 믿었지. 하지만 그가 그 금기 위반을 그렇게 불렀듯이 그 금지된 일이 마침내 벌어졌을 때, (우리의 마리헨이 그 박스로 사건 내막을 증명할 수 있었기 때문이지.) 그는 처음으로 완전히 충격을 받았어. 하지만…….

그게 뭐야! 뭐야! 나도 '금지된 것'과 '위반'이라는 말을 들었어…….

재밌다!

얼른 말해, 야스퍼!

이제 실토해!

쥐들에 대해서는 이제 질리도록 들었으니까…….

좋아, 좋아! 시작할게. 타델과 파울헨도 이미 그 일의 경위를 알아. 담배에 관한 얘기야. 내가 서른 갑이 넘는 담배를 비닐봉지에 담아 침대 밑에 보관하고 있었던 거야. 거기에 보관하는 게 안전하다고 생각했지. 하지만 모든 것을 어떻게든 찾아내는 카밀레가 청소를 하다가 진공청소기로 그 봉지를 건드리게 되었어. 소동이 벌어졌지. "이거 어디서 난 거야? 넌 담배를 피우지 않잖아! 말해, 어디서 난 거야?" 그러고 나서 그녀는 비닐봉지를 아래쪽 거실 부엌으로 가져가 식탁에다 쾅 내려놓았고, 그 때문에 몇 갑이 미끄러져 나왔어. 그러고는 다시 질문이 쏟아졌지. "어떻게? 누구한테서? 어디서 난 거야?" 난 처음에는 입을 닫았어. 모두들 식탁에 둘러서 있었고. 카밀레, 타델, 파울헨, 맞아, 요르쉬도 거기 있었어. (그래!) 우리의 마리도 있었지. 하지만 난 아무 말 하지 않았어. 나의 단짝을 배반하고 싶지 않았거든. 그 당시 내 유일한 친구였으니까. 장담하지만 그 녀석은 정말 좋은 친구였어. 나와는 달랐어. 그 누구도 그 무엇도 두려워하지 않으면서 자신의 물건을 침착하게 만들었다고 말하는 게 감명 깊었어. 하지만 카밀레는 내가 입을 다물면 다물수록 더 몰아붙였지. 그때 담뱃갑들이 놓여 있던 식탁 둘레에 너희와 함께 서 있던 마리가 갑자기 그 멍청한 사진기를 들이대더니, 그것도 희극적인 자세로 엉덩이 부분에 걸치고는 서둘러서 필름 한 통을 전부 찍으며 킬킬거렸어. 사진을 찍고 나자마자 노인네가 그곳으로 왔던 거야. 너희 아버지가. "무슨 일이야?" 하고 묻자 마리가 대답했어. "곧 보게 될 거예요." 그러고는 그녀는 꼭 필요하다는 듯이 다시 다른 필름을 감아 찍었어. 때로는 사진 기를 배에다 대고, 때로는 엉덩이에다 대고, 그리고 때로는 식탁 위에 납작하게 엎드리기도 했어. 그러면서 미끄러져 나온 담뱃갑들을 사방에서 찍었던 거야. 그러고는 파울헨, 너도 알잖아, 네게 그리고 카밀레에게 말했어. 그리고 너희 아버지에게도 깜박거리며 눈짓을 했어. "나, 정말 긴장돼요. 영(素)에서 무엇이 나오게 될지."

하지만 우리는 거기서 아무것도 볼 수 없었어. 마리 아주머니의 박스가 무엇을 밝혀냈는지 아무도 몰랐어. 그리고 너, 파울헨은 에둘러서 말했어. "정말 뚜렷하게 나왔어. 그 둘이 어떻게……." 그리고 나중에 그 사진들을 보았을 게 분명한 아빠는 이렇게 말했지. "정말 놀라워! 진짜 전문가처럼 해냈어, 쇠 지렛대로, 한밤중에. 솜씨가 상당했어."

어쨌든 야스퍼는 (그 점은 이제 분명해졌지.) 이름을 밝히려고 하지 않는 그 단짝과 함께 밤에는 영업을 하지 않는 글뤼크 시의 한 주유소에서 담배 자동판매기를 털었던 거야. 너희들이 어떻게 해냈는지는 정말 헷갈려. 그러니까 너의 단짝이 해치운 거지. 사진들에도 분명히 나와 있듯이 너는 구경만 하거나 망을 보고 있었어. 아무도 오지 않았어. 그래서 너희 둘이서 아주 유유하게 자동판매기를……. 그래, 동전이 아니라 담배만 털었어. 다섯 종류였는지 일곱 종류였는지는 모르겠어. 그러고는 반반씩 나누었지. 너희가 나누는 모습을 볼 수 있었어.

그러고는?

너 틀림없이 따귀를 몇 차례 맞았을 거야, 아닌가?

카밀레한테 맞지는 않았을 거야!

내 말하지만, 상황은 더 안 좋았어. 난 여러 달 동안 내 용돈으로 분납해서 갚아야 했어. 근본적으로 잘된 일이었어. 카밀레는 자기 방식으로 사태를 바로잡았던 거지. 모든 행동은 익명으로 진행되었어. 노인네는, 그래, 너희들의 아버지는 그냥 웃기만 했어. "우리 야스퍼는 다시는 그런 일 하지 않을 거야. 그 일은 그만 잊어버리기로 하자고!"

지금도 그래, 나의 아빠는. 옛날에도 그랬고, 지금까지 그래 왔고, 하여튼 그래. 내가 프리데나우에서 살았을 때, 아마도 열한 살이나 열두 살 때 일이었을 거야. 당시에 우리 집이, 마리 아주머니가 말했듯이 '뒤죽박죽'이었을 때, 나는 우리 집의 모든 것이 혼란스러웠는지를 몰랐어……. 그때 나는 슈테글리츠의 카르슈타트에 살았던 내 친구 고트프리트와 물건 몇 개를 훔쳤어. 빗 하나, 손거울 하나, 그리고 자그마한 물건 하나였지. 하지만 백화점 경비가 현장에서 우리를 붙들었고 바로 경찰을 불렀어. 경찰은 나를, 그리고 작은 함에 든 손톱 가위를 가지고 나가려던 고트프리트를 빵빵! 경적 소리를 내고 푸른 등을 켠 채 집으로 데려갔지. 고트프리트는 원래 아주 호인이긴 하지만 또한 엄격하기도 한 그의 아버지로부터 흠씬 두들겨 맞았어. 고트프리트가 언어맞을 것을 예상했던 나는 우리 중 그 누구도 때린 적 없는 나의 아빠에게 아주 재빨리 "제발, 제발."이라고 말했어. "창문 앞에 가까이 가서, 아빠가 나를 세게 때리는 것처럼 해 주세요. 저 바깥 울타리 뒤에 서서 무슨 일이 벌어지는지 보고 있는 애들이 내가 고트프리트처럼 세게 얻어맞는다고 생각하도록 말예요." 그러자 아빠는 내 말대로 했어. 이유도 묻지 않고 말이야. 나를 창 앞에 꿇어앉히고는 그렇게 하는 시늉을 했어, 아빠가 나를……. 열 차례 이상. 다른 보통 집들과는 달리 우리 집에는 거리 쪽 창문에 커튼이 없었기 때문에 바깥에 있는 애들은 내가 엄청 두들겨 맞는다고 생각했지. 나는 소리까지 질렀어. 그래서 모든 이야기를 전해 들은 나의 친구 고트프리트가 확신을 했던 거야, 나의 아빠가 나를…….

그런데 야스퍼가 자기 단짝과 함께 쇠 지렛대로 훔친 담배들은 어떻게 됐니?

난 몰라. 나는 곧 너희와 헤어졌잖아. 나는 열여섯이 다 되어 가는 열다섯 살 때 일 년간 교환 학생으로 미국에 갔어. 내게는 정말 좋은 일이었지만, 파울헨에게는…….

마리 아주머니가 야스퍼의 담배들을 한 개비 한 개비 다 피워 버렸다고 생각하는 거야?

그렇게 상상해 볼 수도 있어. 아침 식사 전에 파이프에 끼워서 말이지.

함께 자동판매기를 털었던 내 단짝은 나중에, 아주 나중에 내가 바바리아에서 영화 제작을 시작하고 가족을 이루었을 때, 재무 관리가 됐어. 엘름스호른에서든가 아니면 피네베르크에서든가. 그러나 미국에서, 내가 모르몬 가족의 집에서…….

어쨌든 나는 타델과 함께 마을에 남았고, 완전히 외톨이가 된 기분이었어. 그 당시에 다시 새끼를 밴 우리 암캐마저 보지 못할 때면 말이야. 그 개는 새끼를 여덟 마리 낳았는데, 유감스럽게도 수의사가, 살아남은 두 마리를 빼고는 데려갔어. 틀림없이 주사를 놓아서…….

……미국의 모르몬교도 집에서는…….

나의 아빠는 제방 뒤 집에 혼자 앉아 무슨 일이 있어도 쓰던 책을 매듭지으려고 했어. 그래, 암쥐와 한배를 탄 네 여자 그리고 그 밖의 것이 나오는 책을 말이야.

플리쉬와 플룸이라고 불렀어. 나의 파울라의 꼬마들은 …….

모르몬교도 집에서는 그것이 예절이었어…….

그래서 마리 아주머니는 할 일이 거의 없었던 거야. 아마도 그래서 다시 술을 마시기 시작했겠지.

제방을 넘어 언제나 홀러베터른 방향으로 걸어갔다가 돌아왔어. 구름과 마른 쇠똥이 눈에 보이면 사진도 찍으면서. 비가 오나 눈이 오나 폭풍이 부나 늘 그랬어.

그 밖에도 나와 타델은 학교에서 헤매고 있었어.

그러자 너희들의 카밀레가 간단하게 결심을 내렸어. 떠나자! 짐을 꾸려! 우리 모두 함부르크로 이사를 간다…….

그래, 그곳에는 더 나은 학교가 있다고 했어. 어려움이 있는 학생들을 위한…….

왜냐하면 모든 모르몬교도들에게는…….

어쨌든 우리와 나의 개에게는 전면적인 위치 이동이었어.

훨씬 더 도시로 가고 싶어 했던, 다시 베를린으로, 그것도 벽돌집으로 이사를 가고 싶어 했던 아빠의 의견은 가뿐하게 다수결 원칙에 따라 거부되었어. 자신이 늘 '민주주의자'라고 말했던 아빠는 결정에 따라야 했어. 물론 쉽지는 않았겠지.

그러나 너희들의 가족 회의에서 다시 프리데나우로 가기로 결정했다면 나와 나나에게는 훨씬 더 좋은, 큰 도움이 되었을 거야…….

……하지만 우리 이웃들 사이에서는 안 좋은 소문이 돌았어. 내가 남몰래 원했지만 유감스럽게도 큰소리로 요구하며 입 밖에 꺼내지는 못한 것이었는데 말이야.

어쨌든 누구도 우리에게 물어보진 않았어. 그래, 누구도 그렇게 말로 하지는 않았지만 우리는 혼외 자식이었어.

그러나 내 말은, 너희들 모두가 함부르크로 가기 직전에, 그리고 야스퍼가 미국으로 가서 모르몬교도가 되기 전에 우리의 늙은 마리헨이 죽었다는 거야…….

그것도 시내에서…….

그렇지 않아! 사정은 전혀 달랐어. 내가 현장에서 직접 봤잖아, 무슨 일이 일어났는지를…….

그만, 파울헨! 그건 그냥 상상일 뿐이야…….

넌 꿈을 꾸었던 거야.

임종은 아주 정상적으로 이루어졌어. 카밀레가 우리에게 말해 주었잖아. 일부러 그 때문에 베를린으로 차를 타고 갔어. 왜냐하면 마리헨 곁에 있으려고 했으니까, 그 일이…….

그렇다면 다들 마리헨이 무엇 때문에 죽었는지 분명히 아는 거야, 아니면?

모두가 마을을 떠나 버렸고, 그녀는 제방 뒤 집에 혼자서, 냉장고 속 꽁꽁 얼어 버린 쥐와 함께 남아 있고 싶지 않았던 거지.

아니야, 마리헨은 나이가 많아 쇠약했어. 그 때문에 죽은 거야. 마지막에는 피골이 상접했다니까.

"손에 담을 만큼 아담한 마주르인 여성"이라고 아빠는 말하곤 했지.

하지만 멀리서 보면, 그래, 혼자서 제방 위에 있을 때 보면 꼭 처녀 같았어.

그녀의 한스가 있는 하늘로, 아니면 내게 종종 말했던 것처럼 '지옥으로' 가고 싶어 했어⋯⋯.

신부전이었어라고 카밀레가 말했어.

다들 제정신이 아니야, 다들⋯⋯.

이제 아버지는, 그녀에게 맞는 결말을 찾기 전에 다시 한 번 마리헨을 불러들인다. 그녀는 박스를 가지고 대기 중이다. 마지막 스냅 사진을 찍을 준비를 모두 마친 채.

그는 원래부터 마지막 부분은 문자 그대로 아이들에게 맡기고, 자신은 조심스럽게 설득 조로 참여할 예정이었다. 모든 아들딸이(그 맨 앞에는 쌍둥이가) 마리헨을 서로 다르게 경험했고, 좀 더 가까이에서 보고 싶어 했기에. 라라는 더 많은 비밀들이 있는 그대로 밝혀지기를 원하고, 나나는 너무 오랫동안 옆에서 기다려야 했기 때문에 추가적인 소원들을 말하고 싶어 하며, 딸과 아들 들은 제각각 다양한 방식으로 결말을 구성할 예정이었다. 아버지라는 사람은 어쨌든 남은 부분만을 마저 처리하면서.

모든 것은 고통스럽게, 때로는 좀 더 고통스럽게, 때로는 좀 덜 고통스럽게 표현되어야 마땅했다. 그러나 확실한 것은, 종말이 올 때까지 마리헨은 언제나 같은 자세로 사진을 찍었다는 점이다. 심지어는 풀쩍 뛰어오르며 찍기도 했다. 마리헨과 그녀의 박스가 없었더라면, 아버지는 자신의 아이들에 대해 더 잘 몰랐을 것이고, 기억의 실타래는 너무도 자주 끊어졌을 것이다. 그리고 그의 사랑은 더 넓게 열린 뒷문을 발견하지도 못했을 것이며 (제발, 뒷문을 닫지 말아 다오.) 암실 이야기들도 더 이상 없었을 것이다. 지금까지 침묵했거나 암시만 되었던 이야기들을 되돌아보지도 못했을 것이다. 예컨대 석기 시대에, 대략 만 이천 년 전에 기아가 닥쳤을 때, 작은 사진 여덟 장에서 아들과 딸 들은 한 무리가 되어 아버지를 (아마도 그의 소원에 따라) 부싯돌로 만든 도끼를 휘둘러 때려잡았고, 쐐기 도끼로 그의 몸을 세로로 갈라 심장, 간, 콩팥, 비장과 위장 그리고 그의 창자를 끄집어내고, 그를 여러 부분으로 나누어 한 조각 한 조각 불 위에서 천천히 익혀 바싹바싹해지게 만들고, 그러고 나서는 마지막 사진들에서처럼 모두들 배가 불러 만족스러워했던 것이다……

하늘 저 높은 곳에서

마지막으로 파울헨이 초대를 했고, 모두들 정확한 시간에 도착했다. 그는 브라질 여성과 결혼했는데, 그녀는 최신 유행을 기획하고 재단하는 것을 배우느라, 너무 먼 마드리드에 있었다. 그 때문에 그는 자기 집이 아니라 항구 가까이에 있는 한 포르투갈인 집에서 밥을 먹자고 제안했다. 함부르크의 다른 식당들과 비교하면 정말 저렴한 곳으로, 그가 미리 주문을 해 놓겠다고 했다.

마침내 때가 되었다. 그릴에 구운 정어리에 빵과 샐러드가 있다. 빈호 베르더 포도주가 싫은 사람은 자그레산 맥주를 마신다. 모두들 파울헨에게 경탄을 금치 못한다. 그가 포르투갈어로 주문을 하기 때문이다. 초저녁이라 음식점은 한산한 편이다. 벽에는 그물들이 걸려 있고, 바싹 마른 불가사리들이 그물을 장식하고 있다. 나나는 식사 도중 복잡한 출산 과정을 진땀이 날 만큼 세밀하게 설명한다. "제왕 절개 수술 없이 성공!" 라라의 질문에 레나는 불평을 늘어놓는다. 극장에서는 꺼내지 못하던 얘기들이다. "하지만 그런 식으로 뚫고 나가는 거야……."

커피를 마신 후 ("오이토스 비카스, 파스 파보르!" 하고 파울헨이 웨이터에게 소리친다.) 나나의 실질적인 도움을 받아 몇 주 전에 딸을 얻은 타렐은 자기 아이의 우스꽝스러운 발성을 흉내 낸다. 야스퍼는 아이가 머리카락 하나까지 제 아빠를 빼닮았다고 한다. 이제 그는 모두의 독촉을 받는다. 다시 한 번 '예전에 마을에서'라는 그의 단골 이야기를 하라고. 그는 원래 '하고 싶지 않아 하는 타입'이지만 마침내 승낙을 하고 갈채를 받는다.

이제는 라라조차도 다른 이의 요구에 어린 시절에 했듯이 '모르모트'처럼 꽥꽥거린다. 나나가 가장 길게 웃으며 소리친다. "제발, 한 번 더!" 파울만이 진지하게 정신을 집중하고 있다. 무언가를 준비하고 있는 듯하다. 무조건 쏟아져 나오려 하지만, 망설이고 있는 그 무언가를.

다행스럽게도 모두들 어떤 식으로든, 팟을 선두로 하여, 말을 하고 싶어 한다. 모두의 눈앞에서 요르쉬가 마지막으로 마이크를 설치하는 동안, 그의 쌍둥이 형이 질문을 던진다. 형제자매 중 유명한 아버지 때문에 가장 힘들어했던 사람이 누구냐고. 하지만 그 누구도 과도하게 상처를 입었다든가 아버지 명성의 희생물이 되었다고 말하진 않는다. 라라는 어린 시절에 아버지에게 친필 서명을 한 묶음이나 요구했던 이야기를 한다. "아빠는 내게 머리를 흔들며 서명 종이를 열두 장 건네주었어. 그러고는 물었어. '내 딸아, 그런데 왜 그렇게 많이 필요한 거니?' 그래서 내가 말했지. '아빠의 서명 열두 개를 줘야 하인체의 서명 한 개를 얻을 수 있어요.'"

아빠가 그 교환에 대해 실망했는지 아니면 큰 소리로 웃었는지는 그녀도 기억하지 못한다. 그리고 아버지가 하인체 슐체의 「마마치, 내게 망아지 한 마리를 다오」를 부르려고 했다는 것도 기억하지 못할 것이다. "아빠는 그러고는 다시 위층에 있는 입식 책상으로, 사랑하는 올리베티 타자기에게로 갔어…….”

　이렇게 말하고 라라는 오빠인 팟에게 발언권을 넘긴다.

　아버지는 지금도 그렇고 과거에도 늘 그랬어. “일은 될 정도
로 해야 하는 법이야.”라고. 우리 모두는 그 말을 이해할 수 있었
어. 아버지가 어렸을 때 짧은 바지를 입고 다녔고, 나중에는 죽도
록 일해야 했던 이야기를 들었으니까. 빌어먹을 나치 시절 이야기
지. 아버지가 전쟁에 대해서 알던 것, 두려워했던 것, 또 살아남게
된 이야기들. 그러고 나서는 도처에 폐허들이 즐비했을 때, 아버지
는 심지어 쓰레기를 뒤져 굶주림을 해결해야 했어……. 프리데나
우의 벽돌집 위층에서든, 시골 교구 관사에서든 혹은 제방 뒤 집
에서든, 그리고 지금 벨렌도르프에 있는 그의 누추한 집에서든 그
는 입식 책상 앞에서 혼자서 무언가를 긁적거리거나 자신의 올리
베티를 쪼아 댔어. 이리저리 왔다 갔다 하며 담배를 피웠고 (처음
에는 손수 만 담배를, 나중에는 파이프 담배를) 단어들을 그리고 촌충
처럼 기다란 문장들을 중얼거렸고, 내가 그러는 것처럼 인상을 찌
푸리기도 했어. 우리 중 하나가, 나나 나의 아체 아니면 라라, 네가
혹은 너희 마을에 사는 어린애들 중 하나가 혹은 타델이 바로 곁
에서 들여다보아도 그는 전혀 눈치를 채지 못했어. 다시 무언가를
만들면서 열중했으니까. 나중에는 레나와 나나조차도 그가 파김치
가 될 정도로 일해야 한다는 게 한 권 한 권 책을 만드는 일을 의
미한다는 걸 알게 되었어. 그리고 중간중간에 다른 일도 맡아야
했어. 멀리 길을 떠나 여기저기서 연설을 하거나 자신을 방어해야
했어. 왜냐하면 우파나 완전히 좌파 쪽에서……. 그리고 우리가 위

로 올라가 무언가를 요구할 때면, 우리 모두에게 귀를 기울이는 것처럼 행동했어. 심지어는 답변까지 해 주었지. 하지만 우리는 아버지가 자기 안에서 끊임없이 재깍거리는 것에만 귀를 기울인다는 것을 어렴풋이 느낄 수 있었어. 아버지는 내게 이렇게 말했어. 물론 아직 어렸던 너희들에게도 말했을 거야. "노는 것은 나중에, 내가 시간이 날 때. 하지만 우선은 기다려 주지 않는 일부터 끝내야 해⋯⋯."

그래서 아버지는 거의 개의치 않았던 거야. 신문 글쟁이들이 거듭해서 까 대도⋯⋯.

⋯⋯책이 한 권 나올 때마다 거의 매번 그랬어⋯⋯.

그는 그런 것들이 아무렇지도 않다는 듯이 행동했어. "어제 이미 내린 눈일 뿐이야." 하고 말했지.

그럼에도 아버지의 유명세는 변함이 없었어. 이따금 귀찮기도 했지. 거리에서 사람들이⋯⋯.

선생들이 우리를 향해 허튼소리를 마구 지껄일 땐 고통스러웠어. "이번 일의 경우, 넌 꼭 알아야 해, 네 아버지는 의견이 전혀 다르다는 걸⋯⋯."

우리 마을에서 아빠는 여러 차례 모욕을 당하기도 했어. 술취한 사람들에게서뿐만 아니라, 크뢰거 가게에서 물건을 사면서도 그랬지⋯⋯.

그 대신 외국에서는 어딜 가나 정말 인기가 좋았어. 심지어는 중국인들에게도⋯⋯.

그리고 우리의 마리헨은 군중이 아버지에게 욕설을 하면, 이렇게 대꾸했어. "이 들개들! 짖으려면 계속 짖어. 우린 계속할 테니까."

그렇게 마리헨은 박스를 가지고 아버지의 일을 준비했던 거야. 마지막까지!

심지어 마리헨은 아버지의 담배꽁초를, 나중에는 파이프 담배들을, 그리고 어지럽게 쌓인, 다 탄 성냥개비들이 가득한 재떨이를 찍기도 했어. 왜냐하면 (요르쉬와 내가 마리헨에게서 들었어.) 그런 것들이 우리 아버지에 대해 더 많은 것을 알려 준다는 거야. 아버지 자신이 인정하거나 혹은 자신에 대해 알려 하거나 혹은 알 수 있는 것보다.

아버지는 자신의 틀니를 꺼내어 생생하게 보이도록 접시에 담아야 했어. 마리헨이 그걸……

그녀는 배를 깔고 바닥에 엎드렸어. 그러고는 자신의 아그파 스페셜 혹은 보급형 박스로 아주 가까이서…….

한번은 브로크 마을에서 (그곳에 핵미사일 발사대가 세워지기 전 일이었어.) 아버지가 맨발로 엘베 강변을 걸어가자, 마리헨이 모래에 남은 그의 발자국을 찍는 걸 보았어. 한 걸음 한 걸음. 정말 미친 짓처럼 보였지.

그리고 그는 (순전히 사랑하는 마음 때문에 그랬을 테지.) 오줌을 누어 카밀레의 이름을 모래에다 새겼고, 마리는 그것을 스냅 사진으로 찍었어.

자! 찍어요, 마리헨!

마리는 극단적으로 아버지에게 의존했어, 재정적으로뿐 아니라, 다른 면에서도…….

……아버지도 마리 아주머니에게 의존했어. 언제나 그랬지.

너희들의 카밀레가 있는데도!

심지어는 우리 엄마 앞에서도, 말하자면 야생 시절에······.

그래, 아체. 마리헨은 아주 초기에 아버지의 애인이었을 수도 있어. 하지만 그게 어쨌다는 거야!

죽기 직전까지 마리헨은 언제나 귀여워 보였어······.

어쨌든 아버지는 자주 이렇게 떠벌렸어. "우리의 마리가 없었다면 내가 무얼 할 수 있었을까!" 그래서 우리는 생각했어.(나는 어쨌든 그렇다고 생각했고, 요르쉬는 덜한 편이었지만.) 아버지와 아주머니 사이에 무슨 일이 있었을 거라고, 비밀리에. 하지만 우리 어머니는 아무 눈치도 못 챘거나 아무것도 모르는 것처럼 행동했어. 나중에 너희들의 카밀레가 그랬던 것처럼······.

누구도 장담할 순 없지, 두 사람 사이에 무슨 일이 있었는지는······.

나는 그럴 수 있다고 생각해. 내가 유기농 농장 마구간에서 암소를 스무 마리 이상 키우고, 농장에서 직접 팔거나 괴팅겐 주일 시장에서 팔려 나갔던 나의 치즈를 만들고 있을 때 물었더니, 이런 대답이 돌아왔거든. "이런 특별한 유형의 사랑은, 그것이 별도로 진행되고, 섹스와는 상관없기 때문에 오히려 지속적으로 유지될 게 분명해······."

아버지가 쾰른으로 나를 방문했을 때였어. 아마도 베데에르 방송국에서 내가 제대로 실습을 하고 있는지 알아보기 위해서였을 거야. 나는 이런 말을 들었어. "내가 사랑했거나 여전히 사랑하는 모든 여자들 가운데, 마리헨만은 나에게 새털만큼도 무언가를 요구하지 않으면서도 모든 걸 주는 유일한 여자야······."

고맙기도 하겠군! 그 안에 있는 폭군적 남성이 다시 그런 말을 한 거야. 나는 마리가 극단적으로 아버지에게 의존하고 있었다고 이미 말했어. 유감스럽지만 말하지 않을 수 없어. 아버지는 마리를 실컷 부려먹은 거야. 마리와 무언가 직접적인, 말하자면 육체적인 관계를 가진 것은 거의 아닐지 몰라도. 내가 연극 학교에 지원하기 위해 사진들을 아주 긴급하게 필요로 했을 때, 마리가 내게 솔직하게 털어놓은 적이 있거든. "레나, 나는 네 아빠를 위해서 모든 것을 해. 네 아빠를 위해서라면 나의 박스를 가지고 나가서 악마라도 찍을 거야. 악마 또한 하나의 인간일 뿐이라는 것을 그가 보도록 하기 위해서라면 말이야." 그런 그녀가 나를 찍어 만든 것은 정말 정상적인 원서용 사진이었어.

하지만 나는 마리 아주머니를 전혀 다르게 봐. 카밀레와 아빠가 어디론지는 모르지만 다시 여행을 떠나고, 마리가 야스퍼, 파울헨 그리고 나를 감독해야 했을 때, 그녀는 학교 버스가 오기 바로 직전에 아침 식사를 하면서 내게 이렇게 말했어. "너도 네 아버지만큼이나 못돼 먹었어. 언제나 나만! 나만! 나만! 하잖아. 다른 사람은 당연히 차별을 하면서 말이야."

나는 다른 면모를 알고 있어. 그러니까 나의 요기가 아직 살아 있을 때였어. 더 이상 지하철을 갈아타고 다니지도 못하고, 늙어서 쇠약하고 반쯤 눈도 멀었을 때 마리 아주머니가 내게 진솔한 고백을 했어. "내 말을 들어 보렴, 귀염둥이 라라. 네 아버지는 나의 한스가 임종 침상에 누워 있을 때 약속했어. 무슨 일이 일어나도, 설사 돌멩이가 비처럼 쏟아진다 해도 나를 돌보겠다고 말이야."

그렇구나, 정말 뒤죽박죽이야! 모두들 다르게 말해서 나도 어떻게 생각해야 할지 모르겠어. 우리가 마리 아주머니와 지낸 건 유감스럽게도 아주 가끔이었어. 그때, 회전목마를 탔을 땐 정말이지 너무 좋았어. 우리 셋이 꼭 붙어 공기를 가르며…… 그리고 나중에, 아직 장벽이 있을 때 아주머니는 바로 그 앞에서 우리 사진을 찍기도 했어. 하지만 난 언제나 그것만을 그리워했어. 나의 아빠와 내가 함께……. 아니야, 거기에 대해선 차라리 말하지 않는 게 낫겠어. 그러나 우리의 아빠를 안다고 생각하는 나의 엄마는 언제나 이렇게 생각했어. 마리 아주머니는 그에게 어머니를 대신하는 존재야, 왜냐하면 그의 엄마는…….

다들 이러쿵저러쿵했지만 실은 이런 면도 있어. 내가 암실에서 그 곁에 서서 현상하는 것을 지켜보고 있을 때, 마리가 아주 분명하게 털어놓았어. "노인네는 '찍어요, 마리헨.' 하면서 자기가 얻을 것을 얻었어. 하지만 내가 사랑하는 것은 나의 한스뿐이야. 그 인간도 다른 남자들과 마찬가지로 나쁜 놈이었지만."

좋아, 좋아! 나도 그런 유치한 이야기를 할 수 있겠지……. 어쨌거나 우리도 아이들을, 그것도 잔뜩 가졌어. 라라 혼자서만 다섯씩이나. 그 애들도 마리헨이 죽었을 때 이야기가 어떻게 진행되었는지 말하도록 하는 게 낫지 않을까. 좋아, 우리한테도 제대로 된 것도 있고 잘못된 것도 있는 법이니까…….

물론 그녀는 이따금 "저런 저런!"이나 "완전 뒤죽박죽이야!"라고 말했어.

내가 보기에, 다들 괜한 소리를 하는 거야. 뒤죽박죽이 실제로 무얼 뜻하는지도 모르면서.

요르쉬의 경우는 아내 그리고 여자애들과 아주 정상적으로 잘 지내잖아…….

어쨌든 겉으로 보기엔 그래.

그리고 타델, 너도 마찬가지고.

어디서나 거센 여자들이 발언권을 쥐는 법이지.

야스퍼의 경우가 그렇지. 그 멕시코 여자는 모든 걸 자기 뜻대로 해.

노인네의 카밀레처럼 말이야.

그들에겐 이제 손자손녀가 열여섯이나 돼. 이제 막 태어난 타델의 아이를 포함해서 말이야. 그리고 레나도 연극 일을 쉬면 곧 애를 가질 테고, 파울헨과 나나도 마찬가지야. 그렇게 되면 야스퍼도 이미 그럴듯하게 표현했듯이 애들이 우리를 나무라겠지…….

저런! 차라리…….

하지만 어차피, 모두들 뒤죽박죽이잖아, 우리처럼…….

다만, 우리 아이들에겐 마리 아주머니가 없어. 사진기를 들고 무엇이 그들의 은밀한 소원인지, 과거에 무슨 일이 있었고, 앞으로 무슨 일이 일어날지를 찍어 주는 마리 말이야. 자신의 여든 번째 생일을 맞아 지금처럼 우리 모두를, 우리는 물론이고 심지어 그 자신조차도 빼놓지 않고 가차없이 녹음기 앞에 데려다 놓는 아빠의 소원까지도 찍어 주는…….

그렇지 않아! 이전에 이미, 아버지가 일흔 살쯤 됐을 때였어. 남자애들*은 연미복에다 가슴 부분을 빳빳하게 다린 셔츠를 입고, 여자애들**은 발목까지 오는 벨벳과 비단옷을 걸치고 스톡홀름에

---

* 귄터 그라스의 손자들을 가리킨다.
** 마찬가지로 그라스의 손녀들을 가리킨다.

모여 있을 때, 우리* 중 누구도 원하지 않았지만 아버지는 우리 모두에게 기억나는 대로 무슨 말이든 쏟아 놓으라고 했어. 자유롭게, 아무것도 개의치 말고.

하지만 아무도 그렇게 하지 않으려고…….

그래도 그는 나와 함께 춤을 추었어. 성(城)의 밴드가 최신풍 딕시랜드를 연주했고 나도…….

…… 그는 카밀레와도…….

그래, 블루스를 추었지.

우리는 놀란 눈으로 바라보았어, 두 사람이 아직도…….

마리헨이 현장에 없었던 게 유감이야.

그래! 그녀의 소원 성취 박스와 함께 말이야.

내기할까? 그랬더라면 마리헨은 틀림없이 섬뜩한 죽음의 무도회 장면이 담긴 기이한 스냅 사진들을 찍었을 거야. 우리 모두는 해골처럼 풀쩍 뛰었겠지. 팟의 뼈대가, 그래, 분명해, 맨 앞에서 풀쩍 뛰어오르고.

마리헨이 아그파로 찍었던 모든 음화(陰畵)들과 현상된 사진 1000여 장은 어떻게 됐을까. 내가 생각하기로, 마리헨이 처음에는 카를스바트의 우리 집에서, 그러고 나서 우리의 벽돌집에서 혼자 이소크롬 롤필름에다 찍었던 것들은…….

1000여 장 이상의 보물이었는데…….

아빠에겐 아무것도 남아 있지 않은 것 같아. 한번은 내가 이렇게 물었거든. "멋진 가족 앨범이 되겠어요, 안 그래요? 예를 들면

---

* 그라스의 자식들을 가리킨다.

나의 요기가 지하철을 타고 다니는 그 모든 사진들 말예요……."

……우리가 석기 시대 사람처럼 등장하는 사진도 있잖아. 텁수룩하게 털이 나고, 뼈다귀를 갉아 먹고 있는…….

……타델이 고래잡이배에서 소년 수부로 등장하는 사진도 있고, 높은 파도에…….

……요르쉬가 비행 자동차를 타고 프리데나우의 지붕들 위를 나는 사진도 있어…….

내가 아빠와 엄마 사이에서 회전목마를 타는 멋진 사진도…….

그래, 나나! 아버지가 원했거나 혹은 두려워한 것들이 찍힌 사진이었어.

우리의 마리가 베벨스플레트의 마을 교회에서 사과를 활로 쏘는 오래된 그림을 연속으로 찍은 사진도 있어. 파울헨이 소년으로 등장했는데, 멍청한 백작 하나가 농부인 헤닝 불프에게 소녀의 머리 위에 놓인 사과를 맞히라고 강요했던 거지…….

……그런데 그 헤닝 불프는, 분명해, 다시 봐도 아빠를 닮았어. 석궁으로 쏠 활을 하나 더 입에 물고 있었고…….

……그 활은 누구누구 백작을 쏘기 위한 것이었지. 첫 번째 활이 빗나갈 경우에…….

빌헬름 텔의 북독일판 복사본이야, 그 사람, 이름이 뭐였더라?

어림도 없는 말이야, 아체! 역사적으로 볼 때, 스위스에서의 사과 쏘기 사건보다 전에 있었던 일이야.

쥐들이 나오는 사진들 그리고 우리의 어머니들이 한꺼번에 작은 범선을 타고 발트 해에서 비네타를 향해 이리저리 항해하던 사진들은 어떻게 된 거야. 장신구를 주렁주렁 매달고 너무도 아름다운 옷을 입고……

내가 가족 앨범 이야기를 꺼냈을 때 아빠는 거부의 말을 했어. "거기서 사용할 수 있는 건 내가 이미 다 썼어. 가능한 한 빨리. 왜냐하면 시간이 조금만 지나도 인화지들이 모두 바래거든. 음화는 점점 희미해지다가 결국엔 아무것도 남지 않게 돼. 그 때문에 불가능한 거야."

아버지는 정말 애통해했어. "이런저런 사진들이 없다는 게 정말 아쉬워. 예를 들어 기계로 작동하는 허수아비들을 찍은 초기 스냅 사진들 같은 것 말이다. 그리고 전쟁 말기에 동쪽에서 서쪽으로 달아나며 달리고 또 달렸던 개가 나오는 일련의 사진들도. 그런 것들이 문서 보관실에 있다면 얼마나 좋을까."

내가 끈질기게 조르자 아버지는 이렇게 대답했어. "그렇다면 파울헨에게 물어봐라. 그 애는 암실에서 마지막까지 마리 곁에 죽치고 있었잖아. 어쩌면 파울헨은 쓸 만한 자료를 가지고 있을지도 몰라."

그랬구나!

나도 비슷한 생각을 했어.

그게 아버지의 단순한 추측일 뿐인지도 알고 싶어. 마리헨이 필요할 때마다 자기 오줌을 작은 컵에 가득 받아 현상 용기에 부었다는 사실 말이야. 왜냐하면 그래야……

얼른, 파울헨! 얼른 말해 봐……

난 아무것도 몰라. 아무것도. 모두들 잘못 생각하는 거야. 마리헨의 특별한 오줌 이야기는 스스로도 믿지 않잖아. 아버지가 문득 그런 생각을 한 거야. 중세에는 마녀들이……. 그건 정말 말도 안 되는 소리야. 우리는 용기에 든 지극히 정상적인 현상액을 사용했어. 속임수와 야바위 같은 건 쓰지 않았어. 우리의 마리는. 다만 이전부터 남아 있던 음화들은 마리헨이 없애 버렸어. "저건 악마의 도구야!"라고 소리치며 어느 날 결심을 하더군. 우리 둘만 제방 뒤 집에 있을 때였어. 그녀는 이전부터 남아 있던 모든 것을, 그래, 모든 음화들을 통 속에 던져 넣고는 성냥불을 갖다 댔어. 불길이 타올랐고 모든 것이 서서히 타 버렸지. 결심을 한 바로 다음 날 일이었어. 카밀레가 함부르크로 이사를 하려 했기 때문이야. 우리를 위해…….

마침내 따분한 시골에서 벗어났지!

슈바넨비크에서 우리 생활은 절대적으로 더 나아졌어. 이제 숙제도 충분히 해결할 수 있었지. 어쨌든 빌스터에 있을 때와는 비교가 되지 않았어.

하지만 마리에게 마을을 떠나 이사를 한다는 건 감당할 수 없는 일이었고, 그래서 병이 들었지. 바싹 마르는 병에 걸린 것 같았어…….

그러고 나서 아빠는 유감스럽게도 그 오래된 교구 관사를 한 문화재 당국에 기부해 버렸어. 작가들이 저 위층 꼭대기에서 혹은 녹회색 타일로 치장된 아름다운 방에서 무언가를 생각해 내도록 하기 위해서였지. 하지만 모든 것이 없어지고 나자 너희들의 마리 아주머니는 극단적으로 새로운 그 환경에 제대로 적응하지 못하고 정식으로 마을을 떠나 도시로 갔어. 그곳에서 그녀는 완전히 혼자가 되어, 쿠담 근처에 있는 너무도 큰 아틀리에에서 살았지. 하지만 차츰 병이 들었고 점점 더 심해지다가 결국엔……

정말 안 좋았어, 신장이……

병원으로 실려 갔지.

하필이면 마리헨에게 일이 닥친 거야. 한 번도 아픈 적이 없어 스스로를 '질긴 고기'라고 했는데……

카밀레는 그녀에게 독방을 마련해 주었어.

하지만 마리헨은 수녀들이 시중을 드는 그 가톨릭 병원에서 침대 위 벽 쪽에 십자가가 걸려 있는……

……마리 아주머니가 한 수녀를 향해 십자가를 던졌다지……

……그 수녀가, 병구완을 위해 늘 그러듯이 발을 씻어 주려고 했기 때문이야……

아니야. 십자가를 던진 것은 수녀가 이렇게 말했기 때문이야. "제발, 제발! 우리는 깨끗한 발로 주님 앞에 나아가야 해요."

바로 그 때문에 아주머니는 분노했고, 자제력을 완전히 잃은 상태에서 십자가를 벽에서 떼어 수녀의 머리를 거의 맞힐 뻔했던 거야……

그게 마리헨이야!

광기 가득한 그 이야기를 아주머니는 바로 다음 날 카밀레에게 해 주었어.

그러고 나서도 마리 아주머니는 이런 말을 했다고 해. "유감이야. 나의 박스만 수중에 있었더라면 그 추악한 년을, 주님이 창조했던 그대로 벌거벗긴 채 파인더에 담아 몇 장 찍을 수 있었을 텐데……"

그러고는 죽었어, 바로 며칠 뒤에.

……두 발은 씻지 않은 채 그대로.

그녀의 한스가 있는 첼렌도르프 수림 묘지에, 당연한 일이지.

그래, 모두 슬픈 일이야…….

그런데 우리의 마리헨은 몇 살이었어?

아무도 몰라. 아버지도 정확한 나이는 몰랐어.

무언가 일이 비틀리거나 너희 중 하나가 타델처럼 행동할 때 그녀는 정말이지 격분할 줄 알았지.

레나와 내가 듣기로 아주머니는 정말 평화롭게 임종했대…….

……역이 아닌, 자신의 침대에서…….

죽은 모습은 영락없는 소녀였다더군.

유감스럽게도 우리 중 누구도 그 자리에 없었어. 아주머니가 죽었을 때, 불쌍한 여인…….

아빠도 없었어.

아주 고독하게 혼자서…….

아냐, 아냐, 아냐! 전혀 사실이 아냐. 시내에서도, 마을에서도 아니었어. 제방에서 일어났던 일이야, 폭풍우에…….

좋아, 파울헨, 얘기해 봐…….

나는 그 자리에 있었어. 계속해서 소리쳤지. "이제 돌아가요, 마리헨!" 하지만 그녀는 걷고 또 걸었어, 홀러베터른 방향으로. 엘베 강 제방으로. 저지대 위로 하늘은 정말 맑았어. 하지만 폭풍우의 세기는 최소한 10은 되었어. 12까지는 아니더라도……. 이번에는 동풍이었어. 보통 때의 북서풍이 아니라. "이제 오른쪽으로요, 마리헨!" 하고 나는 소리를 질렀지. 하지만 그녀는 폭풍우를 즐기는 것 같았어. 맞바람을 맞으며 쓰러질 듯 걸었어. 나도 마찬가지였고. 개만은 더 이상 가려 하지 않았지. 슈퇴르 강 제방이 엘베 강 제방과 마주치는 곳까지 우리는…… 하지만 파울라는 이미 사라지고 없었고. 만조였어. 강에는 배들도 거의 없었어. 일요일이었으니까. 아까 말했지. 마리헨이 이전의 모든 음화들을 통에 담아 없앴다고…….

불꽃이 타올랐다고 그랬잖아.

하지만 여기 엘베 강 제방에서는 폭풍우가 모든 것을 휩쓸어 버렸어. 그 때문에 우리는 저 너머를 투명하게 볼 수 있었어. 엘베 강 하류 쪽으로 그리고 법안 통과에 따라 핵 발전소를 짓기 위한 기중기가 벌써 서 있던 브로크 마을까지. 그러다 돌풍이 연달아 불어와 아무것도 보이지 않게 됐어. 내가 소리쳤지. "마리헨! 그러다가 날아가겠어요!" 하지만 어느새 그녀는 날아가고 있었어. 간단히 몸이 붕 떠 버린 거야. 거센 돌풍이었던 게 분명해. 가벼운 그녀의 몸을 돌풍이 끌어당겼어. 그녀는 날아올랐고, 제방 위로 곧장 떠올랐다가, 거의 수직으로 높이 올라갔어. 하나의 선으로 보였다가 점으로 보이더니 사라져 버렸어. 하늘이 삼켜 버린 거야……. 내 말하지만, 하늘은 파랬어. 정말 파랬어. 구름 한 점 없고. 텅 빈 파란색이었어. 그런데 갑자기 무언가가 떨어졌어. 내 발 바로 앞에. 그래, 하늘에서 내 발 바로 앞으로 떨어진 거야. 마리의 박스와 목 끈이었어. 그 자리에, 그래, 하늘에서 떨어진 것처럼. 하지만 그렇게 떨어졌는데도 한 군데도 망가진 데가 없었어. 제방 위 바로 그 자리에 서서 위쪽을 계속 쳐다보았더라면 내가 직통으로 맞을 뻔했지. 우리의 마리헨이 곧장 하나의 선이 되었다가 점이 되고, 그리하여 사라져 버린, 완전히 사라져 버린 쪽으로…….

파울헨다운 말이야.

몽땅 지어낸 이야기야!

넌 이야기를 완전히 날조했어.

아니면 다시 꿈을 꾸고 있거나…….

하지만 아름다운 그림이야. 너희들의 마리 아주머니가 하늘 높은 곳으로 간단히 사라져 버렸다는 건…….

그러고는 그녀의 박스가 다시 떨어졌고…….

충분히 상상할 수 있어. 그녀가 폭풍우 부는 날에 두말없이 하늘로 날아가 버렸다는 이야기는…….

그녀는 깃털처럼 가벼웠어.

계속해, 파울헨!

다른 데로 빠지지 마.

그래, 제발, 파울헨! 그러고는 어떻게 되었니?

나는 처음에는 멍하게 그 자리에 있었어. 너 돌았구나 하는 생각이 들었어. 넌 꿈을 꾼 거야라고. 하지만 제방 위 그 자리엔 마리헨의 아그파뿐만 아니라 신발도 있었어. 양말이 그 안에 든 채로. 아까는 잊어버리고 말을 안 했군. 그녀가 하늘로 떠오르고 내가 "마리헨!" 하고 소리를 질렀을 때 (그녀는 이미 날아가고 있었어.) "그래도 발은 깨끗해야지!" 하고 그녀가 소리쳤던 걸 말이야. 어쨌든 나는 마리헨이 맨발로 하늘 위로 날아가 점점 더 작아지는 것을 보았어. 맞아. 난 아무것도 할 수 없었어. 나는 몸을 수그려 양말이 든 신발, 그리고 아그파 박스를 집어 들고 목에 메고는 이제는 순풍을 맞으며 마을로 돌아왔어. 제방 길이 아니라 샛길로. 그러고는 길을 따라 교회 탑 쪽으로 곧장 왔어. 나는 어찌할 바를 몰랐어. 타델은 어디선가 자기 아내하고 지낼 게 틀림없었고, 야스퍼는 벌써 미국으로 떠나 모르몬교도들하고 함께 있었고, 카밀레는 노인네와 함께 홀슈타인에서 선거 유세를 하고 있었으니까. 그래서 나는 제방 뒤 집으로 와 즉시 암실로 들어갔어. 그녀가 끼워 넣은 롤필름에 무엇이 나타나 있는지 보고 싶었던 거야. 마리헨은 떠나기 전에 이렇게 말했거든. "제방 위에서, 공기를 좀 찍어 보고 싶어. 바깥엔 폭풍우가 멋지게 불고 있잖아. 같이 갈래, 파울헨?" 그래. 나는 확인할 수 있었지. 필름에는 무언가가 찍혀 있었어. 나는 그녀에게 배운 대로 그걸 현상했지. 처음에 나는 내가 정신이 이상해지거나 무언가 현상 과정이 잘못되었다고 생각했어. 마리헨은 멀리 날아가면서 맨발이었고, 위쪽에서 아래쪽을 내려다보았어야해. 여덟 장 모두 선명하게 찍혔는데, 높은 곳에서 아래로 내려다보는 건 맞지만, 점점 더 높은 곳으로 올라가는 거야. 정말이지 말도안 되게 어지러운 각도였어…….

그런데? 마을은 보였고, 조선소는?

오래된 교구 관사와 그 뒤쪽의 묘지는?

내가 본 것은 미래였어. 사방이 물이었어! 제방은 물이 넘쳐 전혀 보이지 않았고 조선소도 안 보였어. 마을에서 보이는 건 교회 첨탑뿐이었어. 그리고 브로크 마을에서는 냉각탑 상부처럼 보이는 무엇인가가 솟아 있었지. 그 밖에는 온통 물뿐이었고, 배도 없었어, 아무것도. 몇 사람을 태워 그 목숨을 구할 수 있는 뗏목도. 다들 마리헨이 찍은, 우리 여덟 명 모두가(그래, 레나와 나나, 너희들을 포함해서) 뗏목 위에 쪼그리고 앉아 있는 일련의 사진들 알지? 그녀가 우리를 석기 시대로 옮겨 놓아 모두들 털이 텁수룩한 채로 커다란 뼈다귀와 생선 등뼈를 핥아먹는 사진들 말이야. 그 당시에도 비슷한 홍수가 있었는데, 다행히도 우리는 운이 좀 좋아 살아남았던 거야. 하지만 이번에는 아무도 살아남지 못했어. 아니면 모두들 (희망 사항에 불과하지만) 사전에 알아차리고 대피를 했던가. 물이 차오르고 또 차올라 (지금까지 텔레비전에서만 보았던 것처럼) 제방을 휩쓸고, 그리하여 저지대 전체를, 빌스터 저지대뿐만 아니라 크렘페 저지대까지 완전히 덮어 버리기 전에 말이야. 마리헨이 마지막으로 찍었던 것은 너무도 슬픈 장면이었어. 그래서 나는 그녀의 암실에서 울었어. 울 수밖에 없었어. 그녀는 이제 사라져 하늘나라로 가 버렸으니까. 남은 건 신발과 양말뿐이었어. 나의 파울라는 킁킁거리며 그 냄새를 맡다가 이윽고 낑낑거렸지. 홀러베터른 직전까지 갔다가 돌아와 아무것도 알지 못했잖아. 그리고 또 울어야 했던 것은 마지막 사진들에서 우리의 미래가 너무도 슬픈 모습이었기 때문이야. 물뿐이었어, 온 천지에 물뿐. 그러고 나서 나는 암실을 깨끗이 치웠어. 마리헨의 작업장은 정리 정돈이 되어 있어야 하니까. 그리고 사진들은 전부 가위로 조각을 내 버렸어. 심지어는 음화들도. 마리헨이었더라도 그렇게 했을 거야. 그리고 "모든 게 악마의 도구야."라고 중얼거렸겠지. 그러나 그 일에 대해선, 그래, 마리헨이 하늘로 올라간 것과 마지막 사진들에 대해선 누구에게도 말하지 않았어. 심지어는 카밀레에게도 지금까지 한마디도 하지 않았어. 왜냐하면 난 믿지 않으니까. 그렇게 나쁜 상황이……

……아니면 더 안 좋은 상황이 올 수도 있어. 물이 다 없어지고 그리하여 모든 게 다 말라, 메마른 초원이 되어 버리는. 황량한 사막, 그리고 또 사막!

아니면 모든 게 사실이 아닐 수도 있어. 파울헨은 다시 꿈을 꾸었을 뿐이야.

하늘로 올라간 사건의 경우와 마찬가지로.

하지만 꿈에서 본 게, 현실로 나타날 수도…….

너희들은 대재앙이 안 올까 봐 안달이구나.

…… 그래, 그래 봐야 우리는 석기 시대에 맞게…….

그런데 박스 사진기는 어디 간 거니?

그래, 파울헨, 말해 봐, 마리헨의 박스는 어떻게 됐어?

신발은?

누가 박스를 가지고 있니?

네가?

타델의 생각으로는, 마리헨이 죽은 다음에 그녀 물건이 어떻게 되었는지는…….

아니면 누가 그것을 물려받을 수 있었겠니. 우리의 파울헨이 보았다고 주장하는 대로 그녀가 강력한 돌풍의 도움으로 간단히 하늘로 떠올라 사라져 버린 터에 말이야…….

…… 그리고 이제 하늘에서 그녀의 한스 곁에 있는 마당에…….

…… 지옥에 있을지도 모르지!

마리헨에겐 박스도 소용이 없을 거야. 중요한 건 한스 곁에 있는 거니까.

너희들의 카밀레는 이렇게 말해. 마리헨에게 남은 것은, 난 순전히 유산을 두고 하는 말이야, 국가가 슬쩍 가로채 버렸다고. 그녀는 거부했으니까, 무언가 유언 같은 것을 남기는 걸…….

모든 게 사라진 거야. 라이카, 하셀블라트, 그리고 마리헨이 가지고 있던 나머지 물건도.

하지만 박스는 아니야!

그건 어쨌든 고물이긴 했지만…….

말해 봐, 파울헨, 네가 혹시…….

그게 가장 그럴듯해. 박스가 너한테 있다는 게. 넌 사진가고
또 틀림없이…….

그래, 맞을 거야, 네가 만일…….

난 아무 말도 않겠어. 아무도 나를 안 믿는군.

내기를 해도 좋아. 파울헨이 박스를 안전하게 잘 보관하고 있
는 거야. 아마도 숨겨서 브라질 그 어디로 가져갔을 수도…….

그런 거니, 파울헨?

넌 틀림없이 열대 우림 지대에서 마지막 인디언들을 마리헨의
박스로 찍으려 했어. 그리고 나무들에 아직 무엇이 남아 있는지를.

그렇다면 그건 어디 있는 거야?

그래, 젠장, 어디야?

다들 그만둬.

파울헨은 이미 알아. 자기가 왜 한마디도 할 수 없는지를…….

누구에게나 비밀이 있는 법이야.

나도 너희들에게 모든 걸 말하지는 않아.

모든 걸 말하는 사람은 아무도 없어.

우리 아빠도 마찬가지야.

암실에 대해서는 더 이상 새로 말할 게 없어. 마리헨도 박스도
사라져 버렸고, 그러고 나서는 모든 게 지루해지고 정상적으로만
진행되었으니까.

그러니 이제 그만 마칠 때가 됐어.

그만!

난 어쨌든 그래야겠어. 곧장 병원으로 돌아가 봐야 하거든……. 어제처럼 야간 근무야. 신생아가 다섯이나 있어. 모두가 별일 없어. 다만 산모 하나가 독일 태생이야. 나머지 네 사람은 세계 도처에서……. 난 다섯 아기들을 스냅 사진으로 찍을 거야. 나는 아직도 애들이 태어날 때마다……. 그것도 박스 사진기로. 최근에 벼룩시장에서 하나 구했거든……. 싸구려는 아니야. 언니 오빠 들의 마리 아주머니 것과 비슷한 모양이야. 그 위엔 아그파라고 새겨져 있기도 하고. 산모들이 좋아할 거야, 내가 애들의 스냅 사진을 찍어 주면……. 그렇게 하는 게 기억을 돕기 때문이야. 그리고 조산원으로서, 라라는 이렇게 말할 테지만, 순전히 직업적인 의무에서 그렇게 하는 거야. 그래야만 볼 수가 있을 테니까. 나중에, 아이들이 나중에, 훨씬 나중에 어떻게 되었는지…….

좋아, 아체, 마이크를 꺼. 안 그러면 계속될 거야, 끝도 없이 앞으로 앞으로…….

……우리 아버지한테는 언제나 또 다른 이야기가…….

…… 왜냐하면 그만이, 우리가 아니라…….

하지만 아버지도 이제 더 이상 할 말이 없다. 다 자란 아이들은 엄격한 시선으로 아버지를 쳐다본다. 그들은 손가락으로 아버지를 가리킨다. 아버지의 말문을 막아 버린다. 요란하게 그리고 사방을 울리면서 딸들과 아들들이 소리친다. "그건 동화일 뿐이에요, 동화……." "맞아." 그는 조용히 대답한다. "하지만 너희들의 동화야. 내가 너희들에게 말하게 한."

그들 사이에 눈길이 신속하게 오간다. 반쯤 말하다가 중단하고 삼켜 버린다. 맹세했던 사랑을. 그리고 오래전부터 쌓아 두었던 욕설도 중단한다. 스냅 사진들에서 살아났던 것들은 이제 유효하지 않다. 이제 아이들은 서로를 본래 이름으로 부른다. 아버지는 어느새 오그라들면서 슬쩍 사라지려 한다. 아이들 사이에서 중얼거리는 목소리로 의심이 쏟아진다. 그가, 오직 그만이 마리헨의 유산을 물려받았어. 그리고 다른 것과 마찬가지로 박스도 자기가 숨겨 놓았어. 나중에, 완수해야 할 무언가가 그 안에서 아직도 째깍거린다면. 그가 살아 있는 동안에……

노대가(老大家)의 예술혼으로 빚은
애잔한 가족애

1

2002년 봄, 뤼베크에서 열렸던 귄터 그라스의 소설 『게걸음으로』 번역 세미나에 참여하여 며칠 동안 그를 바로 가까이에서 관찰할 기회가 있었다. 파이프 담배를 입에 문 작가 자신은 무덤덤한 표정이었지만, 그 입담은 다른 이들의 배꼽을 빠지게 만들었다. 잠시 웃기기는 쉬워도 하루 종일 웃기기는 힘든 일이다. 그라스는 그야말로 타고난 이야기꾼이었으며, 장난기와 호기심, 신랄한 풍자와 반어, 그리고 실험 정신이 넘치는 작가였다. 어느 작품을 펼쳐도 이런 그의 스타일을 변함없이 확인할 수 있다.

그 이야기꾼이 『암실 이야기』에서는 또 다른 기발한 실험을 한다. 그의 가족사는 상당히 복잡하다. 그는 두 번의 정식 결혼, 두 명의 여자 친구로부터 여덟 명의 아이를 얻는다. 글 쓰는 일에 전념했던 그가 아이들에게 보통 아버지처럼 따뜻하게 잘해 주기는 힘들었을 것이다. 아버지로서 회한이 없을 수 없다. 그리하여 이제 작품 속에서나마 아이들을 한자리로 불러 모아 아버지의 심정을 간접적으로 전달한다. 불러 모으는 것도 미안해서 자기가 나이를 많이 먹었기 때문에 할 수 없이 아이들을 오게 했다고 변명을 늘어놓는다. 아이들은 실제와는 다른 이름으로 불리지만, 작가가 보고 있는 것은 자신의 실제 아이들이다. 식탁에 모인 아이들은 아버지를 사랑하지만 기탄없이 발언하고, 화자인 귄터 그라스도 때때로 개입한다. 아홉 차례 모임에서 아버지는 연출자로 배석하여 때로는 그들의 대화를 중단하고, 그가 지시한 것을 아이들이 따르지 않는다고 익살을 떨기도 한다. 가족의 과거사에 대한 회상을 아이들에게 맡겨 놓음으로써 객관성을 확보하려는 색다른 실험인 셈이다. 가족이라는 것은 문학의 대가에게도 그만큼 어려운 화두이다.

소설 형식에 담은 가족 다큐멘터리이긴 하지만 그것이 사실인지 허구인지 헷갈린다. 작가 자신조차 '가족이 무엇인가?'를 종잡을 수 없어 이런 형식으로 실험하는 게 아닌가. 줄거리가 진행되는 동안 복잡하게 얽힌 아이들 사이의 족보도 자연스럽게 드러나고, 아이들의 소소한 성장 과정도 세세하게 밝혀진다. 그리고 이미 장성한 아이들이 마치 언어적으로 퇴행한 듯한 말투를 씀으로써, 실제 가족은 옹기종기 모인 동화적 가족으로 변형되어 묘사된다. 동화적 문체는 귄터 그라스의 주특기이다.

이들 가족의 과거와 현재 그리고 미래를 담아 전달하는 뮤즈의 역할을 맡은 여성도 등장한다. 1950년대 중반 이후 그라스와 함께 작업하며, 그에게 여러 작품의 소재와 아이디어를 제공하곤 했던 실제 인물 마리아 라마를 모델로 한 마리 아주머니이다. 아이들은 가족처럼 같이 살면서 가족의 삶을 사진으로 남겼던 마리 아주머니와 그녀의 박스 사진기, 그리고 기이하고 놀라운 장면들을 만들어 냈던 암실을 회상한다.

2

마리 아주머니의 정체가 본격적으로 드러나는 것은 마지막 장면에서이다. 막내아들은 마리 아주머니의 최후를 이렇게 회상한다. 아주머니는 엘베 강 제방으로 놀러갔다가 갑자기 불어오는 돌풍에 하늘로 날아올라 가 버린다. 그리고 올라간 바로 그 자리에 마리의 박스와 목 끈, 그리고 양말이 들어 있는 신발이 떨어진다. 『파우스트』에서 헬레네가 아들 오이포리온이 죽자 따라가는 장면과 흡사하다. 헬레네가 파우스트를 포옹하니 육체는 사라지고, 옷과 면사포만 남지 않았던가. 시인 바이런을 모델로 형상화한 오이포리온의 존재는 예술혼 그 자체이며 헬레네는 미(美)의 화신이다.

아주머니의 박스는 기발하게 작동한다. 아그파 박스라고 불리는 박스 사진기는 전쟁 속 폭탄과 화재와 수재에도 멀쩡히 살아남았다. 하지만 그 사진기는 전쟁 후론 제대로 작동하지 않거나 엉뚱한 방식으로 작동한다. 모든 것을 다 투시하면서 아주 특별한 사진들을 만들어 내는 것이다. 소원을 들어주고 컴퓨터처럼 정확하게 모든 과거를 저장한다. 베를린 장벽이 무너지는 장면도 박스 사진기로 찍고 암실에서 현상하여 미리 본다. 과거와 현재와 미래는 상상력의 심원한 깊이에서 소용돌이치며 서로 만난다. 마리 아주머니는 말한다. "나의 박스는 하느님과도 같아. 지금 존재하고, 옛날에 존재했고, 앞으로도 존재하게 될 모든 걸 볼 수 있으니까."

그녀는 아득한 시간 속의 스냅 사진들도 찰칵거리며 찍는다. 아이들은 석기 시대로 돌아가기도 하고, 고래잡이배를 타기도 하고, 비행 자동차를 타고 지붕 위를 날기도 하고, 아빠와 엄마 사이에서 회전목마를 타기도 한다. 아이들을 달래 주려고 자상한 아빠는 작품 속에서나마 아이들을 원하는 곳으로 다 보내 준다. 말하자면 마리의 박스는 예술적 상상력이 마음껏 활개 치는 공간이다. 소원을 들어주고 미래를 예언하는 마술 상자, 즉 예술혼의 상징이다. 그라스가 이 작품을 마리 아주머니, 아니 실존 인물인 마리아 라마에게 헌정한 것은 그 때문이다.

박스의 피사체는 무한대로 다양하다. 상상력은 모든 것을 차별 없이 포용한다. 만물 평등은 상식이다. 생선 뼈, 갉아 먹힌 뼈다귀, 고무지우개의 찌꺼기, 이 모든 것에 비밀이 숨어 있다. 꽁초, 재떨이, 심지어는 아빠의 똥도 찍었을 것으로 아이들은 추측한다. 이런 사소한 것들이 아버지 자신이 인정하거나 혹은 자신에 대해 알려 하거나 혹은 알 수 있는 것보다 아버지에 대해 더 많은 것을 알려 주기 때문이다. 심지어 아버지는 자신의 틀니도 꺼내어 생생하게 잘 보이도록 해 놓고 마리 아주머니더러 찍게 만든다.

아버지는 마리의 존재가 특별함을 이렇게 고백한다. "내가 사랑했거나 여전히 사랑하는 모든 여자 가운데, 마리헨만은 나에게 새털만큼도 무언가를 요구하지 않으면서도 모든 걸 주는 유일한 여자야……." 이런 아빠에게, 작가에게 예컨대 돈은 무엇인가? 아이들의 아버지에게 돈은 그 누구에게도 의존하지 않기 위해서만 필요할 뿐이다. 그에게 필요한 건 겨우 이런 것이다. 담배, 완두콩, 종이, 그리고 가끔 구입해야 하는 새 바지. 아빠가 머무르는 곳은 입식 책상, 진흙 상자, 회전 선반 등이 있는 작업실이다.

3

아버지는 장벽 설치 직후에 늙은 아데나워와 맞서 싸웠던 서베를린 시장 빌리 브란트를 돕기도 했는데, 빌리 브란트의 현수막을 가리키며 "나는 저 사람을 지지한다. 너희도 그 이름은 기억해 둬."라고 노골적으로 말했다는 것이다. 빌리가 혼외 태생이고 또 국외 이주자라는 터무니없는 이유로 아데나워가 모욕했기 때문에. 그래서 아버지는 틈만 나면 시청으로 차를 타고 가서 당시엔 시장에 불과했던 브란트를 지지하는 연설문을 작성한다. 아버지는 사회민주당을 위해 현수막을 만들다가 그중 하나에 닭을 그려 넣었는데, 그 닭은 "에스페데(SPD, 사회민주당)!" 하고 울었던 것이다. 그라스가 선거전에 몰두하고 있을 때 밤중에 우파 미치광이들이 헝겊 조각과 휘발유로 집 대문을 불태운 적도 있었다. 그러나 아빠는 어디까지나 개혁주의자이다. 바리케이드를 치고 체제를 붕괴시키려는 혁명가는 아니다.

그라스는 무엇보다도 그 모든 도그마를 증오한다. 종교도 예외가 아니다. 아빠는 아무것도 믿지 않았지만 아이들이 세례받기를 원했고, 오랫동안 교회세도 냈다. 일단은 가톨릭 신자인 척하다가 나중에 어떻게 할지는 아이들 스스로 결정해야 한다는 것이다. "모든 것이 사과와 뱀으로부터 시작되었다는 것을 너희가 일찍 알게 된다고 해서 나쁠 건 없어." 아빠의 뮤즈인 마리아도 종교적 도그마 앞에서는 몸서리친다. 마리 아주머니가 입원해 있을 때 수녀에게 십자가를 던지는 사건이 일어나는데, 수녀가 이렇게 말했기 때문이다. "제발, 제발! 우리는 깨끗한 발로 주님 앞에 나아가야 해요." 바로 그 때문에 그녀는 분노했고, 자제력을 잃었던 것이다.

아버지는 의심하기를 결코 멈추지 않는다. 도무지 끝날 기미가 없는 전쟁들, 뒤를 이어 계속되는 불의, 성직에 있는 위선자들에 대해 아빠는 아니요라며 맞섰다. 사실이라고, 진실이라고 지면에 인쇄되었던 일 중 많은 것들이 전혀 다른 방향으로 그리고 종교적으로 거짓된 방향으로 진행되기 일쑤이고, 바위처럼 단단한 것으로 행세했던 것들이 산산이 부서지는 것을 너무도 자주 목격했기 때문이다.

4

그라스는 화자로 등장하여 숨겨 놓은 또 다른 아이가 있다는 사실을 털어놓으며, 아이들의 너그러운 이해를 바란다. 솔직하게 다 털어놓는다. 이런 일도 있었다. 아이들 엄마가 아래층에서 젊은 남자와 함께 사는 일이 벌어졌는데, 아빠가 도와주어 루마니아에서 탈출할 수 있었던 그 남자가 이제 엄마의 연인이 되었던 것이다. 아빠는 위층 다락방에서 쪼그리고 앉아 쌓아 올린 종이 더미를 뒤적거리며 아이들에게 뒤늦게야, 그것도 작품 속에서 말한다. "나 때문에 염려하지는 마라. 나는 위층에서 쥐 죽은 듯이 조용하게 지내고 있으니까. 하던 일을 끝내야 하거든." 아이들이 생각하기에 아빠가 무슨 일인가를 하고 있었다는 게 다행이었다. 안 그랬으면 아빠는 미쳐 버렸을 것이다.

사랑은 왜 그렇게 변덕스러운가? 아이들이 부모님 사이에서 무엇이 일그러져 버렸는지를 알아차리지 못하자 마리 아주머니가 속삭여 준다. "그건 사랑이야. 사랑은 자신이 원하는 걸 만들어. 하지만 그것에 반대하면 풀 한 포기도 자라지 않는 거야. 사랑은 왔다가 가는 거야. 사라지고 나면 고통스럽지. 하지만 이따금 죽을 때까지 남아 있기도 해." 마리의 입을 빌렸지만 이건 명백히 귄터 그라스의 발언이다.

고정되어 있는 것은 아무것도 없다. 아버지로서 아버지임을 내세우는 것도 하나의 주장일 뿐이다. 아버지의 자격도 그냥 주어지는 것은 아니다. 일에만 몰두했던 작가는 이렇게 미안함을 토로한다. 아빠가 잠시 찾아와 대개는 엄마와 함께 책과 책 만드는 일에 대해서만, 그리고 잊힌 책들과 금지된 책들에 대해서만 이야기할 때면 한 아이는 이렇게 말하기도 했다. "나도 여기 있어요!" 아빠는 아이들의 말에 귀를 기울이는 것처럼 행동했지만, 실은 책 만드는 일에만 몰두하고, 자기 안에서 끊임없이 재깍거리는 것에만 귀를 기울였던 것이다. 삶의 가치가 어떤 업적으로 결정되는 것은 결코 아닐 것이다. 문학의 대가라도 가족의 온기 저 너머에서 고고하게 지낼 수는 없다. 귄터 그라스는 갔지만, 그가 예술혼으로 빚어 놓은 가족애는 장난기 섞인 어조 저 뒤쪽에서 애잔한 울림으로 다가온다.

2015년 4월
장희창

옮긴이 장희창 서울대학교 언어학과를 졸업하고 동 대학원 독어독문학과에서 박사 학위를 받았다. 현재 동의대학교 독어독문학과 교수로 재직 중이다. 지은 책으로 독서 평론집 『춘향이는 그래도 운이 좋았다』가 있고, 옮긴 책으로 귄터 그라스의 『양파 껍질을 벗기며』(공역), 『양철북』, 『게걸음으로』, 『나의 세기』(공역), 레마르크의 『개선문』, 『사랑할 때와 죽을 때』, 괴테의 『색채론』, 『파우스트』, 에커만의 『괴테와의 대화』, 니체의 『차라투스트라는 이렇게 말했다』, 후고 프리드리히의 『현대시의 구조』, 안나 제거스의 『약자들의 힘』, 베르너 융의 『미메시스에서 시뮬라시옹까지』, 카타리나 하커의 『빈털터리들』, 부흐홀츠의 『책그림책』 등이 있다.

귄터 그라스 자전 소설

암실 이야기

1판 1쇄 찍음 2015년 4월 20일
1판 1쇄 펴냄 2015년 5월 1일

지은이 귄터 그라스
옮긴이 장희창
발행인 박근섭·박상준
펴낸곳 (주)민음사

출판등록 1966. 5. 19. 제16-490호
주소   서울시 강남구 도산대로1길 62(신사동)
        강남출판문화센터 5층 (135-887)
대표전화 515-2000 | 팩시밀리 515-2007
홈페이지 www.minumsa.com

한국어 판 ⓒ (주)민음사, 2015. Printed in Seoul, Korea

ISBN 978-89-374-3175-3 (03850)